KB152860

L. I. E. 영문학 총서 제33권

근대 영미 전쟁시 읽기와 감상

L. I. E.−SEOUL

2021

근대 영미 전쟁시 읽기와 감상

조규택 지음

병역을 이행한 모든 분께
삼가 이 책을 바칩니다.

I am honored to dedicate this book
to those who all served in the military.

머리말

　인류 역사는 전쟁의 역사라고 해도 과언이 아니다. 전쟁시를 갈무리하면서 생각하게 된다. 승리자의 전쟁이 의미 있지만, 패배자의 전쟁도 의미가 있다. 휘트먼(W. Whitman)의 시에서도 언급하듯이 전쟁은 승자든 패자든 모두의 전쟁이며, 궁극적으로는 화해를 통해서 그 참혹한 상처를 극복할 수 있기 때문이다. 휘트먼과 사순(S. Sassoon)은 자신들의 시 「화해」("Reconciliation")에서 남북전쟁과 제1차 세계대전의 상처를 극복할 수 있다는 메시지를 전달하고 있다. 이런 의미에서 미국 전쟁시와 영국 전쟁시가 공통으로 전하고자 하는 메시지는 용서와 반성, 그리고 화해이다.

　이 책은 제1부, 미국 편으로 휘트먼의 『북소리』와 관련된 남북전쟁시를 다룬다. 제2부, 영국 편으로 제1차 세계대전에 참전한 영국 전쟁시인들의 전쟁시를 다룬다. 그리고 제3부, 비교 전쟁시를 언급하고 있다. 비교 전쟁시는 시공을 넘어 휘트먼과 오웬의 전쟁시를 전쟁과 연민이란 관점에서 고찰하고, 휘트먼과 이순신을 비교하였고, 모윤숙의 전쟁시와 오웬의 전쟁시를 비교 · 분석하고 있다. 필자는 또한 미국 남북 전쟁시와 제1차 대전 참전 영국 시인들의 전쟁시 연구에 집중하고 있다. 사실, 영 · 미시 연구의 본산인 영국과 미국의 활발한 전쟁시 연구에 비한다면, 한국 영문학의 전쟁시 연구는 거의 불모지나 다름없다. 필자는 이런 현실에서 영미 전쟁시를 학술대회에서 발표하고 학술 논문을 게재한 최초의 연구자라 할 수 있다.

휘트먼은 전쟁에서 승리한 쪽이나 패배한 쪽을 가리지 않고 모두 함께 가야 할 대상으로 본다. 나아가 단 한 사람일지라도 무시되거나 소홀하게 되지 않도록 배려했고, 사람들 간에 차별을 용납하지 않았다. 시인은 산자나 죽은 자를 가리지 않고 모두 인정한다. 전투에서 승리할 수도 있고, 패배할 수도 있다는 것을 인정하고 있다. 바다에서 침몰한 전함이나 승조원들에게도 격려를 보내고, 전투에서 패한 장군들에게도 격려와 존경을 보낸다. 휘트먼은 잘 알려진 이름 높은 영웅들을 존중하듯이, 무명의 수많은 영웅에게도 존중의 뜻을 전하고 있다. 이런 휘트먼의 인간 존중 의식은 남북전쟁으로 황폐해진 국토와 황량해진 민심을 달래는 초석이 될 수 있었다. 나아가 새로운 국가로 전진하려는 미국의 역사적 순간에 구심점 역할을 하게 된다. 시인으로서 사회적 책무를 성실히 수행했던 휘트먼이 최종적으로 말하고자 한 것은 국민의 화합과 단결이었다. 시인의 이런 정신은 남부와 북부의 화합과 발전의 견인 역할을 했으며, 미국이 내전의 아픔을 빨리 극복하고 새로운 민주 국가로 나아가게 했다.

1918년 11월 11일은 제1차 세계대전의 종전일이다. 한 세기 전, 유럽의 젊은 병사들은 1914년부터 1918년까지 4년 동안 약 1천만 명이나 희생되었다. 전쟁 무기의 발달에 비해 군대의 전략과 전술이 허술해서 안타까운 살육전이 펼쳐졌고, 독가스로 인한 반인륜적인 희생도 뒤따랐다. 스스로 문명인이라던 유럽인들의 자부심은 여지없이 무너졌다. 유럽의 상징이던 영국을 비롯하여 직접적인 전쟁터였던 프랑스와 이들의 적대국이었던 독일의 희생은 특히 만만치 않았다. 그러나

각 나라의 부름에 따라 참전했던 동시대 젊은이들을 비롯하여 16인의 영국 전쟁 시인들을 생각하면서, 그들의 노블레스 오블리제를 높이 평가하게 된다. 영국 전쟁 시인들은 오웬, 솔리, 로젠버그, 브룩, 알딩턴, 거니, 사순, 그레이브즈, 그리고 상대적으로 덜 알려졌지만, 리드(H. Read)나 벌런던(E. Blunden) 등이 있다. 이들 전쟁 시인들은 웨스트민스터 수도원 대리석에 헌정되어 있다. 이들 가운데는 전쟁 초기 영국인으로 자부심 가득했던 브룩이나, 전쟁 중반에 전사한 솔리 대위와 로젠버그, 그리고 종전 직전 도하 작전 지휘 중에 전사한 오웬 대위가 있다. 이들과 달리, 그레이브즈 대위와 사순 대위는 큰 중상에도 불구하고 살아남았다. 비록 그레이브즈와 사순이 흉악한 전쟁에서 생존했지만, 그들은 죽을 때까지 전투 후유증으로 고통을 겪어야만 했다. 자신들의 임무에 충실했지만, 전쟁의 트라우마로 고통받던 두 시인은 전쟁의 참상과 환멸·위선을 끊임없이 제기하며 무의미한 전쟁의 허상을 냉소하고 풍자한다.

이들과 마찬가지로 패전국 독일 병사로 참전했던 레마르크(Erich M. Remarque)도 『서부전선 이상 없다』에서 전쟁의 허상과 위선을 사실적으로 기술하고 있다. 자신의 체험을 사실적으로 묘사한 레마르크도 영국의 젊은이들처럼 냉소적인 관점을 견지하기는 마찬가지였다. 그를 대변한 페르소나인 보이머는 허황된 애국심에 들뜬 담임교사의 권유로 반 친구들과 함께 입대한다. 하지만 생각했던 것과 너무 다른 전쟁터에서 참혹함과 무의미한 죽음만을 목격하게 된다. 파울 보이머는 날마다 포화가 빗발치는 곳에서 비로소 젊은이들을 전쟁터로 내몬 기성세대의 허위와 전쟁의 참상에 눈을 뜨게 된다.

책 제목에서, '근대'라고 붙인 이유를 언급하고자 한다. 이 시기 영미권 국가는 전쟁에 대한 전략·전술이나 형태만을 본다면 여전히 근대의 범주에 머물렀다. 유럽이 산업화에 성공하고 시민혁명 등으로 정신적으로 성숙했다지만, 군사나 전쟁에 대한 영역에서는 여전히 근대적인 사고와 관념에 머물러 있었다. 그리고 우리의 역사적 관점에서 본 근대적 개념도 활용했다. 영미의 근대적 개념과 시·공적으로 차이가 있지만, 우리 경우 대략 19세기 중·후반부터 20세기 초반까지를 근대로 보기 때문이다. 이런 관점에서 이 책의 제목으로 먼저 근대라는 개념을 설정하였고, 시·공간적으로는 미국 남북전쟁과 제1차 세계대전의 전쟁시를 근대의 범주로 산정했음을 밝힌다.

이 책에서 필자는 전쟁이란 모티프를 매개로 일관된 전쟁시 연구에 집중한다. 다만, 영웅 서사적인 전쟁의 묘사보다는 사실적인 전쟁을 묘사함으로써, 전쟁의 헛된 참상과 위선을 부각함과 동시에 전쟁과 병사들에 대한 연민을 시종 주장한다. 또한 이름 없이 사라져간 수많은 젊은 장병들이 이행한 의무를 고귀하다고 평가하며, 노블레스 오블리제라 언급한다. 필자는 무가치한 명령에도 주어진 임무를 완수했던 무명용사들의 고귀함을 기록한 전쟁 시인들의 사실적이고도 처절한 호소를 대변하려고 애를 쓰고 있다.

이 책은 전쟁의 원인과 참상을 어떻게 종식하고 그 상처를 치유할 것인가를 휘트먼의 시 「화해」를 통해 모색하고 있다. 휘트먼의 시 상당수가 그리스도적 사랑을 내포하고 있지만, 특별히 「화해」는 그리스도적인 사랑과 화해를 통해 인류가 화합할 수 있다는 메시지를 은유한다. 이는 오웬의 「이상한 만남」에서처럼, 원수였지만 죽음을 통해 양쪽 화자가 마침내 하나가 되는 것과 같은 맥락이다. 아이러니하게도 죽음을 통해 인류는 서로를 연민하며 마침내 용서하고 화합하게 된다. 사순의 또 다른 시, 「화해」는 독일군과 연합군 간의 화해를 언급하고 있다. 제1차 세계대전에서 짐승처럼 싸웠던 병사들의 모습은 더 이상 보이지 않고 평온하지만, 골고다 언덕에서 아들을 죽인 자들의 어미를 만나게 될 수 있다고 주장한다. 죽음이 화해를 불러오리란 사순의 주장이 아이러니할 수 있지만, 상대의 충성심·용감성까지도 인정하면서 지난날의 증오를 깨끗이 해소하고 화해하자는 제안은 휘트먼의 주장과 같은 맥락이다. 그러므로 영미 전쟁 시인들은 인류가 전쟁의 아픔과 상처를 치유할 수 있는 유일한 방법이 '화해'임을 시종 역설하고 있다.

끝으로 본 도서의 출판을 위해 애써주신 국학자료원 L.I.E.(Literature in English) 출판사 가족의 성원과 노력에 깊이 감사드린다. 아울러 이 땅에서 병역 의무를 이행하신 모든 분과, 미 육군 7사단에서 카투사(KATUSA)로 복무하신 나의 아버지 조내환 육군 병장의 영전에 삼가 이 책을 바친다.

2021년 9월 1일
성서 연구실에서 조규택

목차

제1부

미국 전쟁시

I. 휘트먼의 남북전쟁 시에 나타난 해상전투 읽기

1.

우리는 휘트먼(Walt Whitman)의 시를 다양한 시각과 방식으로 이해·연구할 수 있다. 그만큼 휘트먼의 시가 보편성을 유지하면서도 심오하고 광대하다는 것을 인정하게 된다. 19세기 미국의 시단을 정형시에서 산문시로 새롭게 전환할 수 있었던 것은 오로지 휘트먼이라는 거대한 태산이 등장했기에 가능했다. 그는 동·서양의 정신과 문화를 모두 아우르는 융합의 시인이었으며 사상가였고 혁명가였다. 휘트먼이 자신의 시론인 『서문』(*Preface*)에서 밝혔듯, 그는 미국적인 시의 전통을 자신의 새로운 시 형식으로 열었으며, "어떤 것도 새롭고 자유로운 형식으로부터 나오는 조용한 저항보다 더 세련되지 못하다."(Nothing is finer than silent defiance advancing from new free forms)(*LG* 719)고 말하며 자신의 새로운 시 형식을 대변하고 옹호한다. 휘트먼은 시론(詩論)과 시작(詩作)에서 형이상학적인 관점을 견지하다가도 가장 세속적인 관점과 현실적인 인식을 적시하기도 한다. 그는 또한 "미국 그 자체는 본질적으로 가장 위대한 시이다."(The United States themselves are essentially the greatest poem)(*LG* 711)라며, 모든 국가 가운데 시적 재료로 가득한 광맥을 가진 미국은 시인들을 필요로 하고 의심의 여지없이 가장 위대한 시인이 있고, 또한 그들을 가장 위대하게 사용한다(*LG* 714)고 언급한다.

휘트먼이 언급한 시인의 임무는 국가의 위기에 동참하는 것인데, 특별히 그가 자원간호사와 종군 통신원으로 참전한 남북전쟁에서의 생생한 경험과 체험을 전쟁시에서 가감 없이 사실적으로 묘사하지만, 미국이 분열과 반목에서 화해하고 단합해야 한다는 것을 분명히 언급하고 있다. 이 과정에서 그는 자신의 자유시를 통해 미국의 분열과 치욕까지도 나타내고 있다. 휘트먼은 미국 남북전쟁의 원인을 공화국의 정체성 때문이라고 언급한다. 즉 민주주의와 반민주주의로 인한 지속적인 갈등에서 기인한 폭력적 표현이라고 보았다(Thomas 178). 이런 이념적인 문제에도 불구하고 휘트먼의 시가 전하는 분명한 메시지는 전후(戰後) 통합된 새로운 미국이 더욱 굳건하고 건전한 상태로 역사의 전면에 나서야 한다는 것이다. 휘트먼은 「그대 오래된 명분에게」("To Thee Old Cause")라는 시에서 "그대를 위한 수많은 서창(敍唱), —나의 책과 전쟁은 하나다"(These recitatives for thee,—my book and the war are one)(*LG* 5)라는 말로 남북전쟁과 관련한 자신의 시작품이 전쟁을 사실적으로 언급하고 있음을 말한다. 동시에 휘트먼은 산문집에서 "진정한 전쟁은 결코 책 속에 담을 수 없다"(*Specimen Days & Collect* 80)면서, 전쟁을 가감 없이 언급한다는 것에 한계가 있음을 역설적으로 말하기도 한다. 남북전쟁은 시인에게 휴머니즘의 필요성을 더욱 절실하게 느끼게 하였고, 미국에 대해 절대적인 신뢰를 가지게 했다. 파즈(Octavio Paz)는 낭만주의 이래 시인들의 자아를 언급하면서, 낭만주의 작가들은 비극도 미화하고 있다는 견해에 대해 휘트먼은 전쟁에 관한 한 이런 낭만주의적 사고를 거부한다고 언급한다. 그는 오히려 공동체 또는 전체에 귀속하려는 개개인의 의지에서 자신의 시적 영역을 확보하고자 하는 이타주의를 나타낸다(조규택 340−341 재인용).

　필자는 휘트먼이 위대한 전쟁 시인으로서 자신의 임무에 충실했음을 그의 시와 시론을 통해 밝히고 있다. 동시에 휘트먼이 전쟁기간 동안 경험한 바다에서의 용감한 해전과 선원들에 대한 존경을 자신이 겪은 전쟁의 잔영을 통해 지속적으로 언급하고 있음을 확인하게 된다. 이에 본 장은 특별히 남북전쟁(1861−65)과 관련된 휘트먼의 해양시(海洋詩)를 통해 해상전투 부분을 언급하고, 남북전쟁 시기에 활동했던 남부 동맹의 무적함인 앨라배마호(the Alabama)의 활약을 휘트먼의 시와 관련하여 조명하고자 한다. 앨라배마호는 남북전쟁이 끝난 후에 뜨거운 감자로 부상한다. 1872년 제네바에서는 앨라배마호 청구권(the Alabama Claims)에 대한 역사적인 국제 중재에 따라, 영국은 앨라배마호와 다른 영국산(産) 남부동맹 쾌속선에 의해 파괴된 함선과 수하물에 대한 보상으로 미합중국에 15.5백만 달러를 지불해야 했다(Guérout 69). 이와 같은 배경에 근거하여, 육전(陸戰)에 비해 상대적으로 덜 알려진 해전(海戰)을 언급한 휘트먼의 해양시를 통해 남북전쟁을 고찰하는 것이 유의미하고 필요하다고 생각한다. 이런 시도가 휘트먼의 광범위한 전쟁시를 이해하는 다양한 방법 가운데 하나일 수 있기 때문이다.

2.

휘트먼이 자신의 시 「침묵 속에서 생각에 잠길 때」("As Ponder'd in Silence")에서 영원히 불멸하는 시인들에게 주제는 오직 하나밖에 없으며, 그 주제는 전쟁이며, 전투의 승패이며 완전한 군인을 만드는 것이라고 천명한다. 또한 위대한 전쟁을 노래하는 사람으로서 자신은 육체와 영원한 영혼을 위하여 전쟁의 노래를 부르며 용감한 병사들을 격려한다(*LG* 2)고 한다. 그의 관점으로 볼 때, 시인에게 주제는 오직 전쟁이며 자신은 위대한 전쟁을 노래하는 사람으로 누구보다도 용감한 병사들을 특별히 격려한다고 부르짖는다. 이처럼 휘트먼은 자신이 전쟁 시인임을 자처하고 스스로 자랑스럽게 밝힌다.

휘트먼은 1855년에 발표한 『풀잎』(*Leaves of Grass*) 초판의 대표작인 「나 자신의 노래」("Song of Myself")에서 자신의 순결성을 훼손하려는 여러 위협으로부터 자신을 보호하려는 태도를 취하고 있다. 그러나 고통스러운 남북전쟁의 실상을 경험하면서 자신이 순결하다는 것이 사치였음을 깨닫고 더 이상 자신을 그런 고통으로부터 단절하거나 분리할 수 없음을 인지하게 된다. 그래서 다음과 같은 바다와 관련된 전쟁시를 쓰게 된다. 이는 "자신의 책과 전쟁이 하나다"라는 것을 증명하는 것과 다름없다고 할 수 있다.

> 나는 음악과 함께 강력해진다, 나의 트럼펫과 나의 북으로,
> 나는 승리자만을 위해 행진곡을 연주하는 것이 아니라, 정복
>   당하고 살육당한 사람들을 위한 위대한 행진곡을 연주한다.
> …
> 나는 죽은 자들을 위해 북을 치고 두드린다,

나는 그들을 위해 가장 힘 있고 즐겁게 관악기의 취구를 불어
댄다. 실패한 자들에게 만세를!
그리고 바다에 침몰한 전함에게도 만세를!
그리고 바다에 빠진 자들에게도 만세를!
패전한 모든 장군들과 정복된 모든 영웅들에게도 만세를!
잘 알려진 가장 위대한 영웅들과 동등한 무명의 수많은
　　영웅들에게도 만세를!

With music strong I come, with my cornets and my drums,
I play not marches for accepted victors only, I play marches for
　　conquer'd and slain persons.
...
I beat and pound for the dead,
I blow through my embouchures my loudest and gayest for them.
Vivas to those who have fail'd!
And to those whose war—vessels sank in the sea!
And to those themselves who sank in the sea!
And to all generals that lost engagements, and all overcome heroes!
And the numberless unknown heroes equal to the greatest heroes
　　known! (*LG* 46)

　휘트먼은 전쟁을 겪으면서 이전의 그럴듯하고 이론적이고 얕은 논
리로 자부심 가득했던 자신의 글에 대해 깊이 반성하게 된다. 이런 현
상은 전쟁 이전에 발표했던 그의 최초 3판까지 에서 보였던『풀잎』의
분위기와 확연히 달랐기에 독자들을 당황하게 했다(Loving 83). 남북
전쟁은 그의 논리적 사고의 한계를 절실히 깨닫게 하였다. 전쟁의 참
상을 통해 휘트먼은 고통을 승화해서 화해할 수 있는 깊이를 확보하

게 되었고, 나와 적의 구분보다는 모두를 생각하게 된다. 그러므로 휘트먼은 승리자를 위한 노래를 찬양한 것뿐만 아니라, 정복당하고 죽임을 당한 사람들을 위해 기꺼이 위대한 행진곡을 연주하게 된다. 그는 승리자를 위한 찬가 대신 기꺼이 "나는 죽은 자들을 위해 북을 치고 두드린다"(I beat and pound for the dead)고 주장한다. 그래서 휘트먼은 조종을 울리는 대신, 가장 큰소리로 가장 즐겁고 힘차게 죽은 자들을 위해 연주하고 있음을 밝힌다. 여기서 최상급 형용사(loudest and gayest)를 사용했다는 것은 죽은 자들에 대한 최고의 존경을 시적으로 표현했다고 할 수 있다. 위에 인용한 시, 「나 자신의 노래」는 1855년에 쓰였지만 1881년까지 수차례나 수정·보완되었다. 특히 남북전쟁을 겪으면서 추가된 내용으로 볼 수 있는 인용 시구의 끝부분에 "특별히 바다에서 침몰한 전함과 그 승조원들에게 만세를" 보내는 것과, "유명한 영웅들만큼이나 수많은 이름 없는 무명용사들에 대해서 영웅적인 만세를" 보낸다는 것은 휘트먼의 숭고한 애국심과 무명용사에 대한 사랑이 내재되었음을 확인하게 된다.

일반적으로 군악대는 승리를 위해 또는 승리한 전투와 승리자들을 기리기 위해 북과 트럼펫을 두드리고 불며 행진하게 된다. 그러나 이 시에서 휘트먼은 음울한 분위기에 빠져있는 시민들과 거리 모습을 오히려 승리의 찬가로 전환한다. 휘트먼이 자신의 시에 나타난 음악적 리듬을 활용하는 것은 죽은 자들에 대한 찬사이다. 그는 참전 경험을 살려 전사자들의 희생과 죽음이 영웅적이었으며 영웅들의 모습이었음을 긍정적이고 활기차게 묘사하고 있다. 동시에 침체한 분위기의 시민들에게도 새로운 긍정의 에너지를 불어넣어 국가적 재난에서 하루빨리 벗어나도록 힘을 주고 있다. 휘트먼은 my cornets, my drums, my embouchures, my loudest 등에서 "나의"(my)를 반복적으로 사용하여 자신의 체험과 무관하지 않음을 밝힌다. 이는 자신의 전쟁 경험을 자신의 시에서 사실적으로 표현한 대표적인 예로 볼 수 있다 (Thomas 257). 결국 휘트먼이 묘사하고 있는 전쟁시와 이름 없는 영웅들에 대한 기록은 자신의 경험에서 근원하고 있음을 강조하고 또 강조하는 것이다. 이는 그가 일관되게 언급하고 있는 "자신의 책과 전쟁이 하나"임을 증명하는 분명한 메시지인 것이다. 휘트먼이 존중하고 찬미하는 '이 죽은 자'는 또 다른 시에서도 계속 이어지게 된다.

> 이 대양의 파도처럼 여러분 주위에 파렴치하고 뻔뻔스러운
>   음모들, 몰아치고, 오 나의 날들이여! 나의 나라들이여!
> 그러한 폭풍우도 전쟁의 무서운 번개조차도
>   그러한 분위기를 정화시키지 못했노라.

> Brazen effrontery, scheming, rolling like ocean's waves
>   around and upon you, O my days! my lands!
> For not even those thunderstorms, nor fiercest light —
>   nings of the war, have purified the atmosphere; (*LG* 591 – 2)

휘트먼이 위의 짧은 시구에서 "파렴치하고 뻔뻔스러운 음모들, 몰아치고"를 "대양의 파도처럼"으로 언급한 것은 자신이 경험한 전쟁의 위용과 참상에 견줄만하다고 보고 있기 때문이다. 전후 미국 사회 상황에 불만이었던 휘트먼은 죽은 자나 역전의 용사들에 대한 현 사회의 부조리한 모습을 "대양의 파도"(ocean's wave)를 인용하여 한탄하고 있다. 거대한 대양의 파도처럼은 휘트먼이 경험하고 체험한 해상 전투의 경험이 가미되었음은 물론이고, 전후 미국 사회의 불합리한

상황을 지난날의 애국적인 관점으로 보고 있는 것이다. 그러므로 휘트먼은 『북소리』시편의 마지막 시들에서 병사들이 평등과 우애가 넘치는 사회를 위해 국가 발전에 기여할 수 있도록 귀환하기를 바라며, 모든 갈등과 증오로부터 화해를 통해 하나 된 평화로운 미국이 되기를 바라고 기원한 것이다.

바다 위 선실에서,
.....
한갓 육지를 회상하는 나는, 아마 젊거나 늙은 선원들과 어우러져
　　　읽을 것이라,
마침내 그들과 하나가 되어.

In cabin'd ships at sea,
....
By sailors young and old haply will I, a reminiscence of the land,
　　　be read,
In full rapport at last. (*LG* 2)

1871년에 쓴 「바다 위 선실에서」("In Cabin'd Ships at Sea")라는 시의 첫 부분이다. 휘트먼은 이 시에서 전쟁 이후 위대한 시인으로서 뿐만 아니라, 미국인의 한 사람으로서 바다와 배 위에서 젊거나 늙은 선원들과 어울려 하나가 되어 함께 미국의 발전을 도모하겠다는 뜻을 암시한다. 시인은 바다를 무대로 싸워 이기는 자신과 선원들의 불굴의 의지를 언급함으로써, 남북전쟁에서 갈등으로 죽고 죽이는 살육전을 통하여 하나의 미국으로 거듭나는 거대한 바다와 배들에 대해 언급하고 있다. 휘트먼은 이 시에서 "바다 냄새와 돛의 희미한 삐걱거

림, 그 우울한 리듬, 끝없는 절망과 먼 수평선, 모든 것이 바다에 있으며, 그리고 이것이 바다의 시이다(And this is ocean's poem)"라고 한다 (*LG* 3). 나아가 희망적인 앞날을 언급하면서 그 앞길은 모르지만, 신념으로 가득 차서 항해하는 모든 배들과 화합하여 항해하라며 긍정의 노래를 부르짖는다.

3.

미국 남북 전쟁하면 전쟁의 총성이 처음으로 울렸던 섬터(Sumter) 요새 포격전이 떠 오른다. 또한 버지니아주 프레드릭스버그 전투나 1863년 7월 필라델피아의 게티스버그 전투 같은 대규모의 육상 전투를 주로 생각하게 된다. 나아가 미시시피 강변의 빅스버그 전투 같은 육상과 해상 양면의 수륙 작전도 생각할 수 있다. 그러나 남북전쟁 기간에 순전히 해상에서의 전투도 만만치 않게 전개되었음을 살펴볼 필요가 있다. 이에 본 장은 남북전쟁 중에 치열하게 벌어졌던 해상전투와 관련하여 미국 시인 휘트먼의 작품을 근간으로 고찰하고자 한다.

1862년 남부 동맹을 옥죄었던 북부 연합의 항구 봉쇄에 대적하기 위해 남부 전략가들은 바다에서 남부의 항구로부터 북부 연합의 선박을 파괴할 수 있고, 양키 무역업자들을 처벌하고 북부 연합의 배들을 유인하고 추적할 수 있는 재빠른 함대를 계획하게 되었다. 남북전쟁에서 해상전투에 대한 구체적인 실례를 『네셔널 지오그래픽』(*National Geographic*) 기사에서 발췌한 내용을 토대로 인용하면 다음과 같다.

영국 해협의 180피트 깊이의 격렬한 파도로 암흑천지였던 곳에서 남부 동맹의 전함 앨라배마호(the Alabama)에서 구리로 된 조타에 새겨진 "신은 스스로 돕는 자를 돕는다"(Aide Toi Et Dieu T'Aidera) (Guérout 67)란 말을 찾아냈다. 앨라배마호는 영국에서 건조되어 단한 번도 남부 항구에 정박하지 못했지만, 절망적인 남북전쟁 동안 the Union flag를 달고 단독으로 공해나 먼 바다로 항해했다. 이 배는 끊임없는 열정으로 22개월 동안 3대양을 오가면서 한 척의 북부 연합 전함과 64척의 상선을 불태우거나 사로잡았다(Guérout 67). 짧은 기간 무적함이었지만, 프랑스 노르망디 해안 가까이에서 발견된 침몰한 앨라배마호의 잔해는 130년 전의 모습과는 완전히 달리 겨우 형체만 확인할 수 있을 뿐이다.

위에 언급한 내용과 관련하여 휘트먼의 시, 「바다 밑의 세계」("The World Below the Brine")에서 "바다 깊은 곳에서는 열정, 전쟁, 추적, 종족이 다들 그렇듯이, 깊이 공기를 들이마시며 숨 쉬고 있다."(Passions there, wars, pursuits, tribes, sight in those ocean−depths, breathing that thick−breathing air, as so many do)(LG 260)라는 언급을 빌리면 침몰한 배가 새로운 생명의 태동 장소일 수 있음을 확인할 수 있다. 실제로 앨라배마호의 여러 격실은 고기들의 활동 장소로 이용되고 있었다. 그러므로 바다는 생명을 거두기도 하지만 동시에 새로운 생명을 태동시키는 원천임을 암시하는 휘트먼의 언급은 설득력이 있다. 다음의 시에서도 종족의 영속성을 논리적으로 전개하고 있다.

「모든 바다와 모든 배를 위한 노래」("Song for All Seas, All Ships")는 1873년 4월 4일, 뉴욕의 『데일리 그래픽』(Daily Graphic)에 「젊거나 늙은 바다의 선장들」("Sea Captains, Young or Old")이란 제목으로 처음 출판되었다가(LG 261), 최종적으로 1881년 『풀잎』판의 『바다 표류』(*Sea-Drift*) 편에 분류되어 현재에 이르고 있다. 이 인용 시는 해상 전투의 결과를 가장 생생하게 묘사하고 있다. 동시에 해상전의 희생자 모두를 위한 헌시이며, 본 장에서는 해상전투와 관련하여 가장 핵심적인 역할을 하고 있기에 전문을 싣고 상세히 설명하고자 한다.

1
오늘 한 조잡한 짧은 서창을 부르노라,
바다를 항해하는 배들은 특별한 깃발이나 표식을 달고
그 배들의 이름 없는 영웅들―눈이 닿을 수 있는 먼 곳까지
　　　펼쳐지고 펼쳐지는 파도,
포효하는 물보라, 씽씽 거리며 불어 대는 바람,
이런 바람 가운데 모든 나라의 선원들을 위한 큰 파도처럼
울렁이는 찬가.

젊거나 늙은 바다의 선장들, 항해사들, 그리고 모든 용감한
　　　선원들,
운명조차도 놀라게 하지 못하고 죽음도 두렵지 않는
　　　말이 없는 훌륭한 소수의 사람들.
불평도 없이 간신히 그대 늙은 대양에 의해 선택된
그대 바다가 시의 적절하게 종족을 고르고, 나라를
　　　결합시키고,
나라들은 그대 오래된 튼튼한 양육자에 의해 양육되어
그대만큼 튼튼하고 강력하게 그대를 구현시킨다.

(바다에서나 땅에서나 영웅들이 하나 둘 나타나고,
종족이 보존되고, 드물지만 씨앗이 충분히 보존되기에
　　　결코 소멸되지 않는다.)

1
To—day a rude brief recitative,
Of ships sailing the seas, each with its special flag or ship—signal;
Of unnamed heroes in the ships—Of waves spreading and spread—
    ing, far as the eye can reach,
Of dashing spray, and the winds piping and blowing;
And out of these a chant, for the sailors of all nations,
Fitful, like a surge.

Of Sea—Captains young or old, and the Mates, and of all intrepid
    Sailors,
Of the few, very choice, taciturn, whom fate can never surprise
    nor death dismay,
Pick'd sparingly, without noise by thee old ocean, chosen by thee,
Thou Sea that pickest and cullest the race in time, and unitest
    nations,
Suckled by thee, old husky nurse, embodying thee,
Indomitable, untamed as thee.

(Ever the heroes on water or on land, by ones or twos appearing,
Ever the stock preserv'd, and never lost, though rare, enough for
    seed preserv'd.) (*LG* 261—262)

2
오 바다여, 그대가 소유한 모든 나라의 깃발들을 펄럭여라!
여러 다양한 배의 신호처럼 보이도록 항상 펄럭여라!
그러나 그대 자신을 위해, 인간의 영혼을 위해, 모든 것들 위에
    하나의 깃발을 예비하라,
모든 국가를 위한 하나의 영적으로 짜여진 신호, 죽음을 초월한

인간의 자랑스러운 상징,
모든 용감한 선장들, 모든 불굴의 선원들과 항해사들의 권위,
그리고 의무를 다하며 죽어간 모든 이들의 표식,
젊거나 늙은 모든 용감한 선장들로 구성된 그들을 회상하며,
모든 용감한 선원, 모든 바다, 모든 배위로 언제나 미묘하게
나부끼는 만유의 승리의 깃발.

2
Flaunt out O sea, your separate flags of nations!
Flaunt out visible as ever the various ship—signals!
But do you reserve especially for yourself, and for the soul of man,
    one flag above all the rest,
A spiritual woven signal for all nations, emblem of man elate above
    death,
Token of all brave captains and all intrepid sailors and mates,
And all that went down doing their duty,
Reminiscent of them, twined from all intrepid captains, young or old,
A pennant universal, subtly waving all time, o'er all brave sailors,
All seas, all ships. (*LG* 262)

무엇보다 이 시는 바다의 위대함과 포용을 나타내고 있다. 선원들
은 남과 북으로 나뉘어 자신의 나라를 위해 싸운다고 생각하지만, 시
인의 눈으로 볼 때 바다는 모든 종족을 포용하고 결합한다고 보게 된
다. 심지어 선원들의 죽음까지도 단순한 죽음이 아니라 바다가 오히
려 그들을 선발하고 선택했음을 역설적으로 언급하고 있다. 이는 인
간적인 슬픔의 죽음이 아닌 바다에 흡수되고 융합되는 메카니즘
(mechanism)을 보여준다고 할 수 있다.

휘트먼이 시 1편의 첫 행에서 조잡한 짧은 노래라고 겸손하게 자신의 작품을 언급하지만, 사실 이 시는 수많은 바다 사나이들의 영웅적인 행위를 묘사하고 있으며, 늙거나 젊은 용맹 무쌍한 바다 영웅들을 찬양하고 있다. 해상에서 펼쳐진 다양한 모습을 시청각적인 관점에서부터 해상전투에 이르기까지 사실적으로 묘사하고 있다. 예를 들어 "펼쳐지고 펼쳐지는 파도의"(Of waves spreading and spreading) 모습과 "포효하는 물보라"(dashing spray)와 같은 시각적인 표현과 "씽씽거리며 불어 대는 바람"(the winds piping and blowing)과 같은 청각적인 요소를 사용하여 독자들에게 다가간다. 즉, 휘트먼은 바다 위의 두려운 모습을 공감각적으로 극대화하고 있다. 이처럼 휘트먼은 파도와 같이 넘실거리는 리듬에서 영웅들의 용감한 전투 행위를 찬양하고 있음을 확인할 수 있다. 한 걸음 더 나아가 함포들이 쌍방의 전함에서 불을 품는 장면을 대입하면 이 시의 첫 부분은 가장 훌륭한 해상전투의 예를 보여주는 것이다. 해군의 해전은 이중의 적과 싸워야 한다. 실제 전투의 대상인 적군과도 싸우지만, 바다라는 거대한 또 다른 자연이란 적을 대상으로 싸워야 하기 때문이다.

휘트먼은 2편의 첫 행에서 명령문을 사용하여 바다가 모든 나라의 국기들을 소유하고 있음을 보여준다. 2편의 의미는 각 나라의 영웅적인 바다 전사들이 죽었지만, 바다는 그들의 죽음조차도 포용하고 적군이든 아군이든 죽은 자들을 하나로 결속한다는 사실을 보여주고 있다. 3행에서 시인은 모든 것보다 우선해서 바다 자신과 인간의 영혼을 위한 하나의 깃발을 예비하라고 외친다. 그 깃발은 모든 국가를 위한 영적인 표식이며, 죽음을 초월한 인간의 자랑스러운 상징임을 의미한다. 이 표식은 모든 용감한 선장과 선원들과 항해사들, 그리고 자신의 의무를 다했던 모든 이들을 지칭하고 있다. 그러므로 휘트먼은 이 시의 마지막 행에서 이 모든 바다의 영웅들을 기억하면서 항상 아름답게 펄럭이는 승리의 깃발을 설정하고 있는 것이다. 이런 승리의 시적 배경은 전쟁의 상처를 극복하고 위용이 넘치는 미국의 미래를 확신했던 휘트먼의 사고에서 유래한다. 이런 낙관론은 그의 이전의 50여 편의 시들에서 보였던 공상적인 이상주의와는 매우 다른 것이다(Thomas 169).

「모든 바다와 모든 배를 위한 노래」라는 시는 남군의 자부심 가득했던 앨라배마호의 최후를 연상하게 한다. 앨라배마는 남북전쟁에서 남부 동맹의 일원으로 참전한 주이다. 이와 더불어 「끊임없이 흔들거리는 요람으로부터」("Out of the Cradle Endlessly Rocking")라는 시에서 남북전쟁에서 남부 동맹군을 위해 활약한 앨라배마라는 호칭이 등장한다. "앨라배마에서 온 외로운 손님"(The solitary guest from Alabama) (*LG* 248) 이란 시구에서 손님은 한 마리 새를 지칭하지만, *"오 밤이여! / 저 하얀 물보라 속에 보이는 저 작은 검은 물체는 무엇일까?(O night! / What is that little black thing I see there in the white?)(LG 249)"*에서 독자는 한 마리 새를 생각하기 보다는, 먼바다에 떠 있는 군함이란 느낌을 받게 된다. 하여간 이 물음에 대해 시인은 바다를 통해 대답하게 한다. 즉, "바다는 이에 대답한다, / 그리고 다시 죽음, 죽음, 죽음, 죽음을"(Whereto answering, the sea, / And again death, death, death, death)(*LG* 252). 인용에서처럼 앨라배마에서 온 것에 대해 결국 바다가 응답한 것은 죽음이다. 여기서 죽음이라는 것은 남부 동맹군의 전함으로 명성을 더 높이며 많은 전과를 거두었지만, 결국 북부 연합의 전함에 의해 침몰당했던 앨라배마호를 연상시킨다.

죽음과 관련하여 드디어 앨라배마호의 최후를 언급하고자 한다.

1864년 초 앨라배마호는 인도양을 떠나 유럽으로 다시 항진했다. 고향 남부가 게티스버그와 빅스버그에서 패배했으며, 북부 연합의 포함들이 미시시피를 초계하고 있었기에 남부를 찾을 수 없었다. 6월 13일 불길한 뉴스가 있었다. 미 북부 연합의 1,030 톤의 검은 선체인 키어사지(Kearsarge) 전함이 전투 정렬을 가다듬고 세보로(Cherbourg)로 항진했다. 그 배의 함장은 윈슬로(John Winslow)였고, 6월 14일 키어사지 함은 세보로에 나타났다. 수리를 위해 도크에 있던 앨라배마호는 이미 심각하게 망가져 있었지만, 명예를 소중히 생각했던 선원들은 프랑스 부두에 묶인 채 배를 포기할 수 없었다(Guérout 77－78). 선원들은 갑판을 문질렀고, 청동을 윤기 나게 닦았고, 칼과 단검을 날카롭게 만들었다. 대부분 리버풀 출신의 대원들은 단 한 번도 미국 남부를 밟아보지 못했지만, 기꺼이 남부를 위해 죽을 준비가 되어있었다. 그들의 노래는 비장하기만 하다.

> 우리는 고국으로 간다. 우리는 고국으로 간다,
> 그리고 곧 영국 땅에 우뚝 설 것이다,
> 그러나 우리가 본 저 영국 땅에 서기 전에,
> 우리는 먼저 키어사지 대원들과 싸워야만 한다.

> We're homeward bound: we're homeward bound,
> And soon shall stand on English ground,
> But ere that English land we see,
> We first must fight the Kearsargee. (Guérout 78)

앨라배마호 대원들의 전투에 대한 집념과 자부심, 그리고 명예를 떠올릴 수 있다. 그러나 전투 시작 후 45분이 지났을 때, 앨라배마호의 우현 측면에 포탄이 관통했고 석탄 저탄고가 붕괴되었다. 스팀 압력이 떨어졌고, 물이 용광로 위로 치솟았다. 캘(Kell) 대위는 말 몸통 크기만큼의 포탄 구멍에서 물이 범람하는 것을 찾기 위해 아래로 내려갔다. 더 이상 그의 용감한 부상자들로는 갑판을 막지 못할 것 같다고 함장에게 보고했다. 정오를 몇 분 지나지 않아 앨라배마호의 함장인 셈메스(Semmes)는 캘 대위에게 배를 포기하고 깃발을 내리라고 명령한다. 몇몇 부상한 승조원들이 구명정으로 키어사지 함으로 보내졌고, 배를 포기하라는 큰 외침이 있었다(Guérout 80). 돛대나 나무 조각을 움켜쥐면서 승조원들은 차가운 물속으로 뛰어들었고, 침몰하는 배의 소용돌이를 피하기 위해 노를 저으면서 벗어났다. 함장의 당번이었던 바텔리(Bartelli)는 충실히 함장이 부츠를 벗도록 도와주고 그 구두를 깨끗이 닦았다. 함장에 대한 최후의 예우였다. 그는 수영할 줄 몰랐지만, 아무에게도 이 사실을 말하지 않았다.

앨라배마호는 영국 해협 쪽으로 재빨리 가라앉았고 함미(艦尾)가 먼저였다. 함장인 셈메스와 캘 대위 그리고 다른 장교들은 구조되었지만, 배의 외과 의사인 늘웰린(Llewellyn) 박사 한 사람만이 익사했다. 항해사였던 캘은 *디어하운드(Deerhound)*호의 구명정 가운데 하나에 의해 끌어올려졌는데, 요트에 도착하니 선미 상판에 죽은 사람처럼 창백한 상태로 늘어져 있는 함장이 그곳에 있음을 알게 되었다. 9명이 전투 중에 죽고 21명이 부상했으며 12명 이상이 익사했다. 키어사지 함은 뉴욕 출신의 선원이었던 윌리엄 가웬(William Gowen) 만이 전사했는데, 그것도 후에 세보로 해군 병원에서였다(Guérout 81).

4.

휘트먼은 자신의 시론에서 "전쟁과 평화에 대한 모든 최상의 활동들"(All the best actions of war and peace)은 "차분히 서서 난파선들 위에서 흔들리지 않고 초연히 서서 다른 사람들이 보트에서 자리를 차지하는 것을 지켜보는 큰 자제심"(all the self—denial that stood steady and aloof on wrecks and saw others take the seats of the boats)(LG 727)과 같은 것임을 언급한다. 휘트먼의 이 글은 앨라배마호가 최후의 해상전투였던 세보로에서 북부 연합의 전함 키어사지에 의해 침몰 되었던 순간의 모습을 염두에 두고 작성한 것만 같다. 휘트먼이 언급한 해상전투에서의 참상은 앨라배마호의 최후 장면에서 보았듯이, 전투는 남과 북의 두 전함 간에 한 치의 양보도 없이 전개된다. 포탄이 앨라바마호에 명중되자 거대한 바닷물이 배의 하부 갑판에서 상부 갑판으로 솟아오르게 되고, 마침내 자부심 강했던 앨라배마호는 무참히 침몰하게 된다. 함장은 배를 포기하라고 명령하고 승조원들은 기꺼이 자신의 임무를 다했지만, 이미 상당수의 대원들이 죽거나 부상했다. 살아남은 앨라바마호 승조원들은 비록 적군이었지만, 살기 위해 어쩔 수 없이 북군의 키어사지 함에 의해 구출된다. 이 과정에서 남과 북은 적과 아군이라는 개념을 뛰어넘어 공동의 생명선을 존중하는 바다 사람의 명예로운 정신을 함양하게 된다. 이런 관점은 전후에도 그대로 계승되어, 참혹한 전쟁이라는 국가적 재난에도 불구하고 통합의 미국을 어떻게 재건하고 화합하고 융합할 것인가로 곧바로 연결된다.

이런 의미에서 휘트먼이 생각하는 바다는 단순한 바닷가나 해안이 아니라, 자부심과 명예와 긍지를 가지게 하는 거대한 대양을 언급하는 것이다. 완전한 사랑과 완전한 아름다움이 거대한 바다를 통해 결실을 창출할 수 있다는 것이다(*LG* 717). 바다는 생명 창조의 근원 장소이다. 나아가 대양은 전후 미국의 발전을 도모하는 장소이며 화해를 통한 화합의 근원으로 보는 것이다. 휘트먼의 이런 관점은 바다와 배를 아우르는 도시에서도 확인할 수 있다. 다음의 시, 「배들의 도시」("City of Ships")에서 좀 더 자세히 살펴보도록 하자.

> 배들의 도시!
> (오, 음흉한 배들이여! 오, 사나운 배들이여!
> 오, 아름답고 날카로운─이물의 증기─선들과 항해하는─배들이여!)
> 세상의 도시! (모든 종족들이 여기에 존재하기에,
> 모든 지상의 나라들은 여기서 공헌하는 것이지)
> 바다의 도시! 급하고 반짝이는 파도의 도시!

> City of ships!
> (O the black ships! O the fierce ships!
> O the beautiful sharp─bow'd steam─ships and sail─ships!)
> City of the world! (for all races are here,
> All the lands of the earth make contributions here;)
> City of the sea! city of hurried and glittering tides! (*LG* 294)

배들의 도시라는 의미는 모든 세계의 나라와 교역하는 도시로서 남북전쟁 때 민주주의 수호를 위해 올바른 전쟁을 수행했던 뉴욕을 언급하고 있다(Thomas 200). 휘트먼은 이 배들 가운데, 음흉한 배들도 있고 사나운 배들도 있다는 사실을 밝힌다. 나아가 뉴욕이라는 이 도시는 모든 종족이 모여 있는 곳이기에 세계의 도시라고 부르고 있다.

이것은 모든 것을 수용하고 포용하는 바다 이미지를 뉴욕이라는 도시에 적용하고 있음을 이 시에서 확인할 수 있다. 모든 민족을 결합한다는 것에서 볼 때, 남북전쟁의 상흔을 절망적으로 그렸던 해상시에서 오히려 재생과 환희를 은유하고 있다. 이런 관점에서 「배들의 도시」란 시가 「모든 바다와 모든 배를 위한 노래」와 무관하지 않다는 것을 보여주고 있다. 토마스에 따르면 전쟁이 끝났음에도 불구하고 휘트먼은 자신의 전쟁 참여에 대해 회의를 품었다. 이로 인해 휘트먼은 정신적으로는 여전히 동원 해제 되지 못한 자신을 부담스럽게 생각한다. 사실 휘트먼은 그가 알고 지냈던 전우들에 대해 주체할 수 없는 심정 때문에 깊은 유감을 일련의 『북소리』(Drum-Taps) 시들에서 밝히고 있는 것처럼, 이 시에서도 언급하고 있는 것이다(200). 뉴욕은 그런 그리움이 묻어 있는 도시로 휘트먼에게는 유년 시절부터 친숙했지만, 전쟁을 경험한 이후 전우를 대하듯 더욱 애정이 묻어 있는 도시로 다가온 것이다.

휘트먼은 남북전쟁이 끝난 후 미국의 혼란과 비탄과 슬픔을 바다를 소재로 설명하고 있다. 휘트먼은 그 쓸쓸함에 대해 「눈물」("Tears")이란 시를 통해 국가의 재앙을 바다의 적막감으로 은유하고 있다.

> 눈물! 눈물! 눈물!
> 깊은 밤 고독 속의 눈물이여,
> 하얀 바닷가에 떨어져서, 떨어져서 모래 속에 스며드는구나.
> ……
> 그러나 밤이 되어 그대가 떠나고 아무도 없으면―오, 그때는 해방의
>   바다.
> 눈물의! 눈물의! 눈물의 바다!

Tears! tears! tears!

In the night, in solitude, tears,

On the white shore dripping, dripping, suck'd in by the sand,

……

But away at night as you fly, none looking—O then the unloosen'd

    ocean,

Or tears! tears! tears! (*LG* 256−257)

이 시도 다른 전쟁시처럼 반복과 리듬을 사용하여 감정의 정수를 느끼게 한다. "눈물! 눈물! 눈물!"(Tears! tears! tears!)과 "떨어져서, 떨어져서"(dripping, dripping)와 같은 반복된 어휘와 음악적인 리듬은 시적 운율의 묘미를 되살리기도 하지만, 독자에게 슬픔의 감정을 이입하여 눈물을 통한 정화의식을 말하고자 한다. 그대가 떠난 바다는 홀로 있는 자유로움과 동시에 적막이란 슬픔을 역설적으로 언급한다. 이런 과정을 통해 전쟁의 슬픔에서 벗어나 자유로운 영혼이 되는 것이다.

시인은 깊은 밤 하얀 바닷가에 홀로 떨어져 아무도 없으면 자유로운 해방의 바다인 것 같지만, 상대적으로 고독하고 허무한 생각이 들고 아쉬움과 그리움과 적막감으로 인한 고통의 눈물을 흘려야 한다는 화자의 심정을 밝힌다. 이처럼 남북전쟁의 상처는 쉽게 치유되지 못한 가운데, 오랫동안 어둡고 쓸쓸하고 깜깜한 상황이 지속될 것이다. 무섭게 휩쓸었던 폭풍우처럼 어둠 속에 여전히 유령처럼 주변을 맴도는 그림자를 걷어내야 하는데, 하염없이 흐르는 눈물이 바다를 적신다. 폭우가 지난 조용한 해방의 바다는 마침내 눈물을 통한 정화로 새로운 도약의 바다로 거듭나게 되는 것이다.

눈물은 죽음과 불가분의 관계를 갖게 된다. 남군과 북군으로 참전한 군인들 가운데 아버지와 아들이, 형과 아우가 이념의 차이로 서로

적이 되었던 경우가 있다. 죽음 앞에서 그들은 무기력했지만, 시인은 때가 되었다는 말로 평정심을 가지게 한다. 죽음을 신이 부여한 생명처럼 신이 거두었다는 지극히 안정된 논리로 죽음을 예찬하고 있다. 전쟁이 미국을 황폐화했기에 정서적으로 남과 북이 화해하기 어려운 상황이었지만, 휘트먼은 「지난번 라일락꽃이 앞뜰에 피었을 때」("When Lilacs Last in the Dooryard Bloom'd")라는 시에서 죽음이야말로 새로운 생명으로 거듭날 수 있으며, 역설적으로 전후 미국 발전의 초석이 된다는 점을 강조하고 있다. 그러므로 휘트먼은 기꺼이 죽은 이들을 위해 기쁘게 노래할 수 있었고, 그 공간적인 기도의 배경을 바다로 설정하고 있는 것이다. 본 장을 통해 이미 여러 번 밝혔지만, 이 대목에서도 바다는 모든 것을 포용하고 있다.

> 때가 와서, 당신이 사람들을 데리고 갔을 때 나는 기쁘게 그 죽은
>   이들을 노래하고,
> 사랑스럽게 출렁이는 당신의 바다 속에서 모습을 잃고,
> 당신의 축복의 물결 속에 씻긴 오 죽음이여.

> When it is so, when thou hast taken them I joyously sing the dead,
> Lost in the loving floating ocean of thee,
> Laved in the flood of thy bliss O death. (*LG* 335)

이런 역설적인 논리적 시야말로 휘트먼의 전쟁시가 가지는 힘이며, 혼란과 고통에 허둥대던 미국인들의 상처를 보듬고 치유하는 에너지원으로 작용하게 된다. 휘트먼은 모든 것이 신의 뜻에 의해 생과 사가 정해졌다고 볼 때, 슬픔은 기쁨이 될 수 있고 죽음은 또 다른 생명의 탄생이 될 수 있다는 놀라운 진리를 언급하는 것이다. 이는 "사랑스럽

게 출렁이는 당신의 바다 속에서 축복으로 씻긴 죽음"이라는 인용에
서도 확인할 수 있다. 「지난번 라일락꽃이 앞뜰에 피었을 때」의 15편
에 등장하는 아래의 인용을 통해 죽은 자들은 아주 평온할 뿐, 고통받
은 흔적이 없다고 한다.

나는 전장의 시체를, 수많은 시체를 보았다.
그리고 젊은이들의 하얗게 드러난 뼈대를 보았다.
전쟁에서 죽은 모든 군인의 살점을 나는 보았다.
그러나 나는 그런 것들이 생각했던 것과는 다르다는 것을 알았다.
그들은 아주 평온히 쉬고 있을 뿐 고통받은 흔적은 없었다.

I saw battle—corpses, myriads of them,
And the white skeletons of young men, I saw them,
I saw the debris and debris of all the slain soldiers of the war,
But I saw they were not as was thought,
They themselves were fully at rest, they suffer'd not, (*LG* 336)

위에 인용한 시구는 죽은 자들이 오히려 평온한 상태로 쉬고 있는
모습을 묘사하고 있다. 굳이 따지자면 살아남은 사람들과 살아있는
사람들이 고통받고 힘겨워 한다는 의미를 내포하고 있다. 무엇보다
함께 했던 전우들이 고통을 받는다는 것을 은유적으로 표현하고 있다
고 볼 수 있다. 독자는 죽은 병사들이나 선원들의 모습에서 죽거나 살
아남은 자들에게 그 어떤 원망도 하지 않는다는 것을 읽을 수 있다.
즉, 휘트먼이 언급하고자 하는 것은 더 이상 과거에 매여 비탄하지 말
고 새로운 마음으로 새 역사에 매진하자는 일종의 계몽의 메시지를
전달하고 있다.

5.

휘트먼이 『서문』에서 바다를 언급하고 있다는 사실에 주목할 필요
가 있다. "가장 위대한 시인이 될 사람의 직접적인 시도는 오늘이다.
만약 그가 거대한 대양의 파도만큼 현 시대를 채우지 못한다면⋯⋯보
통의 경주에 그를 참가시켜 그의 발전을 기다리게 해야 한다."(The
direct trial of him who would be the greatest poet is today. If he does
not flood himself with the immediate age as with vast oceanic tides⋯⋯
let him merge in the general run and wait his development.)(*LG* 728).
휘트먼이 언급한 앞의 인용은 시인이 보유한 여러 영역 가운데 특별
히 바다와 관련하여 시인의 시적 능력을 언급하는 것이다. 이 말은 사
나운 바다의 깊이와 넓이만큼 현실감 있는 시적 감각을 가진 시인이
야 말로 가장 위대한 시인이라는 것을 은유했다고 볼 수 있다. 휘트먼
은 위대한 시인이란 바다를 소재로 한 전쟁시를 탐구하고 깊이 성찰
해야 한다고 주장한다.

휘트먼은 「미합중국에게」("To the States")라는 시에서 "바다 위에
떠 있는 찌꺼기는 무엇이며"(scum floating atop of the waters)(*LG* 278)
라고 한다. 그가 말한 찌꺼기는 정치인들, 지식인들, 심지어 대통령들
을 포함하여 미국 발전에 저해가 되는 모든 존재들을 의미한다. 휘트
먼은 이와 같은 평가절하를 통하여 진정한 미국인들이란 항상 올바른
의식을 소유해야함을 간접적으로 드러내고 있다. 그는 껍데기 같은
사람들이 나라를 위한다는 명분으로 나라를 혼동과 혼란으로 몰아가
고 있음을 지적하고 있다. 휘트먼은 그러한 자들을 바다위에 떠 있는
찌꺼기로 묘사하고 있다. 이런 표현은 동서고금을 막론하고 국가가

위기에 처했을 때, 의무를 다했던 전몰장병이나 참전용사들이 진정한 주인이었음을 보여주는 휘트먼의 수사이다. 위와 같은 휘트먼의 주장은 그의 국가에 대한 충성심에서 비롯되었다고 할 수 있다. 그는 내용 없는 말로 선동하는 정치인들의 거짓된 공약보다는 오히려 묵묵히 자신의 임무에 충실했거나 충실하고 있는 평범한 국민들, 병사들, 선원들이 진정 존경을 받아야 할 대상자들임을 밝히고 있다.

휘트먼은 시인의 임무란 국가의 위기에 동참하는 것이라고 주장한다. 그는 남북전쟁에서 체험한 생생한 경험을 통하여 그의 시에서 전쟁을 매우 사실적으로 묘사하고 있다. 그러나 그는 미국이 분열과 반목에서 벗어나 화해하고 단합해야 함을 분명히 지적하고 있다. 무엇보다 휘트먼은 용감한 해전과 그의 선원들에 대한 존경심을 자신이 겪은 전쟁의 잔영을 통해 지속적으로 언급하고 있다. 휘트먼은 특별히 남북전쟁과 관련된 그의 해양시를 통해 해상전투를 사실적으로 묘사하고 있다. 필자는 남북전쟁 시기에 활동했던 남부 동맹의 앨러배마호의 활약을 휘트먼의 시와 관련하여 조명했다. 본 장은 이와 같은 배경에 근거하여, 게티스버그나 빅스버그와 같은 육상 전투에 비해 상대적으로 덜 알려진 해상전투 장면을 휘트먼의 시를 통하여 입증해 보았다. 육상 전투와 관련된 휘트먼의 전쟁시와 같이 그의 해양 전쟁시도 남북전쟁 당시의 상황을 생동감 있고 역동적으로 묘사하고 있다. 해상전투와 관련한 휘트먼의 다양한 해양시 읽기와 분석을 통하여, 우리는 남북전쟁 당시의 생동감 있는 해상전투의 모습과 휘트먼의 시적 세계를 더욱 심오하게 탐구하고 이해할 수 있게 된다.

II. 휘트먼의 남북전쟁 시(詩) 다시 읽기

1.

휘트먼(Walt Whitman)은 1855년 『풀잎』(*Leaves of Grass*)의 「서문」 (Preface)에서 전쟁과 정복을 노래한 시적 전통을 예언하며, 시인의 위대함과 그 역할을 구체적으로 언급한다. 나아가 시인의 말과 글이 전쟁의 원인이 될 수 있음도 언급하였다. 1861년, 「서문」에서 예언했던 것처럼 정치적 이념의 차이로 미국 남북전쟁이 발발하자 휘트먼은 젊은이들에게 참전할 것을 역설한다. 동생 조지(George)를 위문한다는 명분이었지만, 자신도 통신원과 자원 간호사로 참전한다.

세기적인 판(version)이라고 할 수 있는 1876년 『풀잎』의 서문에서 휘트먼은 모든 작업이 4년간의 전쟁 주변을 휘감고 있다면서, 『북소리』(*Drum-Taps*)편 시들이야 말로 『풀잎』의 나머지 작품들의 중심에 있다고 했다(Anthony Szczexiul 127). 이처럼 전쟁 상황을 담고 있는 『북소리』를 휘트먼은 그 자신이 읊은 어떤 시보다 높은 반열에 두었다. 이런 관점에서 본 장은 휘트먼의 미국 남북 전쟁시(戰爭詩)의 중요성을 확인하고 다시 고찰해 보고자 하는 것이다.

휘트먼은 「그대 오래된 명분에게」("To Thee Old Cause")라는 시에서 "그대를 위한 수많은 서창(敍唱)같이,—나의 책과 전쟁은 하나다"(*LG* 5)라는 말로 자신의 남북전쟁 시작(詩作)이 전쟁 그 자체를 언급하고 있음을 말해 준다. 그러나 휘트먼은 산문집에서 "진정한 전쟁은 결코 책 속에 담을 수 *없다*"(*Specimen Days & Collect* 80)면서 자신이 언급하고 있는 전쟁이 필설(筆舌)로는 결코 채울 수 없음도 언급한다. 전쟁의 참상이 얼마나 적나라한가를 말해주는 듯하다. 휘트먼은 전쟁의 영웅적인 모습을 포함하여 두려움과 공포로 죽어가는 처참한 개인의 모습도 적시(摘示)하고 있다. 이는 휘트먼이 전쟁을 있는 그대로 언급하려고 했지만, 그가 목격한 참상을 온전히 묘사하지 못한다는 자조의 표현일 것이다. 그럼에도 불구하고 휘트먼이 묘사하는 남북전쟁 시는 전쟁의 명분과 원인을 가장 적나라하고 진솔하게 언급하고 있다는 것이 특징이다. 그가 말하는 전쟁시는 이처럼 인류의 생존과 불가분의 관계에 있는 전쟁의 명분과 속성을 표현하기도 하지만, 궁극적으로는 인간애를 회복하고 화해에 이르게 된다는 점이다.

남북전쟁은 휘트먼의 사고뿐만 아니라 시의 경향마저 바꾸게 한다. 남북전쟁 이전에 가졌던 자신의 완벽한 자아에 대한 자부심에 대해 회의에 빠지게 되면서, 그의 논리적인 관점은 결과적으로 약화 된다(Comer 42). 남북전쟁은 시인에게 인간애를 절실히 느끼게 했다. 남북전쟁이라는 국가적 비극을 경험한 휘트먼은 자신의 작품에서 전통적인 낭만적 이미지나 정렬적인 이미지와는 대비되는 나약함을 보일 수밖에 없다. 이런 점은 휘트먼의 남북전쟁 시가 전쟁의 실상을 통한 인간애의 실현을 충실히 보여준다고 할 수 있다. 전쟁 발발 이전 휘트먼의 자아는 "하나의 우주, 맨하탄의 아들, 거칠고 살지고 호색적이며 먹고 마시는"(*LG* 5) 미숙한 자아에서 전쟁을 겪으면서 더욱 성숙한 자아로 변화되어간다. 이는 꺼져 가는 생명에 기꺼이 입 맞추는 자로서 좀 더 민주적인 자아로 나아간다. 휘트먼이 병사들에게 보여준 애정과 열정은 그의 자아가 훨씬 더 보편적인 자아로 성장하며, 인간 사랑과 화해를 실천하고 있음을 보여주는 것이다.

휘트먼은 현대전으로 볼 수 있는 미국 남북전쟁에서 자신의 적절한 시적 태도를 모색하면서, 문체나 주제, 그리고 분위기에서 급속한 변화를 나타내고 있다. 얼킬라(Erkkila)는 1881년 판『풀잎』의『북소리』(*Drum-Taps*)편 최종 배열에 관심을 보이면서 특별히 시인은 전쟁을 독려하는 미화된 연설과 같은 군사적 환호성을 병사들의 고통과 죽음과 같은 실질적 경험으로 표현한다(qtd. Ramsey 166)고 서술한다. 휘트먼의 이런 관점은 당시 미국 국민의 정서를 고려할 때, 시나 산문에서 전쟁의 리얼리티를 묘사한다는 것 자체가 당시로서는 용기와 모험이었다. 휘트먼의 이와 같은 인식은 거의 외면당하는 개개의 병사들에게는 의미심장할 수밖에 없는 일이다. 이는 전쟁을 겪으면서 초판 대표 시로 자신의 우월한 자아의 여러 국면을 기록하는「나 자신의 노래」("Song of Myself")에서의 시적 화자의 자아가 아니라, 십자가에 못 박힌 그리스도로서 구원의 상징이자 타인을 위해 희생되는 자아 이미지를 형성하게 된다.

따라서 이 글은 휘트먼의 남북 전쟁시를 크게 두 부분으로 나누어 분석하고자 한다. 먼저 그의 전쟁시에서 전쟁이 인류 역사와 불가분의 관계에 있다는 것을 확인하고, 이를 관련 전쟁시에서 밝힌다. 다음으로 예언자 시인으로서의 휘트먼이 아니라 역사가 시인으로서 거듭나고 있음을 확인하려고 한다. 이와 같은 역사의식이 진하게 배어있는 작품을 다시 읽으면서 휘트먼의 남북 전쟁시가 낭만적 서술이나 서사적인 문학적 기교를 넘어 승자와 패자가 화합하고 융합하는 시로 귀결하고 있음을 살펴보고자 한다. 결국, 휘트먼의 남북전쟁 시를 통해 시인이 궁극적으로 언급하고자 하는 전쟁시는, 전쟁의 명분을 극복하고 인간애를 회복하며 서로 화해하고 용서하는 것임을 확인하는 과정이 될 것이다.

2.

『풀잎』과 마찬가지로『북소리』또한 여러 번의 수정과 보완을 거친다. 명백하게 말할 수 있지만, 1865년 판『북소리』의 전쟁시는 전쟁을 역사로서 보존하려는 의도에서 나온 노력이었다고 할 수 있다. 그는 새로운 서술의 연속성을 통해 일련의 역사적 양상을 강조하려고 했던 것이다(Anthony Szczexiul 131). 휘트먼의 시 「침묵 속에 심사숙고할 때」("As I Ponder'd in Silence")에서 구대륙의 시인들이 "너는 무엇을 노래하느냐? 영원히 불멸하는 시인들에게 주제는 오직 하나밖에 없음을 아느냐? 그리고 그 주제는 전쟁이며, 전투의 승패이며 완전한 병사들을 만드는 것임."(*LG* 1−2)이라고 묻는다. 이에 대해 휘트먼은 즉시 "그렇다고 나는 대답했다. 나 또한 더욱 오래고 위대한 전쟁을 노래하는 사람이오. 내 책 속에서 여러 가지 전운(戰運)과 패주와 전진과 퇴각, 그리고 결정되지 않은 승리를 두고 싸워 온 것이오."(*LG* 2)라며 대답한다. 휘트먼의『풀잎』첫 페이지에 등장하는 작품이 이처럼 전쟁과 불가분의 관계에 있는 전쟁시라는 것은 매우 의미심장한 일이다. 휘트먼의 시가 전쟁시 그 자체라는 것을 가장 분명하게 제시하는 「그대 오래된 명분에게」 전문을 소개한다.

그대 오래된 명분에게!
그대는 비할 데 없고 열정적이고 고귀한 명분이고,
그대는 강하고도 무자비하고 달콤한 신념이지,
년령과 인종과 나라를 막론하고 불멸하지,
낯설고 슬픈 전쟁 이후로도, 그대를 위한 대전(大戰),
(내 생각컨대 시간을 거슬러 전쟁은 언제나 있었고, 그리고 언제나
　　그대를 위해 진정 일어날 것이네,)
그대를 위한 수많은 찬사와 그대를 향한 끝없는 진군으로.

(전쟁 속 병사들은 홀로 전쟁을 감당하지는 않지,
멀리 저 멀리 뒤에서 조용히 기다리며 우뚝 서서, 이제는 이 책에서도
　　진격하려고 하지.)

그대는 수많은 천체들의 천체이어라!
그대는 소용돌이치는 원칙! 그대는 잘 간직되어 잠복중인 세균!
　　그대는 중심이어라!
전쟁은 그대의 신념 주변으로 회전하면서,
모든 분노와 더불어 그리고 격렬한 명분들과 상호 작용하며,
(수 천 년에 걸쳐 막대한 전쟁의 결과를 몰고 오면서,)
그대를 위한 수많은 서창(敍唱)같이, ―나의 책과 전쟁도
　　하나이고,
그 대결이 그대에 고정된 것처럼, 나와 나 자신도 그 영혼 속으로
　　통합되었고,
그 축에 맞물린 바퀴가 구르는 것처럼, 이 책도 그대의 신념 주변으로
그 스스로 무의식적으로 스며들리라.

To thee old cause!

Thou peerless, passionate, good cause,

Thou stern, remorseless, sweet idea,

Deathless throughout the ages, races, lands,

After a strange sad war, great war for thee,

(I think all war through time was really fought, and ever will be
  really fought, for thee,)

These chants for thee, the eternal march of thee.

(A war O soldiers not for itself alone,

Far, far more stood silently waiting behind, now to advance in
  this book.)

Thou orb of many orbs!

Thou seething principle! thou well−kept, latent germ! thou centre!

Around the idea of thee the war revolving,

With all its angry and vehement play of causes,

(With vast results to come for thrice a thousand years,)

These recitatives for thee,−my book and the war are one,

Merged in its spirit I and mine, as the contest hinged on thee,

As a wheel on its axis turns, this book unwitting to itself,

Around the idea of thee. (LG 4−5)

위 전쟁시는 휘트먼이 추구하고자 하는 삶의 철학과 세계관을 담고
있다. 그는 전쟁의 속성을 언급하고 인류와 전쟁이 불가분의 관계에
있음을 제시한다. 인류는 전쟁에 대한 명분을 끊임없이 찾아 헤매고
있으며, 나이나 인종, 그리고 국가의 정체성과 무관하게 전쟁은 일어
났고 또 일어날 것임을 역설한다. 이 역사적 사실의 연장선에서 미국

남북전쟁도 발생했음을 강조하며, 자신의 시집에서도 전쟁을 언급하고 있다는 것이다. 휘트먼은 전쟁의 명분이야말로 소용돌이 가운데 언제나 잠복되어 있고, 또한 핵심이기에 전쟁은 천체가 궤도를 돌 듯 명분을 찾아 끊임없이 반복한다는 것이다. 전쟁을 부추기는 설화(recitatives)와 같이 자신의 시도 전쟁을 언급하고 있음을 인정하며, 자신의 시작 또한 전쟁이라는 매체를 통해 인류 역사를 대변하고 있음을 은유적으로 표현하고 있는 것이다.

휘트먼은 자신의 전쟁시가 전쟁과 다르지 않고 전쟁과 하나임을 특히 강조하며, 자신의 시도 전쟁의 신념과 명분에 철저히 통합되었음을 인정한다. 이는 전쟁에 대한 휘트먼의 가장 근원적인 통찰이며, 자신의 전쟁관을 가감 없이 표현하고 있다고 할 수 있다. 위 전쟁시, 「그대 오래된 명분에게」는 낭만적이거나 선동적이거나 서사적인 기교를 통해 독자를 현혹하거나 당황스럽게 하지 않는다. 자신의 책과 전쟁이 불가분의 관계에 있다는 것을 솔직히 고백하면서 전쟁의 대의명분을 옹호한다. 하지만, 우리가 다시 읽어내야 할 전쟁에 관한 시인의 궁극적인 관점은 무엇보다 인류의 근원적인 이념이나 명분에 대한 우회적 비판이라는 것을 고찰하는 것이어야 한다. 휘트먼의 남북 전쟁시가 궁극적으로 언급하고자 하는 것은 인간애를 회복하는 여정이기 때문이다.

전쟁에 대한 시인의 영향력을 언급하고 있는 휘트먼의 주장이 담긴 산문을 통해 그의 전쟁관과 함께, 전쟁이란 명분에 대해 시인이 어떻게 그리고 얼마나 큰 영향력을 발휘하고 있는지를 확인할 수 있다. 여전히 휘트먼의 주전론에 무게가 실려 있다는 느낌이다.

전쟁에 있어 그(시인)는 가장 위협적인 힘이다. 그를 고용하는 사람은 보병과 기병을 고용한 것이다.… 그는 기술자가 알고 있는 것 중 가장 좋은 대포들을 가져온다. 만약 시절이 나태하고 무거우면 그는 그것(명분)을 어떻게 부추길지 안다. … 그는 자신이 말하는 모든 말들로 피가 끓게 할 수 있다. 관습이나 복종, 혹은 입법의 단조로움 속에서 썩어가는 것이 그 무엇이든 그는 결코 썩지 않는다. 복종은 그를 제압하지 못하며, 그는 그것을 통제한다. 그는 닿을 수 없는 높이에서 집중된 빛을 발한다. … 그는 손가락으로 병사들을 돌린다. … 그는 우뚝 서서 손쉽게 그들을 압도하며, 에워싸면서, 잽싸게 도망치는 자들을 당혹스럽게 한다.

In war he is the most deadly force of the war. Who recruits him recruits horse and foot ⋯ he fetches parks of artillery the best that engineer ever knew. If the time becomes slothful and heavy he knows how to arouse it ⋯ he can make every word he speaks draw blood. Whatever stagnates in the flat of custom or obedience or legislation he never stagnates. Obedience does not master him, he masters it. High up out of reach he stands turning a concentrated light ⋯ he turns the pivot with his finger ⋯ he baffles the swiftest runners as he stands and easily overtakes and envelops them. (*LG* 715)

시인의 역할은 사회 문제를 고발하고 바른길로 이끌어 가는 것일 수 있어야 한다. 휘트먼은 역사 의식을 갖춘 시인으로서, 그리고 지식인으로서 자신의 관점이나 주장을 논리적으로 토로하고 있다. 휘트먼은 위의 인용에서도 밝히고 있지만, 시인은 보병이나 기병의 역할을 할 수도 있고 대포를 동원할 수도 있다고 한다. 나아가 전쟁을 부추길 수도 있고 젊은이들을 부추기거나 선동하여 전쟁에 참전하도록 독려할 수 있다고도 한다. 병사들을 시인의 손에서 마음대로 부릴 수 있음도 서슴없이 밝히고 있다. 휘트먼의 이런 자기 고백은 이후로 자신의 시와 삶이 결코 전쟁과 분리될 수 없음을 말하고 있으며, 나아가 전쟁을 통해 인류가 어떻게 행동하고 나아가야 하는지를 암시하고 있다. 적어도 시인으로서 휘트먼은 전쟁을 막을 수 있는 방안과 대안이 무엇인지를 끊임없이 고민하고 염려하는 선각자임에 틀림없다. 그는 인류 전쟁사의 거대한 면면을 통찰하였으며 전쟁이 필요악이라는 관점이었지만, 역설적으로 전쟁을 일으키는 명분에 대한 올바른 대처를 끊임없이 고민했던 시인이었다고 할 수 있다.

나를 향해 너의 문을 닫지 말라, 오만한 도서관이여,
너의 꽉 찬 서가엔 없지만, 가장 필요한 것을 나는 갖다 놓는다,
전쟁에서 헤쳐 나와 내가 쓴 한 권의 책,
나의 책 속의 말은 별것이 아닐지라도, 뜻하는바 요점이 중요하다,
따로 놓여 있는 한 권의 책, 다른 책하곤 관계도 없고, 지식인의
　　눈에는 띄지 않는 책,
그러나 이름 없이 묻혀있는 너희는 페이지마다 가슴이 두근거릴
　　것이다.

Shut not your doors to me proud libraries,
For that which was lacking on all your well—fill'd shelves, yet
　　needed most, I bring,
Forth from the war emerging, a book I have made,
The words of my book nothing, the drift of it every thing,
A book separate, not link'd with the rest nor felt by the intellect,
But you ye untold latencies will thrill to every page. (*LG* 13—4)

남북전쟁이 막 끝난 1865년에 발표한 「너의 문을 닫지 말라」("Shut Not Your Doors")는 시의 일부이다. 이 인용 부분에서 휘트먼은 전쟁의 실상을 가장 사실적으로 옮겨놓고 있는 자신의 『북소리』를 소개한다. 진군의 북소리란 의미의 북소리(drum-taps)를 통해 휘트먼이 독자에게 전하고자 하는 것 역시 전쟁의 정당성과 합리화를 말하고자 함이 아니란 것이다. 실제로 남북전쟁을 겪으면서 휘트먼의 사고는 전쟁의 패악을 확인하면서 화해와 인간 사랑으로 전환하기 때문이다.

　시인은 수많은 지식의 보고인 도서관을 전쟁의 명분과 참상을 그럴 듯하게 언급하는 점잖은 지식인들의 현혹적인 궤변 수준과 동일선상으로 보고 있다. 비록 그럴듯한 이론과 설명이 가득한 도서관의 책들과는 근본적으로 다르겠지만, 자신의 책은 전쟁이 무엇이었던가를 가장 적나라하게 기록하고 있다는 점이다. 전쟁의 현장에서 피어난 그의 시집이 비록 오만한 도서관에서는 구석 자리에 꽂혀 있고 지식인의 눈에는 띄지 않겠지만, 인류와 불가분의 관계에 있는 전쟁을 언급한다는 점에서 가장 위대한 책일 수 있다는 것이다.

　인류사에서 끊임없이 전쟁을 한 것이 명분 때문이었다는 것을 전제할 때, 전쟁의 명분을 언급하는 책이야말로 가장 위대할 수 있다. 그러므로 전쟁을 담고 있는 책이야말로 그 어떤 책보다 도서관의 핵심 자리에 있어야 한다는 역설적인 표현이다. 나아가 가장 고귀한 전쟁을 말하고 있는 수많은 무명 병사들의 역사를 사실적으로 언급함으로써 매 페이지마다 가장 숭고한 전쟁의 전율을 읽게 된다는 것이다. 특별히 무명의 병사들을 언급하고 있는 이 부분은 「나 자신의 노래」 18편에 등장하는 내용과도 유사하다. "실패한 자들에게 만세를! … 그리고 잘 알려진 위대한 영웅들에게 하나도 뒤질 것 없는 알려지지 않은 수

많은 영웅도 만세를!"(*LG* 46)이라면서 패배한 병사들과 무명의 병사
들에게도 존중과 찬사를 보내고 있다. 휘트먼의 관심은 참전용사들,
특별히 무명용사들에게 집중되고 있다.

> *그렇다고 나는 대답했다.*
> *나 또한 거만한 분위기로 다른 어느 것보다 더욱 오래고*
> *위대한 전쟁을 노래하는 사람이오.*
> *내 책 속에서 여러 가지 전운(戰運)과 패주와 전진과 퇴각,*
> *그리고 결정되지 않은 승리를 두고 싸워 온 것이오.*
> *(그러나 마침내 승리는 확실하거나, 확실한 거나 마찬가지가 되지)*
>   *세계를 싸움터로,*
> *삶과 죽음을 위하여, 육체와 영원한 영혼을 위하여*
> *나 또한 이렇게 전투의 노래를 부르며,*
> *무엇보다도 용감한 병사들을 격려한다오.*

> *Be it so, then I answer'd,*
> *I too haughty Shade also sing war, and a longer and greater one*
>   *than any,*
> *Waged in my book with varying fortune, with flight, advance and*
>   *retreat, victory deferr'd and wavering,*
> *(Yet methinks certain, or as good as certain, at the last,) the field*
>   *the world,*
> *For life and death, for the body and for the eternal Soul,*
> *Lo, I too am come, chanting the chant of battles,*
> *I above all promote brave soldiers. (LG 2)*

「침묵 속에 심사숙고할 때」란 시의 끝부분이다. 휘트먼은 다른 어
느 것보다 위대한 전쟁을 노래하는 사람이 자신이라며 거만할 정도로

말하고 있다. 자신의 책에서 다양한 형태의 전운과 패주와 전진과 퇴각, 그리고 승리를 향해 싸우는 모습을 묘사하면서 온통 승리에 혈안이 되어있다. 세계를 싸움터로 생각하며 전투의 노래를 찬미하기도 한다. 위대한 전쟁을 언급하는 예언자 시인의 전형적인 모습을 보여주고 있다. 그러면서도 전쟁과 전투, 삶과 죽음, 그리고 영원한 영혼을 위하여 전투의 노래를 찬미하지만, 자신은 무엇보다 용감한 병사들을 존중한다는 뜻을 분명히 밝히고 있다. 이는 병사들을 단순히 용감하다고 표현하기보다는 성스러운 존재들임을 말하고자 하는 것이다. 이와 같은 견해는 시인의 관심이 인류 역사와 함께하는 전쟁 자체에 더 큰 관심을 보인다는 근거에서 확인할 수 있기 때문일 것이다.

3.

스젝제시얼(Anthony Szczesiul)은 「월트 휘트먼의 1871년 판『북소리』의 성숙된 비전」이란 논문에서 얼킬라의 말을 인용하여 다음과 같이 언급하고 있다. 남북전쟁 이전 휘트먼이 과거의 민주주의와 혁명적 전통에 입각해 자신을 예언자 시인으로 보았다면, 전쟁 동안의 그는 미래 세대를 위한 현 순간의 기록을 보존한다는 의미에서 역사가 시인으로서 자신을 보게 되었다. 1871년 판『북소리』는 이런 야망의 과정을 담고 있다(131). 휘트먼은 전쟁의 생생한 모습을 한순간도 놓치지 않고 묘사했다. 이는 예언자 시인 휘트먼이 아니라, 역사적 순간을 철저히 기록하려는 역사가 시인으로서 거듭나고 있음을 보여주는 대목이다. 이처럼 역사의식이 진하게 배어있는 그의 작품을 다시 읽으면서 확인할 수 있는 것은 미국의 아픈 역사를 치유하고 화합과 인간애를 회복하는 것임을 재확인하는 것이다.

휘트먼은 전쟁에서 겪은 체험을 자신의 책에서 어떻게 표현할 것인지를 예언이라도 하듯이 묘사하고 있다. 휘트먼의 「나 자신의 노래」는 남북전쟁 이전인 1855년에 이미 쓰였고 1881년까지 여러 번의 수정·보완이 있었지만, 그의 한결같은 인간 사랑의 보편적 자아를 확인할 수 있는 수작임을 이해할 수 있다.

> 음악과 더불어 나는 강해진다. 코넷과 드럼과 함께,
> 나는 단지 인정받는 승리자들만을 위해 행진곡을 연주하지 않는다.
> 나는 정복당하고 살해된 자들을 위해 행진곡을 연주한다.
>
> ......
>
> 나는 단 한 사람이라도 경시되거나 버려지도록 하지 않을 것이다.
> 그들과 다른 사람들 사이에 어떠한 차이도 있어서는 안 된다.
> 이것은 사려 깊은 나 자신에 대한 몰입이고 또한 분출이다.

> With music strong I come, with my cornets and my drums,
> I play not marches for accepted victors only, I play marches for
>   conquer'd and slain persons.
>
> ......
>
> I will not have a single person slighted or left away,
> There shall be no difference between them and the rest.
> This the thoughtful merge of myself, and the outlet again. (*LG* 46)

휘트먼은 전쟁에서 승리한 쪽이나 패한 쪽을 가리지 않고 모든 사람들을 함께 가야 할 대상으로 보았다. 나아가 단 한 사람일지라도 무시되거나 소홀하게 되지 않도록 배려했고, 사람들 간에 차이를 용납하지 않았다. 이런 의식은 인간 사랑을 실천한 휘트먼의 모습을 잘 반영하고 있음을 알 수 있다. 휘트먼이 말하는 "단 한 사람이라도 경시되거나 버려지도록 하지 않을 것이다.(I will not have a single person slighted or left away)"(*LG* 46)라는 표현은 그의 인생관뿐만 아니라 역사의식을 갖춘 시인으로서 인류애를 실천한 시적 표현인 것이다. 특히 한 사람일지라도 존중하고 배려해야 한다는 시인의 태도를 통해 우리는 휘트먼의 인간 사랑이 그의 사려 깊은 의식에서 태동했다는 것을 재확인하게 된다.

그대는 승리하는 것이 좋은 일이라고 들어왔는가?
나는 실패하는 것 또한 좋은 일이라고 말한다. 전투란 그들이 승리할
　　때의 정신과 똑같이 질 수도 있는 것이다.

나는 죽은 자들을 위해 울리고 두드린다.
나는 그들을 위해 관악기의 주둥이를 가장 힘 있고 가장 즐겁게 분다.

실패한 자들에게 만세를!
바다에 침몰한 전함들에게도 만세를!
그리고 바다에 빠진 승조원들에게도 만세를!
교전에서 패한 모든 장군들과 모든 이겨낸 영웅들에게도 만세를!
잘 알려진 위대한 영웅들에게 하나도 뒤질 것 없는 알려지지 않은
　　수많은 영웅들도 만세!

Have you heard that it was good to gain the day?
I also say it is good to fall, battles are lost in the same spirit in
    which they are won.

I beat and pound for the dead,
I blow through my embouchures my loudest and gayest for them.

Vivas to those who have fail'd!
And to those whose war — vessels sink in the sea!
And to those themselves who sank in the sea!
And to all generals that lost engagements, and all overcome heroes!
And the numberless unknown heroes equal to the greatest heroes
    known! (*LG* 46)

이 대목에서 한 가지 분명한 것은 승리자만의 독식이 아닌 실패하
는 것도 좋은 것이라는 시인의 태도이다. 시인은 산자나 죽은 자를 가
리지 않고 모두 인정한다. 전투에서 승리할 수도 있고, 패할 수도 있다
는 것을 모두 인정하고 있다. 바다에 침몰한 전함이나 승조원들에게
도 격려를 보내고, 전투에서 패한 장군들에게까지 마찬가지로 격려하
고 존중하고 있다. 잘 알려진 이름 높은 영웅들을 존중하듯이, 무명의
수많은 영웅에게도 존중의 뜻을 전하고 있다. 이런 휘트먼의 인간존
중 의식은 남북전쟁으로 황폐한 국토와 황량해진 민심을 달래는 초석
이 될 수 있다. 나아가 새로운 국가로 전진하려는 미국의 역사적 순간
에 구심점 역할을 할 수 있게 될 것이다. 시인으로서 사회적 책무를 성
실히 수행하고 있는 휘트먼이 최종적으로 말하고자 하는 것은 국민의
화합과 단결을 통해 새로운 미국을 건설하자는 것이다. 사실 미국은

전쟁의 아픔을 빨리 극복할 수 있었고, 새로운 민주질서를 정착할 수 있는 터를 마련했다. 시인의 이런 정신은 남부와 북부의 화합과 발전의 견인차 역할을 했다고 할 수 있다.

휘트먼은 전투 사상자들을 돌보는 역겨운 임무를 묘사하고 있는데, 이는 워싱턴에서 자원 간호사로서 그의 일상의 업무였다(Winn 153). 다음 시 「부상병을 치료하는 자」("The Wound-Dresser")는 휘트먼이 자원 간호사로서 워싱턴의 한 병원에서 경험한 사실을 언급하는 것으로, 시인의 인간애를 확인할 수 있다.

> 붕대와 물과 스폰지를 들고서,
> 나는 곧바로 재빨리 나의 부상병에게 가네,
> 전투가 훑고 지나간 뒤, 그들이 누운 땅바닥,
> 너무나 귀중한 그들의 피가 대지의 풀을 붉게 물들인 곳,
> 혹은 늘어선 병원 막사 대열을 향해, 혹은 지붕만 쳐진 병원에
> 길게 늘어선 간이침대의 위와 아래 양편을 돌아다니네,
> 각각 그리고 모두에게 차례로 다가가네, 한 명도 빠지지 않고,
> 한 보조원이 수술쟁반을 들고 따르고, 그는 배설물 통 하나도 들고
>   다니지,
> 이내 피로 뒤엉킨 헝겊들로 가득하며, 비우고, 그러면 다시 가득 차지.
>
> ⋯⋯
>
> 총알 맞은 기병대의 목을 나는 면밀히 검진한다,
> 가르랑거리는 거친 숨소리, 이미 많이 풀려버린 눈, 허나 생명은
>   부단히도 모진 것,
> (오라 달콤한 죽음이여! 오 아름다운 죽음이여 설득되어라! 자비를
>   베풀어 어서 오너라.)

팔이 절단되고 남은 부분에, 손이 절단되고 남은 부분에
나는 엉겨 붙은 붕대용 천을 벗기고, 썩은 딱지를 떼어내고, 고름과
　　피를 씻어낸다,
나는 돌아와 다시 일을 시작하며, 병원 일을 통해 내 삶을 꿰어 나가고,
그 고통 받은 부상자들을 내 손으로 위로하며 진정시킨다,
(사랑스러운 수많은 군인들의 팔들이 이 목에 의지하여 안식하였고,
수많은 군인들의 키스는 이 턱수염 난 입술에 머무네.)

Bearing the bandages, water and sponge,
Straight and swift to my wounded I go,
Where they lie on the ground after the battle brought in,
Where their priceless blood reddens the grass the ground,
Or to the rows of the hospital tent, or under the roof'd hospital,
To the long rows of costs up and down each side I return,
To each and all one after another I draw near, not one do I miss,
An attendant follows holding a tray, he carries a refuse pail,
Soon to be fill'd with clotted rags and blood, emptied, and fill'd
　　again.

　……

The neck of the cavalry－man with the bullet through and through I
　　examine,
Hard the breathing rattles, quite glazed already the eye, yet life
　　struggles hard,
(Come sweet death! be persuaded O beautiful death!
In mercy come quickly.)
From the stump of the arm, the amputated hand,
I undo the clotted lint, remove the slough, wash off the matter and

blood,
Returning, resuming, I thread my way through the hospitals,
The hurt and wounded I pacify with soothing hand,
(Many a soldier's loving arms about this neck have cross'd rested,
Many a soldier's kiss dwells on these bearded lips.) (*LG* 310−11)

휘트먼은 자원 간호사로서 자신이 간호했던 경험을 시로 옮겼는데,
부상자들의 비참함을 생생하게 보여주는 장면이다. 동료와 자신이 동
분서주하면서 간호하는 가운데 병사들의 중상이 얼마나 심각한가를
여실히 보여주고 있다. 이 장면은 미시시피 출신의 19세 대위의 경우
를 통해서도 추측할 수 있다. 휘트먼은 레이시 하우스(Lacy House)에
서 어린 대위가 다리를 절단당한 직후 알게 되었다. 그 대위는 결국 워
싱턴에 있는 에모리 병원(Emory Hospital)으로 이송되었으며, 휘트먼
은 그를 자주 방문했다. 휘트먼은 브루클린의 친구들에게 "가련한 녀
석"이라고 말하곤 했다. 그는 큰 고통을 겪었고 여전히 겪고 있지만,
매처럼 밝은 눈들을 가졌음에도 창백한 얼굴이었다. 우리의 애정은
대단히 낭만적이었는데, 언젠가 내가 그에게 고개를 숙이며 이제 가
야 한다고 속삭이자 그는 팔로 목을 감싸면서 나의 얼굴을 끌어 당겼
지(Loving 68)라고 밝히고 있다.
　위의 인용과 관련된 또 다른 실화를 소개하면 다음과 같다. 이 상황
은 휘트먼이 전쟁이 끝난 이후에도 부상병들과 교우하였음을 알 수
있게 하는 장면이다. "수많은 군인의 키스는 이 턱수염 난 입술에 머
무네"의 하나는 파웰(Reuben Farwell)의 경우이다. 그는 수년 후 군 병
원에서 퇴원하였을 때, 휘트먼의 방문을 오래도록 기억하고 있었다.
"월트는 나의 정다운 나이든 친구였고, 내가 얼마나 그의 손을 움켜잡

고 싶어 했고, 그 옛날 내가 키스하였을 때처럼 키스했지, 얼마나 만족 했었는지!"(Murray 161)라고 밝히고 있다. 파웰은 미시건의 플리마우 스 출신의 22살의 농부였다가 참전한다. 1863년 7월 3일 게티스버그 전투에도 참가한 적이 있는 그는 발에 심한 부상을 입었고 휘트먼은 그를 치료한 적이 있다. 그가 1883년 5월 19일 사망하자 미망인과 딸 을 위해 휘트먼은 연금신청의 증인이 되기고 한다.

윈(James A. Winn)은 시인들은 죽음과 위험에 노출된 강력한 젊은 이들의 집단적인 아름다움을 기념함으로써, 젊은 병사들에 대한 그들 의 애착을 표현한다. 부상병에게 입 맞추는 이미지에서 또 다른 위대 한 전쟁 시인이 있다. 그가 바로 월트 휘트먼인데 그의 시는 집단과 개 인 간의 유사한 선택을 보여주며 아름다움과 파괴 사이에서 비슷한 긴 장을 보여주고 있다(147-52)고 하며, 휘트먼이 위대한 전쟁 시인으 로서 병사들에게 보였던 애착과 깊은 인간애를 높이 칭송하고 있다.

지금까지의 논리적 전개를 바탕으로 「화해」("Reconciliation")란 시를 소개하면서 휘트먼의 전쟁시 다시 읽기의 마무리에 해당하는 진정한 화해의 의미를 도출하고자 한다. 1918년 11월의 사순(Siegfried Sassoon) 의 또 다른 시, 「화해」("Reconciliation")는 독일군과 연합군 간의 화해를 언급하고 있다. 제1차 대전에서 짐승처럼 싸웠던 병사들의 모습은 더 이상 보이지 않고 평온하지만, 골고다 언덕에서 아들을 죽인 자들의 어 미를 만나게 될 수 있다는 새순의 화해와 달리(136), 휘트먼의 『북소리』 편의 「화해」는 국가 간의 전쟁이 아닌 내전의 산물이다. 국가 간의 전쟁 보다 내전으로 인한 화해가 더 어렵고 큰 상처로 남을 수 있다. 그러나 역설적으로 상처가 큰 만큼 화해의 정도가 더 깊고 완벽할 수 있기에, 미합중국은 더 강력한 민주 국가로 우뚝 설 수 있었을 것이다.

그 무엇보다도, 아름다운 하늘같은 말,
전쟁과 그 모든 살육의 행위가 조만간 완전히 사라진다는 말은
　　아름답구나,
또한 죽음과 밤이라는 두 자매의 손들이, 더러워진 이 세상의 땅을
　　쉼 없이 부드러이 되풀이 씻어 준다는 말은 아름 답구나:
나의 적들은 죽었고, 나만큼이나 성스러운 사람도 죽었지,
나는 창백한 얼굴로 조용히 관 속에 누워 있는 그를 본다-나는
　　가까이 다가가
몸을 구부리고 관 속의 창백한 얼굴에 가볍게 나의 입술을 댄다.

Word over all, beautiful as the sky,
Beautiful that war and all its deeds of carnage must in time be
　　utterly lost,
That the hands of the sisters Death and Night incessantly softly
　　wash again, and ever again, this soil'd world;
For my enemy is dead, a man divine as myself is dead,
I look where he lies white—faced and still in the coffin—I draw
　　near,
Bend down and touch lightly with my lips the white face in the
　　coffin. (*LG* 321)

　그 어떤 무엇보다도 더 아름다운 말을 시인은 화해라고 했다. 전쟁
으로 인한 살육의 행위가 사라지고, 죽음과 밤이라는 어둡고 부정적
인 이미지가 사라지고, 더러워진 땅이 새롭게 움트는 것을 휘트먼은
「화해」란 시를 통해 극적으로 묘사하고 있다. 적들도 죽었고, 나만큼
이나 성스러운 사람인 링컨 대통령도 죽었다. 한 알의 밀알이 섞어 새
로운 열매를 맺듯, 죽음은 역설적으로 생명을 뜻하는 은유라고 할 수

있다. 그러므로 적의 죽음과 대통령의 죽음은 깊은 상처를 넘어 새로운 화합과 화해를 모색하게 하는 단초가 된다. 이 시의 마지막 행에서 "창백한 얼굴에 가볍게 입술을 댄다."라는 시적 표현을 통해 마침내 진정한 화해를 맞을 수 있게 된다. 적과 시인 둘 모두가 곧 육화된 말씀이라고 보는 헤즈포드(Walter Hesford)는 시인의 키스 동작을 적과 하나가 되는 완전한 화해를 이루는 경험이라고 말한다(152). 결국 휘트먼의 시 「화해」가 전쟁의 아픈 상처를 치유했음을 가장 사실적으로 묘사했다고 볼 수 있다.

나아가 시인은 '화해'라는 추상어가 어떻게 구체적인 행동으로 전이되고 있는지를 보여준다. 시인은 하늘처럼 아름다운 말 화해를 죽은 적에게 조용히 다가가서 그의 얼굴에 입술을 갖다 대는 동작으로 구체화 시키고 있다. 전체 6줄로 이루어진 이 시는 이 세상에서 전쟁의 추방이라는 이념을 논리적으로 전개하고 있다. 더욱이 주목되는 것은 첫째 줄에 4개의 스트레스로 시작하여 둘째 줄에 8개, 그리고 셋째 줄은 열두 개의 스트레스가 있는 문장 구조를 통하여 시적 화자의 감정적 강도가 상승하고 있음을 보여준다. 마지막 3줄은 동일하게 3개의 스트레스가 있는 문장을 설정함으로써 화자의 조용하면서도 자기 성찰의 행동이 수반되는 상황을 기술하고 있다. 이 시는 형식과 내용의 일치를 보여주고 있다. 시인은 "모든 것보다 우선하는 말"(Word over all)이야 말로 세상에 그 어떤 것보다 우선하는 화해의 수단이자 정수라고 말하고 있다. 남북전쟁 당시 적군과 아군을 뛰어넘어 쓰러진 적과의 온전한 화해를 이룬다는 이 시에서, 휘트먼은 쓰러진 적에게서 그리스도의 신성을 보고 키스 동작을 통해 스스로 신성에 참여하고 그와 자신이 동일시되는 현상을 경험한다(이광운 136-7).

4.

인류가 내세우는 전쟁에 대한 그 어떤 명분도 사람의 생명보다 더 소중하지는 않다. 인류에 대한 역사적 소명을 굳건히 가진 시인 휘트먼도 남북전쟁을 소재로 한 자신의 시를 통해 인간이 가장 소중한 존재임을 지속적으로 강조하고 있다. 휘트먼이 제시하는 전쟁에 대한 대안은 화해를 통해 인류 전체를 되돌아보게 하는 것이었다. 전쟁을 일어나게 했던 그 어떤 이유와 명분일지라도 인간에 대한 근원적인 문제인 인간 사랑을 뛰어넘을 수 없기 때문이다.

본 장은 휘트먼의 남북 전쟁시를 통해 시인이 어떻게 전쟁의 명분을 슬기롭게 극복하면서 인류의 평화와 화해를 이룩하게 되는가를 확인할 수 있었다. 휘트먼은 시인의 위대함을 특히 강조하면서 시인의 말과 글이 전쟁의 원인일 수 있다고 솔직히 고백하기도 한다. 전쟁 초기에 휘트먼은 자신의 시작에서 한동안 전쟁의 명분과 그 원인을 논리정연하게 구체적으로 언급하기도 한다. 자칫 그가 주전론에 빠져 있다고 생각할 수도 있을 만큼, 자신의 시집과 전쟁이 별개가 아닌 하나이며 전쟁과 불가분의 관계에 있음도 명확하게 언급한다. 그러나 시인 휘트먼의 전쟁관은 전쟁터의 사실적인 실상을 겪고 경험하며 역사적 소명 의식을 가진 시인으로서 거듭나게 되는 계기가 된다.

전쟁 초기에 쓴 휘트먼의 시「그대 오래된 명분에게」와「너의 문을 닫지 말라」는 인류 역사가 대체로 전쟁과 불가분의 관계에 있음을 언급하며, 전쟁이란 명분에 침잠한 느낌을 주고 있다고 할 수 있다. 그러나 전쟁의 참상을 묘사한 『북소리』에 속한 여러 시를 통해 예언자 시인은 마침내 역사가 시인으로 거듭나게 된다. 이미 본 논문을 통해 확인했지만, 전쟁을 겪으면서 휘트먼이 역사가 시인으로서 자신의 사명을 불살랐던 여적을 확인할 수 있었다. 휘트먼은 불후의 명작인 「나 자신의 노래」와 「부상병을 치료하는 자」 같은 시들을 통해 현실에 충실하면서도 다가올 미래 세대를 위해 자신에게 주어진 사명을 충실히 실천한다. 특별히 사회적 소명 의식에 충실했던 휘트먼은 부상병들의 치료와 위문에서 무한한 보살핌과 애정을 나타낸다. 마침내 휘트먼은 그의 역작인 「화해」를 통해 적의 죽음과 대통령의 죽음이란 깊은 상처를 넘어 새로운 화합과 화해의 길을 찾게 된다. 나아가 이 시의 마지막 행에서 창백한 얼굴에 가볍게 입술을 댄다는 시적 표현을 통해 진정한 화해를 맞이했다고 볼 수 있다. 입맞춤을 통해 적과 시인이 육화되었기에, 적과 하나가 되어 완전한 화해가 이루어질 수 있었던 것이다. 결과적으로 휘트먼의 전쟁시, 「화해」가 내포하고 있는 커다란 목소리는 화해가 이루어진 최종 상태라고 할 수 있다.

본 장은 휘트먼의 남북 전쟁시에서 전쟁이 인류 역사와 불가분의 관계에 있다는 것을 확인했다. 또한 휘트먼이 예언자 시인으로서가 아니라 역사가 시인으로서 거듭났다고 말할 수 있다. 그의 역사의식이 진하게 배어있는 시 작품들을 통해서 휘트먼의 남북 전쟁시가 낭만적 서술이나 서사적인 문학적 기교를 넘어, 승자와 패자가 화합하고 융합하는 시로 귀결하고 있다는 것을 확인했다. 시인 휘트먼은 그 어떤 무엇보다도 더 아름다운 말을 '화해'라고 언급하고 있다. 그러므로 휘트먼이 궁극적으로 언급하고자 한 전쟁시는, 전쟁의 명분을 극복하고 인간애를 추구하며 서로 화해하고 용서하는 것임을 확인하는 여정이었던 것이다.

Ⅲ. 휘트먼의 『북소리』(*Drum-Taps*)에 나타난 이타적 자아 이미지

1. 서론

1861년 발발하여 4년 동안이나 지속되었던 미국 남북전쟁은 대량 생산 기술의 적용과 치명적이거나 기계화된 무기의 발달로 인한 전면 전이었다. 동시에 거의 300만 명의 병사들이 남과 북, 양 진영에 직접 가담하여 그들 중 62만 명 이상이 전사한 대규모의 전쟁이었다 (Mcpherson 306). 휘트먼(1819 – 1892)은 전쟁 발발 당시 42세의 나이로 병역의무와는 무관한 상태였으나, 10살 아래 동생인 조지(George)는 제 51뉴욕 지원단에 자원입대하게 된다.[1] 남달리 애국심이 강했던 휘트먼은 섬터(Sumter)요새 전투 이후부터 방대한 분량의 전쟁 시, 『북소리』(*Drum-Taps*)를 쓰게 된다. 휘트먼은 이미 전쟁과 정복을 노래한 시적 전통을 예언하면서 "나의 책과 전쟁은 하나다"(my book and the war are one)라고 쓰고 있다. 이 시행은 이미 그가 전쟁에 관한 시들을 쓰고 있음을 반영하는 증거다.

---

[1] 섬터 요새 포격사건 이후 1861년 4월 12일 휘트먼의 다섯 동생 중 하나인 George Washington Whitman은 뉴욕주 민병대 제13연대의 100일간의 병사로 자원한 적이 있었다.

남북전쟁 후 미국의 작가들은 의식적으로 국가 내의 비극을 다루지 않으려고 애써왔다. 그들은 미국 남북 전쟁동안 대부분이 전쟁을 피해 달아나 있거나 이런저런 구실로 참전을 마다하였다. 이런 상황은 미국의 아픈 역사를 묻어 두려는 국민 정서와 맞물려 부끄러운 행적은 은폐될 수밖에 없었다. 따라서 숫자적으로 엄청난 살상을 낳았고, 결과적으로 대통령까지 죽임을 당하는 비극적인 사건이 일어났음에도 그들은 지난날의 부끄러운 역사를 가급적 낭만적 정서나 영웅적 표현과 묘사로 미화하고 감추려 하고 있다. 이런 분위기에 대해 휘트먼은 자신의 산문에서 "진정한 전쟁은 결코 책 속으로 들어 올 수 없다"(*Specimen Days & Collect* 80)고 언급하면서, 미국 내전의 영웅적인 모습도 묘사하지만 동시에 전쟁의 참상을 사실적으로 묘사하려고 무척 애썼다. 그는 각개 병사들의 전쟁을 그대로 언급하고 있다. 자칫 잊혀가는 개인의 비극적 역사를 휘트먼은 과감히 역사의 전면으로 배치시키고 있다. 그는 영웅적인 개인뿐만 아니라, 두려움과 공포로 죽어가는 처참한 개인의 모습도 가감 없이 나타냄으로써 인간의 총체적 모습을 그려내고 있다. 이런 점은 휘트먼의 자아가 타자에 대해 사심 없는 행위를 보일 때 뚜렷하게 나타난다. 이름 없는 병사에서부터 궁극적으로는 암살당한 대통령 링컨의 자아에 이르러서 더욱 뚜렷이 나타난다. 『풀잎』(*Leaves of Grass*) 초판에 등장하는 시적 자아는 마침내 『북소리』에서 현저히 이타적 자아로 제시된다(81)고 한 러빙(Loving)의 지적은 매우 설득력 있다.

카머(Comer)에 의하면 남북전쟁은 휘트먼의 사고뿐만 아니라 시의 경향마저 바꾸게 한다. 남북전쟁 이전에 가졌던 자신의 완벽한 자아에 대한 자부심에 대해 회의에 빠지게 되면서 그의 논리적인 관점은 결과적으로 약화되고 비틀거리게 된다(42). 남북전쟁이라는 국가적 비극을 경험한 휘트먼은 자신의 작품에서 전통적인 낭만적 이미지와 정력적인 이미지와 대비되는 나약함을 보일 수밖에 없게 된다. 이와 같은 현상은 휘트먼이 낭만주의적인 전쟁의 영웅담이 아닌 참혹한 전쟁의 실상을 체험했기 때문이다.

남북전쟁은 휘트먼에게 자아 발견의 계기를 철저히 제공하고 있다. 전쟁 기간에 쓴 작품들에서 보여준 자아(the self)는 결국 남성적 우정(lovers)의 개념으로 복원되고 오늘날 자칫 동성애적인 것으로 보여질 수도 있지만, 결국은 부자간의 애정과 같은 의미로 이어져 병사들을 아들들(sons)로 보려는 애정과 열정으로 변화된다. 그러므로 「켈러머스」("Calamus") 계열의 시들에서 보여지는 휘트먼의 관점은 아들과 같은 젊은이들의 죽음으로 인해 더욱 순수하고 엄숙해진다. 전쟁 이전 휘트먼의 자아는 "하나의 우주, 맨하탄의 아들, 거칠고, 살지고, 호색적이며, 먹고, 마시는" 미숙한 청년에서 전쟁을 겪으면서 더욱 성숙한 자아로 변화되어간다. 이는 꺼져가는 "생명에 기꺼이 입 맞추는 자"로서 좀 더 민주적이며 미국을 대표하는 자아로 나아간다(Loving 68). 휘트먼의 이타적인 자아가 훨씬 더 보편성을 유지하게 됨을 보여준다는 의미이다. 다시 말해서 남북전쟁은 휘트먼이 이타주의를 실천하는 장(場)이 되었으며, 이후로 좀 더 성숙된 관점에서 이타적인 자아를 형성하는 계기가 된다.

얼킬라(Erkkila)에 의하면 휘트먼은 최초의 현대전(남북전쟁)으로 인한 소용돌이와 소음, 좌절과 혼돈과 관련하여 자신의 적절한 시적 태도를 모색할 때, 그의 시들은 문체나 주제, 그리고 분위기에서 급속한 변화를 나타내고 있다. 그녀는 1881년 판 『풀잎』의 『북소리』편 최종 배열에 대한 관심을 보이면서 특별히 시인은 전쟁을 독려하는 미화된 연설과 같은 군사적 환호성을 병사들의 고통과 죽음과 같은 실질적 경험으로 표현한다(qtd. Ramsey 166)고 서술한다. 휘트먼의 이런 관점은 미국이나 국민의 정서를 고려할 때 자신의 시나 산문으로 전쟁의 리얼리티를 묘사한다는 것 자체가 당시로서는 용기와 모험이 요구되었다. 휘트먼의 분명한 이와 같은 인식은 거의 외면당하는 개개의 타자들에게는 의미심장할 수밖에 없는 일이다. 이런 관점은 전쟁을 겪으면서 초판 대표시로 자신의 우월한 자아의 여러 국면을 기록하는 「나 자신의 노래」(Song of Myself)에서의 시적 화자의 자아가 아니라, 십자가에 못 박힌 그리스도로서 구원의 상징이자 타인을 위해 희생되는 신성한 자아 이미지를 형성하게 된다.

오늘날 전쟁은 시인에게 적합한 주제가 되지 못한다고 말하기도 한 예이츠(Yeats)의 견해가 있기 훨씬 전 이미 휘트먼은 이와 같은 단정적인 표현에 분명히 상반된 견해를 취했었다. 남북전쟁은 시인에게 휴머니즘의 필요성을 더욱 절실하게 느끼게 하였고, 미국에 대해 절대적 신뢰를 가지게 하였다(qtd. Comer 294). 파즈(Paz)는 낭만주의 이래 시인들의 자아(ego)를 언급하면서, 낭만주의 작가들은 비극도 미화하고 있다는 견해에 대해 휘트먼은 전쟁에 관한 한 이런 낭만주의적 사고를 거부한다고 언급한다(156). 오히려 공동체 또는 전체에 귀속하려는 개개인의 의지에서 자신의 시적 영역을 확보하고자 하는 이타주의를 나타낸다. 이로써 휘트먼은 남북전쟁 이전에 가졌던 확신에 찬 자기중심적 자아에서 벗어나 남을 배려하고 이해하게 되는 이타적 자아로 나아가게 되는 계기를 마련하게 된다.

따라서 본 장은 전쟁 전과 전쟁 초기의 자기중심적 자아, 전쟁 중

후기의 사심 없는 자아, 그리고 링컨과 전사자들의 정령을 위한 초절적 자아 등으로 3구분하고, 전쟁이 더 이상 공상이나 환상이 아니며 영웅적이거나 찬미의 대상이 아닌 인간이 감당하기에 가장 힘겹고 참혹한 죽음과 파멸을 가져오는 것을 확인한다. 더불어 시인 휘트먼이 전쟁을 통해 어떻게 극한 상황에서 휴머니티를 모색하고 타자에 대해 가지는 연민과 애정으로 이타적 자아를 형성하는지를 밝힌다.

2. 남북전쟁 전과 전쟁 초기의 자기중심적 자아

휘트먼은 자신의 역작인 『풀잎』에서 여러 주제에 걸쳐 다양한 시를 적고 있지만, 자아의 모습을 유독 두드러지게 밝히고 있다. 자신의 시론이라고 할 수 있는 「서문」("Preface")에서 자신의 위치를 국가와 일체화하는 그의 시(詩) 정신의 정기를 발현하고 있다. 휘트먼은 실제로 거대하고 풍요하며 강한 자존의 자신을 미국의 자연과 동화한 국민 및 민주 시인의 형상으로 묘사하고 있다. 남북전쟁 이전의 휘트먼의 태도와 전쟁 초기의 휘트먼의 태도를 다음의 시들을 통하여 그의 자기중심적 자아를 확인할 수 있다.

월트 휘트먼, 하나의 우주, 맨해튼의 아들,
거칠고, 살지고, 호색적이며, 먹고, 마시고, 자식을 낳는다.
감상주의자도 아니고, 남들 위에 군림하지도 않고, 그들로부터
소외당하지도 않으며, 방종하지도, 도의적이지도 않다.
— — — — — — — — — — — — — — — — — — —
나를 통하여 영감의 물결은 일고, 나를 통하여

흐르는 조류와 지표.
나는 원시적인 암호를 말하고, 나는 민주주의의 신호를 보낸다.
신께 맹세코! 모든 사람이 그들의 상대자에게 똑같은 조건을 취하지
않는다면, 나는 아무것도 받아들이지 않으리.

Walt Whitman, a kosmos, of Manhattan the son,
Turbulent, fleshy, sensual, eating, drinking and breeding.
No sentimentalist, no stander above men and women or apart from
    them,
No more modest than immodest.
- -
Through me the afflatus surging and surging, through me
    the current and index.
I speak the pass — word primeval, I give the sign of democracy,
By God! I will accept nothing which all cannot have their counterpart
    of on the same terms.[2]

「나 자신의 노래」("Song of Myself") 제24연의 일부이다. 다분히 자
신 가득한 휘트먼의 자아의 모습을 엿볼 수 있는 시이다. 휘트먼은 하
나의 소우주인 미국의 국민이며 미국의 중심지 맨하탄의 한 평범한
시민으로서 일상적 감정과 활동이 자유롭고 평등하며 자연과 모든
비아(非我)들과 친화된 민주적·원초적 삶을 향유함과 동시에 모든
시민을 대변하고, 그들 모두의 이상인 민주주의의 이념을 주도적으
로 응집하고 있다.

---

2) Walt Whitman. *Leaves of Grass* ed. Sculley Bradley and Harold W. Blodgett. A Norton
   Critical Edition (New York : W. W. Norton & company, Inc., 1973) 52. 이하 이 책의
   인용은 *LG*로 약칭하고 면 수만 쓴다.

이와 같은 강한 자존의 자아는 적어도 전쟁 초기까지는 어느 정도 지속된다. 초기의 대표작인 「1961년」("Eighteen Sixty-One"), 「쳐라! 쳐라! 북을!」("Beat! Beat! Drums!"), 「동틀 무렵 군기의 노래」("Song of the Banner at Daybreak")등을 통해서 확인할 수 있다.

> 무장한 해(年)—투쟁의 해,
> 하지만 그대는 강한 사나이로서 바로 일어나, 푸른 옷을 입고, 어깨에
>   소총을 메고, 나아가지,
> 내가 너의 외치는 큰 소리를 들었을 때, 너의 그 당당한 목소리는
>   대륙을 가로질러 울려 퍼졌구나,

> Arm'd year—year of the struggle,
> But as a strong man erect, clothed in blue clothes, advancing,
>   carrying a rifle on your shoulder,
> As I heard you shouting loud, your sonorous voice ringing across
>   the continent, (*LG* 282)

> 쳐라! 쳐라! 북을!—불어라! 나팔을! 불어라!
> 그 창문들을 통해—문들을 통해—무자비한 힘을 가진 것처럼 터져
>   나와라,
> 엄숙한 교회로 들어가 신도들을 흩어 버려라,
> 학자들이 공부하고 있는 학교로;
> 신랑을 조용히 내버려두지 마라—지금 그는 신부와 행복하게
>   있어선 안 된다,
> 쳐라! 쳐라! 북을!—불어라! 나팔을! 불어라!
> 협상 같은 것은 하지 말라—어떤 충고도 멈추어라,
> 소심한 자들을 마음에 두지 말라—우는 자나 기도하는 자를 마음에
>   두지 말라,

젊은이에게 애원하는 노인들도 마음에 두지 마라,
어린아이의 소리도 들리지 않게 하고, 어머니의 간청도 들리지 않게
　　하라,
그렇게 힘차게 오 무서운 북을 울려라―그대 그렇게 힘차게 나팔을
　　불어라.

Beat! beat! drums!―blow! bugles! blow!

Through the windows―through doors―burst like a ruthless force,

Into the solemn church, and scatter the congregation,

Into the school where the scholar is studying;

Leave not the bridegroom quiet―no happiness must he have now
　　with his bride,

Beat! beat! drums!―blow! bugles! blow!

Make no parley―stop for no expostulation,

Mind not the timid―mind not the weeper or prayer,

Mind not the old man beseeching the young man,

Let not the child's voice be heard, nor the mother's entreaties,

So strong you thump O terrible drums―so loud you bugles blow.
(*LG* 283―4)

시인
오 어떤 새로운 노래, 어떤 자유로운 노래,
펄럭여라, 펄럭여라, 펄럭여라, 펄럭여라, 소리에 의해, 더 맑은
　　소리에 의해,
바람 소리와 북소리에 의해,
동틀 무렵 군기(軍旗)가 펄럭이는 곳.
말들! 책의 말들! 너는 무엇이냐?
더 이상 말이 필요 없다, 귀 기울이고 보라,
나의 노래는 저기 열린 하늘에 있고, 나는 노래를 해야만 한다,

펄럭이는 군기와 장기(長旗)와 더불어.

나는 기쁨과 의욕으로 가득한 피의 개울로 시를 쏟아 내리라,

그런 다음 느긋해져 나아가서 경쟁하려고 앞으로 나가리라,

펄럭이는 군기와 장기에 맞춰.

Poet

O a new song, a free song,

Flapping, flapping, flapping, flapping, by sounds, by voices clearer,

By the wind's voice and that of the drum,

Where the banner at daybreak is flapping.

Words! book—words! what are you?

Words no more, for hearken and see,

My song is there in the open air, and I must sing,

With the banner and pennant a—flapping.

I'll pour the verse with streams of blood, full of volition, full of joy,

Then loosen, launch forth, to go and compete,

With the banner and pennant a—flapping. (*LG* 284—5)

위에 인용한 3편의 시들 모두 남북전쟁 초기에 쓴 것으로 하나같이
자신에 가득 찬 모습으로 사기충천한 휘트먼의 자아를 확인할 수 있
다. 그러기에 초판의 대표작 「나 자신의 노래」와 비교할 때 그 흐름상
크게 달라진 것이 없어 보인다. 하나같이 전쟁을 독려하고 정당화하
는 표현들이다. 어린 젊은이들을 선동하는 것은 물론이고, 어머니나
노인들의 염려와 걱정 같은 것은 어리석음을 넘어서 마치 반역적이라
는 분위기로 몰아갈 만큼 냉정하다. 그러면서 북을 치고 나팔을 불어
사람들을 전쟁에 동원하려고 고무시키고 군기의 펄럭임을 한껏 미화
하고 있다. 그러나 이런 자기중심적 자아의 모습은 동생의 부상을 염

려하여 찾아 나서면서부터 전환을 맞는다. 휘트먼은 조지의 부상 정도가 다행히 심각하지 않음을 확인하지만, 전쟁의 참상을 직접 목격하면서 애국심 강한 그는 스스로 간호사로서 자원하여 전선에 남게 된다. 그리고 수많은 참상을 목격하면서 휘트먼의 자아는 위풍당당함과 같은 충만한 자아의 모습보다는 타자에 대해 사심없는(selfless) 관심과 헌신적인 행동을 하게 된다.

3. 남북전쟁 중·후기의 사심 없는 자아

또 다른 의미에서 전쟁은 휘트먼에게 자신을 되돌아보게 했다. 『북소리』 시편들에서 전쟁으로 나아가는 휘트먼의 흥분은 마침내 전쟁의 위협으로 인한 희생을 인식하는 쪽으로 전이되고 있다. 지금 그는 국가의 무서운 싸움에 자신을 열중시킨다(Loving 81). 휘트먼은 전쟁이 계속되면서 처참한 상황의 전투 장면을 목격하기도 하고 부상의 정도가 심각한 병사들을 직접 보고 치료하면서 강한 이타적인 연민을 가지게 된다.

휘트먼의 가장 위대한 초기시 「나 자신의 노래」조차도 여러 번의 수정을 거듭하였지만, 이 통렬한 『북소리』의 시들은 프레드릭스버그와 라파한넉과 워싱턴의 군 병원, 팔마우스 등에서 태동하게 된다. 여기서 겪은 경험을 토대로 쓴 전쟁시는 인간 존재에 대한 존엄한 깨달음이 있기에 휘트먼은 수정할 수 없게 된다. 이는 휘트먼이 비록 한 개인으로서 전쟁을 경험했지만, 전쟁터에서 보았던 숭엄하고 존엄한 인간성에 대해 느끼는 귀중한 개인적인 역사의식 때문일 것이다. 「인도로의 항해」("Passage to India")를 쓴 시인은 "신의 생각 속에서"(at the thought of God) 재빨리 오그라들거나 비틀거리게 되는 반면, 「나 자신의 노래」에서 시인은 신의 아들, 아니면 최소한 가까운 친척이 된다. 휘트먼의 이와 같은 신비스러운 주장은 1855년 판과 함께 끝난다. 1865년 판의 가장 훌륭한 시 「브루클린 나루를 건너며」("Crossing Brooklyn Ferry")에서 시인은 시간과 공간의 주인일 수가 있었지만, 이후로 수백 년 후에 그를 따르는 사람들에게까지는 더이상 주인일 수가 없을 것이다. 이런 변화의 과정은 「켈러머스와」 1850년대 후반의 위대한 해양 시들에서 보여진 휘트먼의 신비로운 느낌도 사라지게 하고, 오히려 전우들의 필요성(need of comrades)을 부각시키게 된다. 전우들의 필요성에 발맞춰 그는 직접 간호업무를 시작하고 동시에 이타주의를 피력한다. 다음의 시들에서 이타적 자아를 살펴보자. 「밭에서 나오세요, 아버지」("Come Up from the Fields Father"), 「하룻밤 전쟁터에서 경험한 묘한 밤샘 간호」("Vigil Strange I kept on the Field One Night"), 「곤경에 빠져 낯선 길을 행렬 지어 가는 행군」("A March in the Ranks Hard-Prest, and the Road Unknown"), 「흐리고 어둑한 새벽녘 진지의 한 광경」("A Sight in Camp in the Daybreak Gray and Dime"), 「내가 힘들게 버지니아 숲을 배회했을 때」("As Toilsome I Wander'd Virginia's Woods") 등의 시에서 일부를 싣는다.

> 황급히 봉투를 연다,
> 문장들은 토막토막 이어져 있고, *가슴에 총알을 맞아, 기병대의*
> *충돌전, 병원에 운반,*
> *지금은 중태나 곧 회복될 것.*
> 가엾게도 불쌍한 소년, 그는 회복하지 못하리라(용감하고 순진한

저 영혼은 회복될 필요가 없으리라),
가족들이 문 앞에 모여 있는 사이, 그는 이미 죽어 있는 것이다,
유일한 아들은 죽어 있는 것이다.
그러나 어머니는 회복되어야 한다,
그녀는 여윈 몸에 곧 상복을 입고,
낮에는 먹을 것도 안 들고, 밤에는 이따금 눈을 감으나, 대게 깨어 있고,
한밤에 깨어서, 울며 한탄 섞인 깊은 소원을 말한다,
오, 그녀는 아무도 몰래 삶을 거두고 싶어 한다, 이승을 조용히 떠나고
　　싶어 한다,
사랑하는 죽은 아들을 따라 함께 가고 싶어 한다.

Open the envelope quickly,
Sentences broken, *gunshot wound in the breast, cavalry skirmish, taken*
　　to hospital,
At present low, but will soon be better.
Ala poor boy, he will never be better, (nor may — be needs to be
　　better, that brave and simple soul,)
While they stand at home at the door he is dead already,
The only son is dead.
But the mother needs to be better,
She with thin form presently drest in black,
By day her meals untouch'd, then at night fitfully sleeping, often
　　waking,
In the midnight waking, weeping, longing with one deep longing,
O that she might withdraw unnoticed, silent from life escape and
　　withdraw,
To follow, to seek, to be with her dear dead son. (*LG* 302—3)

휘트먼은 조지의 여단이 리(Robert E. Lee) 장군이 이끄는 남군의 야포와 총탄에 노출된 상태로 넓은 들판을 가로질러 가며 싸워야 하는 장면을 윌콕(General Willcox) 장군[3]의 보고서를 인용하여 기술하고 있다. 북군이 연대를 번갈아 가며 진격하려고 애쓰고 있었을 때 그들의 대열은 흩어졌고 수천명이 전사하였거나 부상을 당하였다. 어떤 곳에선 시체들로 겹겹이 뒤엉킨 참혹한 싸움터도 있었다(Loving 78). 이와 같은 상황은 『북소리』에서 잘 묘사되고 있다. 『북소리』 중 가장 위대한 몇 편의 시에서 생생한 전쟁터를 묘사하고 있는 "하룻밤 전쟁터에서 경험한 묘한 밤샘 간호"(Vigil Strange I kept on the Field One Night)는 휘트먼이 프레드릭스버그에서 보냈던 엄숙한 크리스마스 날의 분위기를 직접 반영하고 있다. 어떤 행에서도 축제 분위기는 찾아볼 수 없으며, 다만 전우와 아들 같은 이의 죽음에 대한 안타까움과 그로 인한 진한 이타주의가 묻어 있음을 알 수 있다.

하룻밤 전쟁터에서 경험한 묘한 밤샘 간호;
그날 너 내 아들 같은 나의 전우가 내 곁에서 쓰러졌을 때,
내가 보낸 단 한 번의 시선에 다정한 너의 눈길은 내가 결코 잊지 못할
    모습으로 되돌아 왔었지,
네가 땅에 쓰러져 누워 있을 때 오 소년아, 나의 손을 잡았던 그대
    손의 감촉,
그런데도 전쟁터로 나는 진군을 했네, 그 승패 없는 경쟁의 전쟁터,
늦은 밤 다시 그곳으로 돌아와 교대하여 내 임무를 수행할 때,

---

3) Willcox, Orlando Bolivar(1823 - 1907): 북군의 장군으로 남북전쟁 기간동안 1862년 9월 8일부터 10월 8일까지 South Mountain과 Antietam에서 9 포토맥 군의 1사단을 지휘했으며, 1862년 10월 8일부터 1863년 1월 16일까지 Warrenton과 Fredericksburg에서 군단을 이끌었다. 좀 더 자세한 사항은 The Civil War Dictionary 를 참조.

사랑하는 나의 전우여 너무도 싸늘해진 그대의 주검을 발견했네,
　　입맞춤에 응답하던 너의 몸을 발견했네, (이승에서는 다시없을 응답)
담요를 잘 접어서 조심조심 머리위로부터 발밑까지 덮어씌워선,
그곳에서 때마침 떠오르는 태양의 열기에 젖어서, 조잡하게 판 그의
　　무덤 속에 내 아들을 내려놓았지,
그리곤 그가 쓰러졌던 곳에 그를 묻었지.

Vigil strange I kept on the field one night;
When you my son and my comrade dropt at my side that day,
One look I but gave which your dear eyes return'd with a look I
　　shall never forget,
One touch of your hand to mine O boy, reach'd up as you lay on
　　the ground,
Then onward I sped in the battle, the even－contested battle,
Till late in the night reliev'd to the place at last again I made my way,
Found you in death so cold dear comrade, found your body son of
　　responding kisses, (never again on earth responding,)
Folded the blanket well, tucking it carefully over head and carefully
　　under feet,
And there and then and bathed by rising sun, my son in his grave,
　　in his rude－dug grave I deposited,
And buried him where he fell. (*LG* 303)

　아들 같은 자식의 주검을 보고 통곡할 수 없고, 눈물 한 방울조차도
흘릴 수 없고, 한마디의 말조차도 할 수 없이 긴 침묵의 시간이 흐를
뿐이라는 휘트먼의 고뇌는 그가 그토록 자신했던 초판본에서 보여주
었던 자아의 모습과는 매우 다른 엄숙한 느낌이다. 동료 전우와 아들
같은 어린 병사들을 한번 힐끔 보았을 뿐인데, 주검을 지키는 밤샘 간

호 동안 그들의 다정한 생전의 모습을 잊을 수가 없게 된다. 휘트먼이 할 수 있는 일은 침묵 가운데 사랑스러운 아들 같은 전우를 위한 간호를 수행함으로써 그들에 대한 사랑을 대신할 수밖에 없음을 안타까워한다. 휘트먼의 이런 심정은 「곤경에 빠져 낯선 길을 행렬 지어 가는 행군」("A March in the Ranks Hard-Prest, and the Road Unknown")이라는 시를 통해 계속된다. 부상병에 대한 휘트먼의 안타까움과 연민이 계속됨을 확인할 수 있다.

> 내 발아래 뚜렷이 보이는, 그저 한 젊은이에 불과한, 군인이 출혈로 인해
>   위독하다, (그는 복부에 총상을 입었다,)
> 나는 임시로 피를 지혈하고, (그 젊은 군인의 안색은 백합처럼
>   창백하다,)
> 그 자리를 떠나기 전 나는 희미한 광경위로 몰입하였던 내 시선을
>   내린다,
> 형언할 수 없는 얼굴들, 여러 가지 것들, 사태, 그들 중 일부는 가장
>   애매한 상태로 죽어간다,
> 군의관들은 수술을 하고, 보조원들은 불을 들고 있고, 에테르 냄새,
>   역겨운 피 냄새,
> 군인들, 오 피범벅 된 군인들, 바깥마당에도 또한 가득 차 있고,
> 어떤 이는 맨 바닥에, 어떤 이는 널빤지나 들것에, 어떤 이는 죽음의
>   경련으로 발한하고,
> 때때로 비명과 울부짖음, 지시하고 부르는 군의관의 고함소리,
> 횃불의 빛을 받아 반짝이는 작은 철 수술 도구들,
> 내가 성가를 부르고, 그 형상들을 다시 보고, 그 역겨운 냄새를
>   맡을 때, 나는 이것들을 다시 한다,
> 그때 밖에서 명령소리가 들린다, *집합! 나의 병사들이여 집합*;
> 그러나 먼저 나는 죽어 가는 젊은이에게 구부린다, 그는 눈을 뜬 채,

나에게 희미한 미소를 보내고,
그런 다음 조용히 눈을 감네, 그리고 나는 어둠을 향하여 앞으로
　　돌진해간다,
병사들은 줄지어 그 암흑 속의 행군을 다시 시작한다,
여전히 낯선 길로의 행군을.

At my feet more distinctly a soldier, a mere lad, in danger of bleeding
　　to death, (he is shot in the abdomen,)
I stanch the blood temporarily, (the youngster's face is white as a lily,)
Then before I depart I sweep my eyes o'er the scene fain to absorb it all,
Faces, varieties, postures beyond description, most in obscurity, some
　　of them dead,
Surgeons operating, attendants holding lights, the smell of ether, the
　　odor of blood,
The crowd, O the crowd of the bloody forms, the yard outside also fill'd,
Some on the bare ground, some on planks or stretchers, some in the
　　death－spasm sweating,
An occasional scream or cry, the doctor's shouted orders or calls,
The glisten of the little steel instruments catching the glint of the
　　torches,
These I resume as I chant, I see again the forms, I smell the odor,
Then hear outside the orders given, *Fall in, my men, fall in;*
But first I bend to the dying lad, his eyes open, a half－smile gives he me,
Then the eyes close, calmly close, and I speed forth to the darkness,
Resuming, marching, ever in darkness marching, on in the ranks,
The unknown road still marching. (*LG* 305)

이 시는 치열한 전투의 현장에서 낯선 길로 계속 전진해야 하는 한

부대의 모습을 보여주고 있다. 삶과 죽음이 공존하는 일촉즉발의 상황에서 복부에 총상을 입은 그 젊은 군인은 "집합"(Fall in)하라는 지휘관의 명령을 따를 수 없다. 백합처럼 창백한 그는 그저 아련히 죽어갈 뿐이다. 군의관의 분주함, 에테르 냄새, 비명과 울부짖음, 또 지시하고 부르는 군의관의 고함 소리에도 불구하고 마지막 성가를 들으며 그 젊은 부상병은 눈을 뜬 채 시인에게 희미한 미소를 보내며 죽어간다. 그리고 일단의 병사들은 줄지어 그 암흑의 어둠을 향하여 다시 진군해야 한다는 군대의 속성을 여과없이 보여주는 시이다. 이 부대는 곤경에 빠져 여전히 낯선 길로의 행군을 해야만 하며, 이는 부상병의 죽음을 뒤로하고 나아가야 할 만큼 전투의 급박성을 보여주는 은유이다.

휘트먼이 프레드릭스버그의 야전병원에서 직접 경험했던 또 다른 시 「흐리고 어둑한 새벽녘 진지의 한 광경」("A Sight in Camp in the Daybreak Gray and Dime")도 전쟁의 비참함을 언급하고 있다. 날씨는 혹독하게 추웠고, 12월이었으며 강변은 짙은 안개로 인해 프레드릭스버그를 도하 하려고 이용된 거룻배 부교의 건설이 늦어진 상황 속에서 야전병원의 부상병들이 밤 동안 죽어 시체가 되는 참혹성을 피력하고 있다(Loving 82).

> 이상히도 나는 걸음을 멈추고 말없이 선다,
> 그리곤 가벼운 손가락으로 제일 가까이 있는 첫 번째 군인의 얼굴에서
>   담요를 살짝 벗겨 본다,
> 나이 들어 머리는 백발이고, 눈언저리 살은 말끔히 빠지고,
>   무시무시하게 늙은 당신은 누구인가?
> 나의 정다운 전우 당신은 누구인가?
> 그리곤 나는 두 번째 군인에게로 걸음을 옮긴다 — 그리고 너는

누구인가?

나의 아들과 같이 그리운, 꽃피는 홍안의 아리따운 너는 누구인가?

그리곤 세 번째 군인-어리지도 늙지도 않은 얼굴, 아름다운 상아빛
　　같이 퍽이나 조용한 얼굴;

젊은이여, 나는 너를 알 것 같다-이 얼굴은 예수의 얼굴 바로 그것이
　　라고 나는 생각한다,

죽어서 성스런 만인의 형제, 그리고 그가 다시 여기에 누워 있구나,

Curious I halt and silent stand,

Then with light fingers I from the face of the nearest the first just lift
　　the blanket;

Who are you elderly man so gaunt and grim, with well-gray'd hair,
　　and fresh all sunken about the eyes?

Who are you my dear comrade?

Then to the second I step-and who are you my child and darling?

Who are you sweet boy with cheeks yet blooming?

Then to the third-a face nor child nor old, very calm, as of beautiful
　　yellow-white ivory;

Young man I think I know you-I think this face is the face of the
　　Christ himself,

Dead and divine and brother of all, and here again he lies.

(*LG* 306-7)

이 시에서처럼 휘트먼은 야전병원 텐트 바깥에 드러누워 있던 부상
자들을 목격하였고, 워싱턴으로 출발하기 이틀 전 이른 아침 산책을 하
던 중, 아우 조지 대위의 연대와 다른 연대의 전사자들을 위해 무덤을
파고 있는 병사들을 발견하게 된다. "죽음은 이곳에선 아무것도 아니
다"라고 휘트먼은 기록했었다. 계속되는 휘트먼의 기록은 다음과 같다.

이른 아침 너의 텐트에서 나와 세수를 하려고 했을 때, 너의 앞에서 들 것에 실려 형태도 없이 축 늘어진 대상물, 즉 시체 위에 희뿌연 군용담요가 드리워져 있는 것을 보았지. 이 시체는 다름 아닌 간밤에 야전 병동 텐트에서 죽었던 연대의 한 부상당한 병사의 것이었다(Loving 82).

휘트먼의 이 시는 전투 이후의 야전 병동에서 볼 수 있는 거의 절망에 가까운 상황을 보여주고 있다. 다음에 오는 2연의 「병영의 광경」("A Sight in Camp")에서 한없는 연민과 애통함으로 휘트먼은 담요로 덮인 시체가 있는 들것으로 주저 없이 나아간다. 시인은 제1연에서 약간 거리를 두고서 병영의 모습을 있는 그대로 사실적으로 묘사하다가, 제2연에서는 훨씬 적극적으로 가까이 다가가 간호사로서 동료, 전우, 그리고 어른으로서 아이에 대해 가질 수 있는 연민의 정을 가진다. 즉 타자에 대한 인식의 범위를 넓혀 가고 있다. 이제 종결 연인 제3연에서 휘트먼은 마침내 그동안 미루었던 이타주의를 성취하게 된다. 세 번째인 마지막 연에서 마침내 휘트먼의 "시적 성변화"(poetic transubstantiation)가 일어나게 된다. 이는 세 번째 병사의 것으로 삼위일체의 상징적 의의를 창조한다(qtd. Loving 82). 러빙의 지적처럼 휘트먼이 시적 영감을 체득한 곳, 즉 최전선 야전 병동에서 새벽의 광경을 목격하면서 자신의 노트에 이 시를 위해 최초의 실험적인 3행을 작성했음도 우리는 알고 있다.

휘트먼은 이처럼 평소 메모 형식을 취해 꼼꼼하게 기록하였다가 한 편의 최종의 시를 완성하는 습관이 있었다. 위 시에 대한 이해는 다음 휘트먼의 『전쟁 중의 비망록』(*Memoranda During The War*)에 언급된 글을 통해 이해의 폭을 넓힐 수 있으며, 동시에 휘트먼이 이타주의를 몸소 실천하고 있음을 알 수 있다.

December 23 to 31(12월 23일부터 31일까지)

그 늦은 전투의 결과로 야영지, 여단, 그리고 사단 병원의 수천 명의 부상병이(단 하루에 그 전투의 최후 결과는 진지, 여단, 그리고 사단 병원에 수용되어있는 부상병 수천 명을 이곳저곳 도처에서 속출시켰다 (단 하루에 수백 명이 죽어갔다.) 이것들은 단순한 텐트일 뿐이며, 때때로 참혹한 부상자들은 땅바닥에 누워있고, 운이 좋으면 작은 잎이 달린 소나무나 솔송나무의 잔가지를 깔고 그 위에 담요를 펴서 누워있다. 간이침대는 없다. 심지어 매트리스조차도 없다. 매우 춥다. 땅은 꽁꽁 얼었고, 간간이 눈발이 날린다. 나는 이 환자, 저 환자들을 둘러본다. 나는 더 잘 할 수 있는 것을 알지 못하지만, 그들을 떠날 수도 없다. 한번은 어떤 젊은이가 발작하듯 한참 동안 나를 붙잡고 늘어졌고, 나는 내가 그를 위해 할 수 있는 일을 한다. 하여간 그가 원한다면 그에게 멈춰 서서 몇 시간 동안 곁에 앉아 있다. 병원에서만이 아니라, 나는 또한 가끔씩은 시간을 내어 야영지를 둘러보면서 병사들이나 환자들과 장시간 얘기를 나누기도 한다. 가끔씩 밤에 관목 울타리로 만든 그들의 오두막에서 모닥불 주위에 모여 시끌벅적 떠드는 무리 속에 앉아 있다. 그것들은 다양한 사람들과 무리들로 가득 찬 흥미로운 볼거리이다. 나는 야영지 어느 곳에서든 곧바로 장교들이나 병사들에게 소개되었고 항상 친절한 대우를 받았다. 때때로 나는 잘 아는 연대원들과 함께 전초로 내려간다.. . . . .
. . . 휴대 식량에 관해 이야기 한다면, 현재 이곳의 군대는 꽤 잘 공급받는 것으로 보이지만, 병사들은 만족하지는 못하는 것 같고, 주로 소금에 절인 돼지고기와 건빵을 충분히 가지고 있다. 연대원 대부분은 초라하고 작은 숙소−텐트에서 지낸다. 몇몇은 벽난로가 있는 통나무와 진흙으로 만든 자신들의 오두막집을 짓기도 하였다.[4]

---

4) Walt Whitman, *Civil War Poetry and Prose*. Ed. Candace Ward. (New York: Dover Publications, Inc., 1995), 42−43. 이하 이 책의 인용은 *CPP* 라 약칭하고 면수만 쓴다.

다음 시는 휘트먼의 「부상병을 치료하는 자」("The Wound-Dresser")
이다. 이 시의 상황은 실화를 옮긴 것으로 휘트먼이 전쟁이 끝난 이후
에도 부상자들과 교우하였음을 알 수 있게 하는 시이다. 다음 시에서
휘트먼의 이타적 행위를 느낄 수 있다.

총알 맞은 기병대의 목을 나는 면밀히 검진한다,
가르랑거리는 거친 숨소리, 이미 많이 풀려버린 눈, 허나 생명은 부단히도
　　모진 것,
(오라 달콤한 죽음이여! 오 아름다운 죽음이여 설득되어라! 자비를 베풀어
　　어서 오너라.)
팔이 절단되고 남은 부분에, 손이 절단되고 남은 부분에
나는 엉겨 붙은 붕대용 천을 벗기고, 썩은 딱지를 떼어내고, 고름과 피를
　　씻어낸다,
나는 돌아와 다시 일을 시작하며, 병원 일을 통해 내 삶을 꿰어 나가고,
그 고통 받은 부상자들을 내 손으로 위로하며 진정시킨다,
(사랑스러운 수많은 군인의 팔들이 이 목에 안기어 안식하였고,
수많은 군인의 키스는 이 턱수염 난 입술에 머무네.)

The neck of the cavalry—man with the bullet through and through I
　　examine,
Hard the breathing rattles, quite glazed already the eye, yet life
　　struggles hard,
(Come sweet death! be persuaded O beautiful death!
In mercy come quickly.)
From the stump of the arm, the amputated hand,
I undo the clotted lint, remove the slough, wash off the matter and
　　blood,
Returning, resuming, I thread my way through the hospitals,
The hurt and wounded I pacify with soothing hand,
(Many a soldier's loving arms about this neck have cross'd and rested,
Many a soldier's kiss dwells on these bearded lips.) (*LG* 311)

「부상병을 치료하는 자」에서 "수많은 군인의 키스는 이 턱수염 난 입술에 머무네"(Many a soldier's kiss dwells on these bearded lips,)의 수많은 병사 중 하나는 파웰(Farwell)의 경우임이 사실로 드러났는데, 그는 수년 후 군 병원에서 퇴원하였을 때 휘트먼의 방문을 오래도록 기억하고 있었다. "월트는 나의 정다운 나이 든 친구였고, 내가 얼마나 그의 손을 움켜잡고 싶어 했고, 그 옛날 내가 키스하였을 때처럼 키스했지, 내게 얼마나 만족했었는지!"라고 밝히고 있다(Murray 161). 파웰은 미시건의 플리마우스 출신의 22살의 농부였다가 참전한다. 1863년 7월 3일 게티스버그 전투에도 참가한 적이 있는 그는 발에 심한 부상을 입은 상태였고 휘트먼은 그를 치료한 적이 있다. 그가 1883년 5월 19일 사망하자 미망인과 딸을 위해 휘트먼은 연금신청의 증인이 되기도 한다.

전쟁의 비참함을 보여주는 예는 미시시피 출신의 19세 대위의 경우인데, 휘트먼은 그 어린 대위가 다리를 절단당한 직후 레이시 하우스[5]에서 알게 되었다. 그 대위는 결국 워싱턴에 있는 에모리 병원으로 이송되었으며 휘트먼은 그를 자주 방문했었다. 휘트먼은 브루클린의 친구들에게 "가련한 녀석"이라고 말하곤 했다. 그는 큰 고통을 겪었고 여전히 겪고 있지만, 매처럼 밝은 눈들을 가졌음에도 창백한 얼굴이구나─우리의 애정은 대단한 낭만─언젠가 내가 그에게 고개를 숙이면서 이제 가야 한다고 속삭이자 그는 팔로 나의 목을 감싸면서 나의 얼굴을 끌어당겼지(Loving 68). 휘트먼의 타자에 대한 연민과 애타심을 읽을 수 있는 표현들이다.

---

5) Lacy House: 1771년에 지어진 저택으로 부호 James Lacy의 집이었지만, 남북전쟁 기간에 북군의 총본부로 사용되었다.

다음 휘트먼의 『전쟁 중의 비망록』(*Memoranda During The War*)의 한 부분을 통해서 위에 언급한 내용을 좀 더 구체적이고도 객관적으로 이해할 수 있다. 미시시피 출신의 19세의 대위의 일화도 언급되고 있지만, 좀 더 구체적인 내용은 「발췌한 서간문」("Selected Letters")의 「뉴욕의 넷 브룸과 프레드 그레이에게」("Nat Bloom and Fred Gray, New York")라는 제목의 편지에서 잘 나타나 있다.[6]

사랑하는 넷과 프레드 그레이에게:

프레드릭스버그 전투가 개시되면서, 나는 뉴욕을 떠난 이래 겨울의 상당한 기간을 나의 동생과 최전선의 포드맥 군(軍) 산하에 있었다네. 그곳에서 나는 실제 기사거리가 될 *전쟁 생활*을 목격했다네. 나는 나 자신을 담요 속에 묻고, 고요하게 진흙 속에 누운 채, 소금에 절인 돼지고기와 딱딱한 비스킷을 맛있게 먹었고, 실신하고 출혈이 있는 부상자들에게 음식물을 주기 위하여 전쟁터에 있었다네. ─나는 다음날 휴전을 알리는 깃발 아래, 시체를 매장하는 일을 곧바로 돕기위해 나아갔고, ─ 젊은 미시시피 출신의 대위(약 19세)와 엄청난 우정을 주고받으며, 우리는 프레드릭스버그에서 심하게 부상을 당한 포로들을 데리고 왔단다. (그가 나를 따라 여기에 왔는데, 지금은 한쪽 다리를 잃은 채, 에모리 병원에 있다네. 그는 반군의 긍지를 자랑하듯 남부 동맹군의 제복을 입고 있었다네. 나는 지난 12월 중순에 팔마우스의 레이시 하우스 병원에서 그 후 다시 그를 만났다네. 그의 다리는 막 절단되었기에 나는 가련한 그를 격려했다네. 가련한 녀석, 그는 큰 고통을 겪어왔고 여전히 고통받고 창백했지만, 눈은 매처럼 빛난다네. 우리의 우정은 아주 낭만적인 일

---

6) a Mississippian .... doing well Whitman refers to this soldier in his letter to Nat Bloom and Fred Gray, march 19. 1863. (어떤 미시시피인 ....휘트먼은 1863년 3월 19일 넷 블럼과 프레드 그레이에게 보낸 편지에서 이 군인이 잘 지내고 있다고 언급하였다).

이라 할 수 있다네. 때때로 내가 말하려고 그에게 기댔을 때, 그는 뉴 보워리의 한 장면을 생각해도 좋을 정도로 팔로 나의 목을 감싸고 나의 얼굴을 아래로 끌어 당겼다네.) *(CPP 62)*

시를 통한 휘트먼의 이타주의는 이와 같은 편지나 비망록에서도 뚜렷하게 보이고 있으며, 시가 산문의 모태가 되기도 하지만 때로는 산문이 시의 모태가 되기도 하기 때문이다. 다음의「부상당 한 채 50시간 동안 전쟁터에 방치되었다」("Fifty Hours left Wounded on the Field")의 예를 통해서도 휘트먼의 이타주의는 계속된다.

이것은 특허청 내의 복잡한 간이침대 사이에서 발견된 어떤 병사의 경우이다. 그는 누군가와 이야기하길 원했으므로 우리는 그의 말을 들으려고 했다. 그는 12월 13일 그 파란만장한 사건들이 벌어졌던 토요일, 프레드릭스버그에서 다리와 옆구리에 심한 총상을 입었다. 그는 도시와 무시무시한 포병대 사이의 전지(戰地)에서 아무런 도움도 받지 못한 채 이틀 밤낮을 끊임없이 누워있었다. 그의 동료 전우와 연대는 그를 죽음 속에 버려 둔 채 떠날 수밖에 없었다. 설상가상으로 그의 머리가 언덕 아래로 약간 기울어진 채로 누워있었고, 스스로 어떻게 할 수 없었다는 것이다. 약 50시간이 지난 후 그는 휴전의 흰 깃발아래 마침내 다른 부상병들과 함께 데려와졌다.........나는 그에게 남군들이 그를 이틀 밤낮 동안 어떻게 취급했는지를 물었고, 그를 학대하지는 않았는지 물었다. 하지만 그는 남군들이 그에게 한두 번 다가왔을 뿐이고, 그들 중엔 거칠고 냉소적으로 말했지만 해는 가하지 않았다고 했다. 하지만 무엇이든 돕기 위해 전쟁터를 둘러보며 전사자와 부상병들 사이를 돌아다니던 한 중년의 남자가 그에게로 다가오던 모습을 그는 결코 잊을 수 없을 것이다. 그는 우리 병사를 친절하게 대해 주었고, 상처를 싸매주었으며, 위로하고 약간의 비스킷과 위스키 한 잔과 물을 주었다. 그리고 쇠고기를 좀 먹을 수 있는지 물어보았다. 그러나 이 착한 서시쉬는

응고되어 출혈이 없는 상처에서 갑자기 피가 흘러나올지도 모르기 때문에 우리 병사의 자세를 바꾸지 않았다. 우리의 병사는 펜실베니아 출신이다. 그는 너무도 지독한 시간을 보냈다. 그 상처는 비참한 상태를 증명했다. 하지만 그는 좋은 마음씨를 계속 유지하였고, 그는 현재 양호한 상태에 있다.......... (전쟁터에서 병사들이 이처럼 하루, 이틀, 심지어 사오일 동안이나 살아남는 것은 드문 일은 아니다.) (*CPP* 42-3)

4. 링컨을 향한 연민의 자아와 초절적 자아

휘트먼의 초기 시에서 보이는 자기중심적인 태도는 링컨의 저격으로 인해 비 자아에 대한 이타주의로 뚜렷하게 전환된다. 초기 애국적인 열정의 전쟁시들을 통해 그가 유독 존경하고 마음이 끌렸던 링컨 대통령의 피곤에 지친 모습을 묘사함으로써 대통령에 대한 동정과 비애를 보여준다. 이후 대통령이 암살되었을 때 극한 이타주의로 구체화된다. 「라일락꽃이 뜰에 피었을 때」("When Lilacs Last in the Dooryard Bloom'd")에서 시인은 심장 모양의 라일락 꽃잎을 저격당한 링컨에 대한 사랑으로 해석하고 해마다 피어나는 라일락처럼 삶과 죽음을 연속적인 것으로 인식하고 있음을 보여준다. 이 시에서 시인은 죽음을 함께 걷는 친구로 의인화함으로써 삶과 동일한 차원으로 간주하며 이는 곧 링컨에 대한 그의 이타적 입장을 대변한다. 링컨의 죽음은 휘트먼으로 하여금 삶과 죽음의 의미를 생각하게 하고 시인과 타인들을 결속하는 공적인 장례식은 인간의 화합을 상징한다. 따라서 휘트먼에게 있어서 죽음은 인류를 이어가는 이타주의적 관점을 가지게 해 준다. 이 시에서 개인적 손실의 정서적 갈등을 통한 시인의 영혼불멸에 대한 깨침은 이 시의 주요한 주제가 되는데, 이는 슬픔에 대한 상징적인 극화이기도 하며 또한 삶과 죽음의 진실에 대한 시인의 궁극적인 조화와 일치를 나타낸 것으로 볼 수 있다.

휘트먼의 정치 이념이 링컨(Abraham Lincoln)에 의해 크게 지배되고 성장 되었음을 시인은 그의 정치사상이 담긴 산문『민주 전망』(*Democratic Vistas*) (1871)에서 명백히 밝히고 있다.『민주 전망』은 미국의 문제, 즉 가난, 대중의 무지, 정치적 비적절성, 부정부패, 도덕적 양심의 부재 등에 관해 휘트먼의 관심을 되풀이 천명했고, 위대한 국민 문학이 교육적인 대행자로 작용할 것이라는 이타적 희망도 표현하였다. 휘트먼은 민주주의에 대한 신앙을 강조했으며 진보의 사상을 종교로 삼았다. 그는 주체 의식을 "개성 주의"라 불렀고, 다시 한번 개인에 대한 강조를 사회사상과 조화시키려고 노력했다. 이 책은 그 사회주의를 표명하는 데 과격했다고 말해지나, 사실은 매우 보수적인 견해를 띠고있는 것이다. 휘트먼은 국가 통일의 절대적인 필요를 느끼고 있었다.

링컨의 국민을 중심으로 한 애민 정신이 또한 그의 시의 원리가 되었다. 이는 링컨의 국민 사랑의 정신에서 힌트를 얻었다고 볼 수 있다. 이러한 사실은 바잘게테(Bazalgette)의 전쟁과 링컨에 대한 찬가에서도 잘 나타나고 있다(193－201). 휘트먼은 그의 어머니에게 보내는 서신에서도 아우 조지 대위(Captain George)를 만난 장소로부터 얼마 떨어지지 않은 곳에서 링컨 대통령을 보았다고 상세히 언급하고 있다. 링컨과의 직접 대화는 없었지만, 그에 대한 사랑만은 대단하여 링컨이 저격당했을 때의 안타까운 심정을 「라일락이 앞뜰에 피었을 때」에서 구슬프게 나타내고 있다.

지난번 라일락이 앞뜰에 피었을 때,
그리고 밤에 서쪽 하늘에 큰 별이 때 아니게 떨어졌을 때,
나는 슬펐다, 그리고 언제나 돌아오는 봄마다 슬퍼하리라.
해마다 돌아오는 봄은, 내게 분명한 세 가지 것을 가져온다,
영구히 꽃피는 라일락과 서쪽 하늘로 떨어지는 별과,
그리고 내가 사랑하는 그 사람에 대한 생각을.
오 서쪽으로 떨어진 강력한 별이여!
오 밤의 그림자－오 암울하고도 눈물겨운 밤이여!
오 사라진 강력한 별－오 그 별을 가리는 암흑이여!
오 나를 무력케 하는 잔인한 손－오 의지할 데 없는 나의 영혼이여!
오 무정히 에워싸는 구름은 나의 영혼을 구속하는구나.

When lilacs last in the dooryard bloom'd,
And the great star early droop'd in the western sky in the night,
I mourn'd, and yet shall mourn with ever－returning spring.
Ever－returning spring, trinity sure to me you bring,
Lilac blooming perennial and drooping star in the west,
And thought of him I love.
O powerful western fallen star!
O shades of night－O moody, tearful night!
O great star disappear'd－O the black murk that hides the star!
O cruel hands that hold me powerless－O helpless soul of me!
O harsh surrounding cloud that will not free my soul. (*LG* 328－9)

　라일락이 뜰에 피었을 때 서쪽 밤하늘에 큰 별이 떨어진다는 첫 두 행만 보아도 큰 일이 일어났음을 직감할 수 있다. 이처럼 그의 시는 독자들로 하여금 직감적으로 느끼게 할 정도로 쉽고 평이하게 쓰는 경우가 많다. 그러면서도 존경하는 인물에 대한 애도는 "나는 슬펐다",

"그리고 언제나 돌아오는 봄이면 슬퍼하리라"라는 지극히 짧은 표현으로 충분히 스며 나오고 있다. 또한 시인의 슬픔이 일시적이 아닌 해마다 지속적으로 계속될 것임을 나타내고 있으며, 링컨에 대한 사랑이 지속적으로 일어나는 이타주의로 승화됨을 알 수 있다.

휘트먼이 『북소리』를 완성하기 위해 브루클린(Brooklyn)의 집에 와 있을 때, 하늘이 무너지는 소식이 전해졌다. 링컨의 암살 소식이었다. 월트는 가슴깊이 충격을 받아 다음과 같이 언급하고 있다.

> 이른 아침 그 소식을 들었다. 어머니는 평소와 다름없이 아침과 다른 식사 준비를 뒤에 하고 계셨지만, 우리 중 어느 누구도 하루 종일 단 한 입의 음식도 먹지 않았다. 우리는 커피 반 잔을 마셨을 뿐이고, 그것이 전부였다. 우리는 거의 말을 하지 않았고 모든 조·석간신문 그리고 특종판을 구입해서 말없이 돌려가면서 읽었다. (Bazalgette 196)

링컨의 사망 소식은 대단한 충격이었다. 링컨은 휘트먼의 깊은 사랑을 차지했을 뿐만 아니라 "민주주의의 고귀한 이상"이었고, 그의 신념과 철학을 정당화해 준 전형적인 사람이었다(Bazalgette 196). 그래서 시인은 그를 존경했을 뿐만 아니라 신뢰했다. 휘트먼이 워싱턴의 내무성에서 근무하는 동안 거리에서 대통령의 마차를 보기도 했고 백악관의 만찬장에서도 보았다. 링컨의 얼굴은 위대한 영적 지도자로서 강력한 매력을 뿜어내었는데 어떤 그림도 그런 장엄함을 그려내지 못했다고 한다. 휘트먼의 링컨에 대한 슬픔의 기억은 결코 시인의 마음에서 떠날 수 없었다. 그는 가슴 깊이 충격을 받아 다음과 같이 언급하고 있다.

> 나는 그대를 위한 나의 노래를 그친다,

서쪽을 향하여 그대와 대화를 나무면서, 서쪽에 있는 너를 바라보던
　　시선을 거둔다,
오, 밤에 은빛 얼굴로 빛나던 전우여.

그러나 밤에서 되찾은 것은 그것이 무엇이든 모두 간직하리라,
그 노래, 그 회갈색 새의 기묘한 노래를,
그리고 거기에 잘 맞는 노래, 내 영혼 속에 일어난 메아리,
비통에 찬 얼굴을 한 빛나고 지는 그 별과 함께,
새의 부르는 소리에 가까이 다가와 나의 손을 잡는 그 사람들과 더불어,
나의 전우들과, 한 중간에 있는 나, 그리고 내가 그토록 사랑한
　　죽은 이를 위하여 그들의 추억을 언제까지나 간직하고,
나의 시대와 이 땅 안에서 제일 다정하고 제일 총명한 영혼들을 위하여
　　―그리고 이것을 그리운 그를 위하여,
저기 향기로운 나무들과 어둡고 침침한 희말라야 시이다 속에,
라일락과 별과 새가 내 영혼의 노래와 얽혀 있다.

I cease from my song for thee,
From my gaze on thee in the west, fronting the west, communing
　　with thee,
O comrade lustrous with silver face in the night.

Yet each to keep and all, retrievements out of the night,
The song, the wondrous chant of the gray―brown bird,
And the tallying chant, the echo arous'd in my soul,
With the lustrous and drooping star with the countenance full of woe,
With the holders holding my hand nearing the call of the bird,
Comrades mine and I in the midst, and their memory ever to keep,
　　for the dead I loved so well,
For the sweetest, wisest soul of all my days and lands―and this for

his dear sake,
Lilac and star and bird twined with the chant of my soul,
There in the fragrant pines and the cedars dusk and dim. (*LG* 337)

이 시는 죽은 대통령에 대한 휘트먼의 슬픔을 극적으로 묘사하고 있다. 매년 피어나는 라일락은 삶과 죽음의 연속을 상징적으로 나타내고 있다. 링컨의 죽음은 삶과 죽음의 연속으로서 고려되어진다. 휘트먼의 자부심에 찬 자아는 죽음 의식을 목격하면서 전우들과 국가의 영웅들에 대해 타자 지향적인 자아로 변화하게 된다. 그의 전우들에 대한 찬미를 통해 휘트먼은 자신의 노래를 멈추고, 영웅을 위해 침묵을 지킨다. 휘트먼의 영혼은 라일락과 별과 새와 더불어 그가 사랑한 죽은 사람을 위해 영원한 이타적 사랑을 실현하는 자아의 모습을 나타낸다.

4월 14일 이후 1865년 중반까지 두서너 달 동안이나 그의 『북소리』(*Drum-Taps*)는 나타나지 못했다. 이는 죽은 영웅에 대한 시인의 찬가를 신성하게 하는 일이 더 중요했기 때문일 것이다. 마침내 시인은 슬프고 장엄한 찬가인 「오, 함장! 나의 함장이여」("O Captain, My Captain")로 링컨을 추모하며 작품화한다. 그의 시 「오, 함장! 나의 함장이여」를 통해 링컨에 대한 시인의 심정을 공유할 수 있다.

오 함장! 나의 함장이여! 우리의 무서운 항해는 끝났습니다,
이 배는 온갖 난관을 견디어, 우리가 추구한 목적물을 쟁취하였지요,
항구는 다가오고, 종소리는 들려오고, 사람들은 모두 환희하고 있지요,
눈길들은 이 불굴의 대담무쌍한 배, 군건한 배를 주시하고 있는데;
　　그러나 오 가슴! 가슴! 가슴이여!
　　오 붉은 핏방울들이 뚝뚝 떨어지고,

나의 함장은 그 갑판 위에 누워 있구나,
쓰러져 싸늘하게 죽어서.

O Captain! My Captain! our fearful trip is done,
The ship has weather'd every rack, the prize we sought is won,
The port is near, the bells I hear, the people all exulting,
While follow eyes the steady keel, the vessel grim and daring;
　　But O heart! heart! heart!
　　　O the bleeding drops of red,
　　　　Where on the deck my Captain lies,
　　　　　Fallen cold and dead. (*LG* 337)

　미국을 배로 링컨 대통령을 함장으로 은유하는 이 시는, 남북전쟁으로 인한 온갖 고난에서 벗어나 통일 국가를 맞이하여 일치단결된 모습으로 승전한 상황을 묘사하고 있다. 하지만 항해를 마치고 부두에 정박하려는 순간 함장이 갑판위에 쓰러져 죽어있다. 이 시는 번영의 길목에서 애석하게도 암살당한 영웅인, 대통령을 중심으로 애도하는 비가이며 링컨에 대한 휘트먼의 큰사랑을 반영하고 있다.

　이제 휘트먼의 이타주의는 전쟁이 끝난 후의 군인들의 유해와 그들이 잠들어 있는 초원의 야영지를 통해서 역설적으로 평온하게 나타난다. 그는 어떤 의미에선 죽음이야말로 가장 완벽한 자아 일 수가 있다는 것을 말해주는 것 같다. 결국 모든 존재는 전쟁이 끝났거나 없는 곳에서 평화로운 해와 달이 비치는 곳에서 잠들 것이다. 모든 사람과 계급의 높고 낮음과 상관없이 거기에서 "우리는 증오 없이 모두 만나기 때문일 것이다"(There without hatred we all, all meet)(*LG* 500). 즉 우리는 서로에 대하여 진정한 사랑을 나눌 수 있게 되어 마침내 상호 간에 이타주의를 성취하게 되는 것이다. 이별을 노래하는 두 편의 시 「군인들의 유해」("Ashes of Soldiers")와 「초원의 야영지」("Camps of Green")를 통해 이를 확인 할 수 있다.

남군이나 북군들의 유해들,
지금은 나팔수들의 신호도 없이,
기운찬 말을 타고 행진하는 기병대의 선두도 없이,
나에게 끊임없이 주어, 나를 근원으로 만들라,
나는 언제나 촉촉한 이슬처럼 내가 가는 곳마다 나로부터 사랑을 내
        뿜는다,
남부나 북부의 모든 전사한 군인들의 유해를 위해.

Ashes of soldiers South or North,
Now sound no note O trumpeters,
Not at the head of my cavalry parading on spirited horses,
Give me exhaustless, make me a fountain,
That I exhale love from me wherever I go like a moist perennial dew,
For the ashes of all dead soldiers South or North. (LG490－2)

지금 초원의 그 야영지에서, 세상을 수놓은 듯한 그들의 텐트에서,
그 텐트 속에는 부모들, 아이들, 남편들, 아내들, 늙은이와 젊은이들이,
햇살 아래 잠들고, 달빛 아래 자면서, 만족하고 그리고 마침내 그곳에서
        침묵하네,
거대한 야영지 그리고 우리 모두를 기다리는 텅 빈 야영지를 보라,
모든 군단과 장군들, 그리고 모든 군단과 장군들 위의 대통령을 보라,
그리고 우리 오 군인들 각자, 또한 우리가 전투를 벌였던 모든 그리고
개개의 군인들을 보라, (거기서 증오 없이 우리 모두는 만난다.)
하지만 우리는 전초를 파견할 필요도 없고, 군호를 말할 필요도 없고,

또한 아침 북을 두드릴 북 치는 이도 필요 없다.

Now in those camps of green, in their tents dotting the world,
In the parents, children, husbands, wives, in them, in the old and young,
Sleeping under the sunlight, sleeping under the moonlight, content
    and silent there at last,
Behold the mighty bivouac—field and waiting—camp of all,
Of the corps and generals all, and the President over the corps and
    generals all,
And of each of us O soldiers, and of each and all in the ranks we fought,
(There without hatred we all, all meet,)
But we need not provide for outposts, nor word for the countersign,
Nor drummer to beat the morning drum.(LG 499−500)

남군이나 북군의 유해들 앞에서는 나팔수들의 신호도 필요 없고, 기운찬 말을 타고 행진하는 기병대의 선두도 필요치 않다. 나를 근원으로 만들어 이제 마침내 초원의 야영지를 통해 모든 침묵의 존재들이 서로 신뢰를 형성할 수 있도록 하면 된다. 더 이상의 전쟁이나 북소리, 암호와 같은 긴장감은 사라지고 우리와 싸웠던 타자들과 더불어 장군들이나 대통령과 같은 계급의 범주도 벗어버린 진정한 이타주의를 실현하게 된다.

5. 결론

지금까지 휘트먼의 이타주의를 이해하기 위해 그의 작품을 전쟁 이

전과 전쟁 초기의 자기중심적 자아, 전쟁 중·후기의 사심 없는 자아, 그리고 링컨과 전사자들의 정령을 위한 초절적 자아 등으로 3 구분하여 살펴보았다. 휘트먼은 자신의 역작인 『풀잎』에서 여러 주제에 걸쳐 다양한 시를 발표하고 있지만, 필자는 그의 시들 중에서도 남북전쟁과 직접 관련이 있는 작품들과 링컨과 관련이 있는 시만을 예로 들었다.

휘트먼이 살았던 시기는 미국의 정체성에 대한 탐색이 여러 측면에서 이루어졌던 시기였다. 이런 중에 미합중국 내에서 기존의 정치적 신념에 반하는 일련의 집단이 등장하게 된다. 이 집단이 바로 1861년 노예제의 유지를 주창한 남부 동맹(the Confederate States of America)의 11개주들이다. 남부 동맹은 미합중국으로부터 탈퇴를 선언하고 새로운 나라를 형성하였으며 그들의 대통령을 선출하게 되었다. 이에 대해 일부 남부 주와 북부의 주들로 구성된 합중국은 이를 허용하지 않게 되고, 마침내 전쟁은 피할 수 없게 된다. 이와 같은 시대적 상황 속에서 애국자였던 휘트먼은 남북전쟁에 자원입대한 친동생 조지의 부상을 위문하기 위해 42살의 나이로 전선으로 나가게 된다.

남북전쟁을 통한 휘트먼의 경험은 전쟁 이전에 가졌던 휘트먼의 사고를 일순 바꾸어 버리게 한 계기가 된다. 이런 사실은 이미 서론에서도 언급하고 있지만, 휘트먼의 자아는 남북전쟁 전후를 비교할 때 상당한 변화와 차이가 있음을 알 수 있었다. 남북전쟁 이전의 휘트먼의 자아는 타자를 향한 것보다는 자신을 위한 자신의 내적인 충만감을 찾기 위한 자아였음에 반해, 전쟁을 겪으면서 그의 자아는 당당함과 우월함보다는 타자를 이해하고 타자에 대한 애착으로 나타난다. 이런 점은 특히 시인이 경배했던 링컨 대통령의 암살에서 극도로 나타나게 되며 그 후 더욱더 보편적인 타자들에게까지도 이어져 나타나게 된다. 코머의 언급처럼 남북전쟁은 휘트먼의 사고뿐만 아니라 시의 경향마저 바꾸게 하고, 이와 같은 현상은 휘트먼이 낭만주의적인 전쟁의 영웅담이 아닌 참혹한 전쟁의 실상을 체험했기 때문이었다. 휘트먼의 전쟁은 처절한 자기 자신의 발견이며, 인간이 갖고 있는 두려움을 제대로 대변하고 있다. 이런 관점의 궁극적인 결과는 이후에 휘트먼의 시를 통해 타자에 대한 배려로 이어지게 된다. 결국 『풀잎』의 초기의 판들에서 대두된 자기중심의 자아는 『북소리』에서 이타주의로 변화하였음을 확인할 수 있었다.

남북전쟁 이전에 휘트먼이 보였던 자신에 찬 신비로운 느낌의 자아는 희미해졌고, 오히려 동료나 전우들의 필요성이 부각됨도 알 수 있었다. 전쟁을 겪으면서 휘트먼은 십자가에 못 박힌 하나님의 아들로서 구원의 상징이자 타인을 위해 희생되는 신성한 자아를 찾게 되면서, 마침내 이타주의를 실현하게 된다.

인용문헌

이광운. 『휘트먼의 시적 상상력』. 대구: 정림사, 2007.

조규택. 「휘트먼의 『북소리』-이타적 자아 이미지-」. 『북소리』. 조규택 역. 서울: 학문사, 2005, 254-283.

Bazalgette, Leon. "Hymns of the War and of Lincoln." *Walt Whitman: The Man And His Work.* Translated from the French by Ellen FitzGerald. New York: Cooper Square Publishers, 1970. 193-201.

Boatner, Mark Mayo III., Lt. Colonel. *The Civil War Dictionary.* New york: David Mckay company, Inc., 1967.

Comer, Keith V. "Strange meeting: Walt Whitman, Wilfred Owen and poetry of war." Diss., University of Oregon, 1992.

Guérout, Max. "The Wreck of the C. S. S. Alabama: Avenging Angel of the Confederacy." *National Geographic* vol. 186, no. 6 (December, 1994): 67-83.

Hesford, Walter. "The Efficacy of the Word, The Futility of Words: Whitman's 'Reconciliation' and Melville's 'Magnanimity Bffled.'" *Walt Whitman Review* 27(1981): 150-155.

Loving, Jerome. "Caresser of Life: Walt Whitman and the Civil War." in Special Double Issue: Whitman and the Civil War, *Walt Whitman Quarterly Review* 15 (Fall, 1997/Winter, 1998): 67-86.

Lowenfels, Walter. *Walt Whitman's Civil War.* New York: Da Capo Press, Inc. 1960.

Mcpherson, James M. *Battle Cry of Freedom: The Civil War Era.* New York: Oxford UP, 1988.

Mitchell, Reid. *Civil War Soldiers.* New York: Viking Penguin, Inc., 1988.

Murray, Martin G. "I Knew Reuben Farwell as a First—Class Soldier." Notes in An Unpublished Whitman Letter. *Walt Whitman Quarterly Review* 13 (Winter 1996): 159—162.

Paz, Octavio. *The Bow and the Lyre.* Trans. Ruth L. C. Simms. Austin: U of Texas P, 1973.

Ramsey, Julianne. "A British View to an American War: Whitman's *Drum-Taps* Cluster and the Editorial Influence of William Michael Rossetti." *Walt Whitman Quarterly Review* 14 (Spring 1997): 166—175.

Sassoon, Siegreied. *The War Poems.* Arranged and introduced by Rupert Hart—Davis, Faber and Faber, 1983.

Szczesiul, Anthony. "The maturing vision of Walt Whitman's 1871 version of *Drum-Taps*." *Walt Whitman Quarterly Review* 10 (Winter 1993): 127—141.

Thomas, M. Wynn. "Weathering the Storm: Whitman and the Civil War." in Special Double Issue: Whitman and the Civil War, *Walt Whitman Quarterly Review* 15 (Fall, 1997/Winter, 1998): 87—109.

_____. *The Lunar Light of Whitman's Poetry,* Massachusetts: Harvard UP., 1987.

Ward, Candace. "note" in *Civil War Poetry and Prose.* Ed. Candace Ward, New York: Dover Publications, Inc., 1995. iii—iv.

Whitman, Walt. *Civil War Poetry and Prose.* Ed. Candace Ward, New York: Dover Publications, Inc., 1995.

_____. *Leaves of Grass.* Ed. Sculley Bradley and Harold W. Blodgett. A Norton Critical Edition, W. W. Norton & Company, 1973. (*LG*)

_____. *Specimen Days & Collect,* Dover Publications, Inc., 1995.

_____. "Democratic Vistas." *Walt Whitman: Complete Poetry And Collected Prose.*
        1982. 929−994.

_____. "Song for All Seas, All Ships." *The Little Review.* 17 Jul. 2008.
        <https:// littlereview.dreamwidth.org /631576. html>, 5 Nov, 2016.
        Web.

Winn, James Anderson. *The poetry of War.* Cambridge UP, 2008.

남북전쟁 당시의 북군의 전투함

남북전쟁 당시의 북군

남군 소속의 앨라배마호

남북전쟁 당시의 해상전투

제2부

영국 전쟁시

Ⅰ. 제1차 대전기 영국 전쟁시 읽기

1. 들어가는 말

대전(The Great War, 1914-1918)이라 불리는 제1차 세계대전은 단일 전쟁으로 볼 때 인류역사상 가장 많은 인명 손실을 야기했다. 고대 전쟁은 양측의 군세를 바탕으로 영웅이나 장수가 일전을 겨루어 승기를 잡기도 했지만, 제1차 대전은 여전히 미국 남북전쟁과 같은 전술에 의존했기에 사상자가 많을 수밖에 없었다. 제1차 세계대전에서 엄청난 수의 사상자가 발생했던 가장 큰 이유는 첨단무기의 발달에 비해 지휘관들의 전략·전술은 근대전의 양상에서 벗어나지 못했기 때문이기도 하였다. 현대식 무기 앞에서 보병 돌격전은 헛된 노력이었다. 알프레드 주베르(Alfred Joubaire)라는 한 프랑스 보병 중위의 전사하기 전 일기를 통해 돌격전의 무의미성을 읽을 수 있다. 그는 "인간은 미쳤다! 이 지독한 살육전이라니! 이 끔찍한 공포와 즐비한 시체를 보라! 지옥도 이렇게 끔찍할 수는 없을 것이다. 인간은 미쳤다!"(Ellis 5)고 기록한다.

제1차 대전의 발발을 정치·외교적인 관점과 민족주의적인 관점으로 보기도 하지만, 직접적인 원인은 영국과 독일 그리고 프랑스 같은 강대국들이 전쟁에 대한 망상에 사로잡혀 있었기 때문이었다. 그들은 자신들의 무기와 병력을 과대평가했고, 상대의 무기와 병력을 지나치게 과소평가했다. 그 결과 프랑스는 베를린을 점령한 뒤 크리스마스 휴가를 보내겠다는 희망이 물거품이었음을 알게 되었고, 독일도 단숨에 파리를 점령한 뒤 개선문을 행진하겠다는 계획이 망상에 불과했다는 것을 알게 되었다. 결국 제1차 대전은 4년이나 지속되었고, 참혹한 참호전이 되고 말았다(Ellis 12).

전쟁과 참전의 명분은 여러 가지로 이해할 수 있지만, 제1차 대전에 참전한 젊은이들도 당대 사회적 분위기와 국가의 부름에 응하여 입대하게 된다. 하지만 전투가 지속되고 전쟁 상황이 비인간적임에 따라 병사들의 마음에는 이 전쟁이 명분 없는 전쟁이란 의식이 싹트게 된다. 브룩(Rupert Brooke)같은 시인들의 작품에서만 영국인들의 기개와 전운의 상태를 낭만적으로 표현했을 뿐, 대부분의 영국시인들은 전쟁에 대해 통렬한 비판과 반전의식을 표출한다. 하디(Thomas Hardy)만 하더라도 영국과 프랑스 해협에서 벌어지는 영국과 독일 제국의 함포사격을 불안한 마음으로 주시하고 있다. 솔리(Charles Hamilton Sorley)와 오웬(Wilfred Owen)과 같이 대전 중에 전사한 젊은 시인들의 시는 훨씬 더 명백하게 반전 메시지를 쏟아낸다. 그들 젊은 시인들은 전쟁의 명분 없음을 전우들에게 끊임없이 주지시키는 역할을 하고 있다. 나아가 전 인류가 그릇된 전쟁의 희생물이 되고 있음을 강력하게 주장하며 병사들 자신과 인류에 대해 역설적으로 연민의 감정을 뿜게 된다. 이들과 마찬가지로 로젠버그(Isaac Rosenberg)의 시도 당시 젊은이들의 이런 성향과 다르지 않았다. 그 역시 전쟁에 참전하였지만, 자신의 편지에서 밝혔듯 "비록 애국적인 이유로도, 그 어떤 것도 전쟁을 정당화할 수 없다."(Ward 13)면서 전쟁의 무익함과 허망함을 언급한다.

본 연구는 이런 배경에서 첫째 전운의 감지, 둘째 전쟁의 독려와 허무, 셋째 반전과 연민이라는 일련의 과정으로 제1차 대전기(期) 영국 전쟁 시인들의 시를 고찰하고자 한다. 또한 영국 전쟁 시인들이 위선적인 전쟁 현실을 직시함과 동시에 전쟁의 무익함과 헛됨을 토로하고, 반전의식을 사실적으로 묘사하고 있음을 지적한다. 아이러니하게도 전쟁의 당위성을 인정하며 자원한 많은 참전 병사들조차도 그들의 정부나 정치인들의 과장이나 거짓을 통렬하게 비판하고 있다는 것을 확인할 수 있다.

2. 전운의 감지

1914년 6월 28일 세르비아 민족주의자 프린시프(Gavrilo Princip)가 오스트리아－헝가리 제국(Austro－Hungarian Empire) 왕위계승자였던 페르디난드(Franz Ferdinand) 대공을 암살한다. 오스트리아는 이에 항거하여 피살사건은 오스트리아 영토에서 일어났으나 범인은 세르비아인이라는 것을 구실로 7월 28일 드디어 세르비아에 선전 포고를 하게 된다. 양국의 충돌은 자연히 그 배후 동맹국들간의 싸움으로 번졌으며, 거의 모든 유럽 국가들이 전쟁에 휘말리게 된다. 8월 1일 독일과 러시아는 군대를 동원했고 여름이 끝날 무렵, 세계는 전쟁에 휩싸이게 되었다(Mayer 3). 전쟁은 제국들의 식민지에까지 번져 문자 그대로 세계대전의 양상을 띠게 되었다. 그러나 어느 누구도 파괴의 정도가 그렇게 오랫동안 계속될 것이라 예감하지 못했다.

와드(Ward)는 『제1차 대전기 영국전쟁시인들』(*World War One British Poets*)의 해설을 통해 "1918년 11월 11일 휴전조약이 체결될 때까지, 구백만 이상의 군인과 오백만 이상의 민간인이 죽었다. 영국과 유럽에서는 한세대의 온전한 젊은이들이 전멸했다."("Note" iii)고 언급한다. 메이어(Meyer)는 "프랑스와 러시아는 전쟁 준비를 하지 못했고, 우리는 대전으로 가지는 않을 것이라 믿는다."(32)고 말한 빌헬름 2세(Kaiser Wilhelm II)를 지칭하면서 독일인들의 전쟁에 대한 착각을 지적한다.

이런 당대 유럽의 정세와 더불어 강대국을 자처했던 영국은 해상주도권에서 팽창하던 독일을 견제하는 동시에, 제국의 특성인 해군력의 팽창을 선호했다. 양국의 해군은 주로 영·프 해협에서 서로에게 무력을 과시했다. 그러므로 제1차 세계대전의 전운은 이미 영·프 해협에서도 시작되었다고 할 수 있다. 이는 영국과 독일간의 해군 군비경쟁을 묘사하는 하디의 시, 「해협 함포사격」("Channel Firing")에서 이해할 수 있다. 하디의 전쟁시는 주로 1차 대전에 대한 깊은 아이러니를 반영하고 있으며, 특히 전쟁의 허무함과 공포를 확인하고 있다.

> 너희들의 대포가 그날 밤, 무심히
> 우리가 누워있는 모든 관(棺)을 뒤흔들고,
> 성단소의 정방형의 유리창을 깨뜨렸고,
> 우리는 심판의 날이 다가온 것으로 생각했고
>
> 그리고 바로 일어나 앉았지. 그때 잠에서 깨어난
> 개들의 울음소리가 처량하게 들렸고:

쥐들은 성단의 빵부스러기를 떨어뜨렸고,
벌레들은 토총(土塚)속으로 되돌아갔으며,

'모든 국가들이 맹렬하게 노력하고 있지
붉은 전쟁을 더 붉게 하려고. 미친 듯이
그들은 크라이스트를 위해서는 아무 일도 안하지
그런 문제에 너희들이 아무 일 않듯이 말이야.

That night your great guns, unawares,
Shook all our coffins as we lay,
And broke the chancel window—squares,
We thought it was the Judgment—day

And sat upright. While drearisome
Arose the howl of wakened hounds:
The mouse let fall the altar—crumb,
The worms drew back into the mounds,

'All nations striving strong to make
Red war yet redder. Mad as hatters
They do no more for Christes sake
Than you who are helpless in such matters.[1]

하디는 이 시를 1914년 초에 썼으며, 4개월 뒤인 8월 4일에 제1차
대전이 발발했다. 노련한 하디는 예리한 통찰력으로 전운을 감지하고
이런 시를 썼다고 볼 수 있다. 전쟁 직전에 이미 영국과 독일간의 해군

---

[1] Candace Ward, ed. *World War One British Poets,* (New York: Dover Publications, Inc.,
1997) 52. 이하 이판의 인용은 페이지만 표기한다.

군비경쟁은 치열했고, 영·프 해협에서 있었던 함포사격 연습이 이 시의 직접적인 배경이 되었다. 지축을 흔드는 대포들(great guns)의 포성이며 신성한 교회 성단소의 창문이 깨어져 신을 노하게 하여, 마침내 최후 '심판의 날'(Judgment—day)을 맞게 되었다는 첫째 연을 통해 하디는 이미 제1차 대전을 예상하고 있었다. 둘째 연에서는 대포 소리에 놀라 잠에서 깨어난 개들의 울음소리가 처량하게 들렸고 먹이를 찾았던 쥐조차도 놀란 나머지 "성단의 빵부스러기를 떨어뜨렸고" 힘겹게 흙을 헤치고 세상으로 나왔던 벌레들도 다시 토총(土塚)속으로 되돌아갔다. 이때 마지막으로 "바로 일어나 앉은" 인간도 암울한 전운을 감지하게 된다. 인간의 감각보다 몇 배 뛰어난 동물들의 본능적인 움직임에서 인간은 비로소 전쟁의 어두운 그림자를 인지하게 된다. 인간의 뒤늦은 인지는 전쟁으로 치닫는 우둔한 인간에 대한 은유이기도 하다.

이어지는 연에서 하디는 모든 나라가 전쟁을 못 일으켜 안달하고 있음을 "미친 듯이 / 붉은 전쟁을 더 붉게 하려고" 안달하고 있다고 언급한다. 하디는 이 시에서 인간이 전쟁 미치광이가 되어가는 것을 불가항력의 운명으로 받아들이는 것 같다. 하디는 19세기 말엽까지 주로 소설가로 명성을 날렸고, 그의 소설은 인간의 의지로는 어떻게 할 수 없는 운명(Immanent Will)에 의해 버림받는 인간을 주로 묘사했다. 특히 1896년 자신의 마지막 소설이었던 『비운의 주드』(Jude the Obscure)의 주인공, 주드(Jude)가 겪는 고통처럼 이 시의 분위기는 인간의 선과 악이 맹목적·무의식적으로 유린당하여 죽음과 파괴를 향해 끝없이 치닫는 느낌을 주고 있다.

이 시의 전체적인 이해를 위해서는 역설과 아이러니를 염두에 두어야 한다. 특히 해학적인 신이 등장하는 가운데, 이미 죽어서 지하에 간 사람들이 화자가 되어 나누는 대화에서 수많은 인간들이 비극적인 전쟁으로 생명을 잃고 죽었지만, 아이러니하게도 인간은 세월이 갈수록 점점 더 치열한 전쟁을 희구한다는 주제를 나타내고 있다(최영승 119). 전운의 감지는 당대 유럽의 민족과 국가의 이해관계에 따라 이미 많은 부분에서 회피할 수 없게 되었지만 이처럼 하디와 같은 시인들의 시에서도 예외 없이 드러난다.

하디의 다음 시 「병사의 노래」("Song of the Soldiers")의 2연에서도 전운의 암울함을 예외 없이 감지할 수 있다.

> 이것은 눈이 침침한 못된 장난, 오 너를 생각 한다.
>> 의심과 슬픔의 한숨으로,
>> 한걸음 씩 나아가며 명상의 눈으로
>> 우리를 지켜보는 친구인가?
>> 너는 그렇게나 심사숙고함으로 속이는가!
>> 이것은 눈이 침침한 못된 장난, 오 너를 생각 한다.
>>> 명상의 눈을 가진 친구?

> Is it a purblind pank, O think you,
>> Friend with the musing eye
>> Who watch us stepping by,
>> With doubt and dolorous sigh?
>> Can much pondering so hoodwink you!
>> Is it a purblind prank, O think you,
>>> Friend with the musing eye? (53−4)

전쟁이 마치 눈먼 사람들이 술래잡기하는 식의 장난 같다는 생각이 들도록 착각을 불러일으키는 시이다. 노시인 하디와 같이 깊은 혜안을 가진 사람일지라도, 슬픔과 한숨으로 죽음의 장소로 나아가는 병사들을 보고도 가지 못하도록 저지할 수 없다. 다만 두려움과 의심, 그리고 슬픔과 고통을 토로하며 전쟁을 생각할 뿐이다. 이 시의 주제는 위험과 죽음, 두려움, 슬픔 등을 극복하고 국가의 부름을 받은 군인이 승리를 위해 행군한다는 내용이지만, 전운의 무거운 현실을 적나라하게 표현하고 있다. 이와 같은 시를 통해 당대의 문필가 하디는 참혹한 전운의 흔적을 끊임없이 주지시킨다.

3. 전쟁의 독려와 허무

전쟁 가운데도 번성하고 평화로운 자연과는 달리 인간은 전쟁으로 인해 정신적인 황폐함과 육체적인 고통을 겪어야만 했다. 그런 가운데도 병사들을 전쟁터로 몰아넣는 후방의 정객들과 정치군인들의 독려가 난무했고, 일부의 철없는 젊은 시인들도 젊은이들을 선동하는 시나 에세이를 통해 참전을 부추겼다. 1914년 여름에 수많은 젊은이를 부추겨 군에 지원하도록 했던 초기의 애국적인 열정은 1916년에 이르러, 영국군 사이에서 퍼진 "브룩과 함께 전쟁에 참전했고 사순(Siegfried Sassoon)과 더불어 집으로 돌아왔다."(Ward iii)는 말이 반영되면서 대부분의 경우 냉소와 분노로 무너져버렸다. 앞의 인용처럼 브룩은 영국의 귀족적인 기질과 낭만적인 기질을 겸비한 촉망받는 젊은 시인이었다. 안타깝게도 그는 전쟁 초기에 일종의 풍토병으로 죽었지만, 영국의 젊은이들에게 전쟁의 당위성과 참전을 권하는 시를 발표하여 초기에는 많은 국민으로부터 각광을 받았다.

브룩은 1914년 8월 4일 대독일 항전을 공포한 즉시 영국 해군에 입대했다. 브룩은 자신의 시적 노력을 군인으로서의 경험으로 전환했다. 그가 쓴 5개로 이루어진 소네트 그룹 중에 가장 유명한 것이 「병사」("The Soldier")이다. 이 시에서 "만일 내가 죽는다면, 나에 대해 이것만은 생각해 다오: / 이름 모를 외국 전장의 어느 모퉁이에 / 영원한 영국이 있다는 것을"은 그의 전쟁시 중에서 가장 기억에 남을 만한 구절의 하나이다(Ward 1). 다음에 인용하는 그의 소네트풍의 시 "병사"는 영국을 위해 죽은 병사를 추모하며 찬미하는 시로, 마치 브룩 자신의 운명을 내다보는 듯한 시이다. 한 가지 아이러니한 것은 브룩 자신도 28살의 청년 장교로 갈리폴리(Gallipoli)[2] 원정 직전에 패혈증으로 죽게 된다.

> 만일 내가 죽는다면, 나에 대해 이것만은 생각해다오:
>   이름 모를 외국 전장의 어느 모퉁이에
> 영원한 영국이 있다고. 그 풍요한 토지에
>   한층 더 비옥한 흙이 숨겨져 있으리라;
> 영국이 낳고, 형성하고, 깨닫게 하고,
>   한때 사랑스런 꽃들과 산책길을 주었던 흙이,
> 영국의 공기를 쉬고, 강물에 씻기고,
>   고국의 태양에 축복받았던 영국의 유해가,
>
> 그리고 생각해 다오, 모든 악을 떨구어 버린 이 마음이,
>   영원한 마음의 진동이, 영국이 준
>   사상을 어디선가에서 되돌려 주고 있다는 것을,

---

2) Gilbert Martin, *The First World War: A Complete History* (New York: An Owl Book of Henry Holt and Company, 1994) 146. 갈리폴리는 반도로 영·프 군대가 연합군의 형태로 상륙하여 주둔하기도 했으며, 대전 중 전투가 벌어지기도 했다.

영국의 풍경과 소리를; 영국의 전성기 때의 행복한 꿈을,
친구한테서 배운 웃음과 영국의 하늘 아래,
평화로운 마음속에 깃든 온후함을.

If I should die, think only this of me:
　　That there's some corner of a foreign field
That is for ever England. There shall be
　　In that rich earth a richer dust concealed;
A dust whom England bore, shaped, made aware,
　　Gave, once, her flowers to love, her ways to roam,
A body of England's, breathing English air,
　　Washed by the rivers, blest by suns of home.

And think, this heart, all evil shed away,
　　A pulse in the eternal mind, no less
　　　Gives somewhere back the thoughts by England given;
Her sights and sounds; dreams happy as her day;
　　And laughter, learnt of friends; and gentleness,
　　　In hearts at peace, under an English heaven. (3)

이 시는 해외 원정에서 고국을 위해 죽은 영국 병사의 유해를 매우
낭만적으로 묘사하고 있다. 아마도 이 시를 쓸 무렵만 해도 대재앙을
몰고 올 제1차 대전의 상황을 브룩 자신도 몰랐을 것이다. 그러므로
시의 배경에는 젊은이들에게 영국을 위해 죽는 것은 매우 달콤하고도
값지다는 선동적인 참전의 독려가 내포되어 있다. "영국의 풍경과 소
리를; 영국의 전성기 때의 행복한 꿈을"같은 시행에서 시인은 사실적
인 표현보다는 일종의 서사적이며 낭만적인 묘사로 영국의 영광을 외

치고 있다. 브룩은 "조국을 위해 죽는 것은 달콤하고도 합당 하도다"라고 한 로마시인 호라티우스(Horace)의 송시풍의 시를 묘사하며 군인의 순국을 찬양하고 있는 것 같다(Brooks and Warren 129). 어쩌면 오웬과 같은 많은 젊은이들도 전쟁 초기에는 대부분 브룩의 시풍에 공감하였을 것이다. 그러므로 남북 전쟁초기에 참전과 독려를 선동했던 휘트먼의 시들처럼, 영국의 몇몇 시인들 또한 제1차 대전 초기에는 참전을 독려하고 군인의 순국을 찬양하는 시를 발표했던 것이다.

참전 시인이었던 오웬은 독가스에 속이 썩어 죽어가는 병사를 보면서 결코 "달콤하고도 합당 하도다"라는 가증스런 말을 할 수 없었다. 그는 죽어가는 병사들의 모습에서 악마의 죄지은 얼굴을 떠올리게 하는 고통을 보면서 용감히 조국을 위해 죽었다는 오래된 거짓을 정당화할 수만은 없었던 것이다. 전쟁으로 인해 너무도 쉽게 진흙으로 환원되는 전우의 허망한 죽음을 통해 오웬은 인간에 대한 허무를 강하게 말하지 않을 수 없었다(조규택 118). 만일 브룩이 오래 살았더라면 영국에서 가장 유명한 시인이 되었을 것이라고 회자 되기도 하지만, 이런 그의 시를 막연히 찬미한 영국 전쟁 시인들은 거의 없었다. 특별히 제1차 세계대전 초기의 영국 전쟁시인으로 솔리(1895 – 1915)는 브룩의 이런 시적 태도를 매우 비판적으로 언급했다. 그는 한 친구에게 쓴 편지에서 특히 브룩의 젠체하는(self-importance) 자세를 비판하고 있다.

브룩은 그를 포함한 (여러 사람들이) 상황이 변함에 따라 전쟁에 참전하였고, 순응하지 않았을 경우 견딜 수 없을 정도의 피폐한 삶을 살았을 것이라며, 스스로의 희생에 대해 과도하게 집착하고 있다. "그들은" 어떤 것도 포기하지 않았다 . . . 다만 그가 통제할 수 없는 상황에 처해 중요한 것들이 위태로워졌을 뿐이었고, 그는 중요한 것들을 쟁취하기 위해 싸워야만 했다. 그가 비록 정제된 언어로 그의 모습을 감추고 있지만, 브룩은 감상적인 모습을 가졌다.

[Brooke] is far too obsessed with his own sacrifice, regarding the going to war of himself (and others) by the turn of circumstances, where non−compliance with this demand would have made life intolerable. It was not that "they" gave up anything . . . but that the essence of these things had been endangered by circumstances over which he had no control, and he must fight to recapture them. He has clothed his attitude in fine words: but he has taken the sentimental attitude. (Ward 5)

이처럼 브룩에 대해 결코 우호적인 평가를 하지 않았던 솔리는 브룩의 감성에 치우친 낭만성을 신랄하게 꼬집고 있다. 솔리 자신은 중산층의 지적인 부모 밑에서 캠브리지 말보로 대학을 다녔고 옥스퍼드에 입학하려고 하였다. 그러나 영국이 선전 포고를 하였고 이에 그는 장교로 지원하였다. 전쟁 상황을 빨리 겪었지만, 솔리는 절대적인 애국자도 아니었고 영국에 팽배했던 강한 반독일 정서를 경험하지도 않았다. 오히려 그의 편지들은 일찍부터 전쟁 상황에 대해 깊은 회의감을 드러내며 비판적이었다. 그렇더라도 솔리 대위(Captain Sorley)는 자신에게 주어진 의무를 회피하거나 소홀히 할 젊은이는 아니었다. 20살의 어린 나이에 루스(Loos) 전투에서 전사한 솔리 대위는 생생한 전투 현장을 목격하였고, 처음으로 독가스 살상의 공포도 경험하였다 (Ward 5). 솔리의 다음 시 「당신이 말없이 죽은 수백만의 병사들을 보았을 때」("When You See Millions of the Mouthless Dead")를 통해 전선의 병사들이 후방의 시민들에게 가졌던 괴리감을 이해할 수 있다.

당신이 꿈 저편 핏기 없는 대대가 스쳐간 그곳에서
말없이 죽은 수백만의 병사들을 보았을 때,
다른 사람들이 하듯이 너를 기억하겠노라는 등의
입에 발린 말은 하지 마라. 왜냐면, 그렇게 말하지
않는 것이 당연하니까. 입에 발린 칭찬 따위는 하지 마라.
왜냐면, 귀머거리인 그들이 깊게 상처 입은 각자의 머리 위에
누적된 저주가 아니라는 걸 어떻게 알겠어?
눈물은 않되. 그들의 눈먼 눈은 너의 흐르는 눈물을 볼 수 없다.
명복도 빌지 마라. 죽는 것은 쉬우니까.
단지 '그들이 죽었어.'라고만 말해라. 그리고 한마디만 덧붙여라,
'그러나 더 훌륭한 사람들이 그전에 더 많이 죽었지.'
혼잡한 군중들을 유심히 살펴볼 때, 그전에 당신이
사랑했던 사람의 얼굴을 찾을 수 있을까.
찾았다면, 아마 그 사람은 유령일거야.
당신이 알고 있던 얼굴을 간직하고 있는 사람은 없다.
위대한 죽음이 모든 것을 영원히 그의 것으로 만들었다

When you see millions of the mouthless dead
Across your dreams in pale battalions go,
Say not soft things as other men have said,
That you'll remember. For you need not so.
Give them not praise. For, deaf, how should they know
It is not curses heaped on each gashed head?
Nor tears. Their blind eyes see not your tears flow.
Nor honour. It is easy to be dead.
Say only this, 'They are dead.' Then add thereto,
'Yet many a better one has died before,'
Then, scanning all the o'ercrowded mass, should you
Perceive one face that you loved heretofore,

It is a spook. None wears the face you knew.

Great death has made all his for evermore. (6)

　인용한 시에서처럼 후방의 군중들이 전사자들에 대해 입에 발린 찬
사를 한다고 해도 이미 죽은 자들은 들을 수 없고 흘리는 눈물을 볼 수
없다. 그래서 명복도 빌지 말라고 한다. 역설적으로 죽음이야말로 진
정 전사자들을 위대하게 만들었다고 한다. 이처럼 병사들은 자신들이
사람들과 과거의 생활 방식과 단절되어 간다고 느낄수록 더욱더 서로
에게 의존하면서 도움과 위로를 구한다. 전쟁동안 서부전선(Western
Front)의 모든 군대에서 동료 의식과 전우애는 즉각 소속 부대에 대한
최고의 자부심과 충성심으로 승화된다. 그들은 이런 의식을 애국심이
나 종교와는 또 다른 실체로 파악했다. 서로에 대한 믿음과 전우애를
가질 수밖에 없었던 병사들과 장교들은 계급의 장벽도 뛰어넘었다.
장교가 휘하 병사들을 염려하는 것만큼 병사들도 지휘관의 안전을 걱
정했다. 그러나 병사들은 전선에 모습을 드러내지도 않으면서 자신들
에게 전투만을 명령하는 참모장교들에게는 심한 멸시를 보였다. 그들
의 비현실적인 작전계획이 염증을 느끼도록 했기 때문이다. 병사들의
경멸을 부추긴 것은 참모들의 단순한 무지보다 실제 전투에서 보여준
사례에서 극명하게 드러난다(조규택 328-9).

　참호에서 함께 근무했던 전선의 장교들에 대한 병사들의 태도는 매
우 달랐다. 병사들은 이들이 거의 자신들과 동일한 궁핍과 비참함을
견뎌내고 있다는 것을 알고 있었다. 장교가 소임을 감당할 때 휘하의
병사들은 언제 어디서나 그를 따를 준비가 되어있었다. 많은 경우 병
사들은 생명의 위협을 무릅쓰고 부상당한 장교, 심지어 시신까지도 무
인 지대((no man's land)에서 회수해 왔다. 병사들과 똑같이 위험을 감

내할 준비가 되어있었던 장교들은 모두 이렇게 깊은 존경을 받았다.

사병들이 그들의 지휘관에게 보였던 깊은 존경과 헌신처럼, 마찬가지로 장교들의 회고록에서도 자신들이 소대나 중대의 사병들과 하나도 다름이 없었다고 언급한다. 많은 장교들에게 특히 인상적이었던 것은 사병들의 인내심이었다. 병사들은 지휘관의 마음을 이해했고, 지휘관도 병사들의 마음을 이해했다. 서로에겐 장벽이 없었으며 오직 존경과 염려를 함께했다. 죽을 때조차도 다수의 장교들은 많은 것을 공유했던 부하들에게 남겼다. 1915년 5월, 제68 보병연대 뤼키아르 (Lucquiard) 중위가 포탄에 피격당하자 푸피아르(Poupiard) 이병이 그를 참호까지 옮겨왔다. 뤼키아르는 노트에 자신의 생각을 상세하게 적었다. "나와 함께 싸워온 모든 병사에게 감사의 인사를 전한다. 여러분들은 나의 부모님께 내가 항상 의무를 다했다고 말해주기 바란다." 그는 마지막으로 덧붙이는 내용을 힘겹게 썼다. "독일군이 곧 참호를 장악할 테니 나를 후송하지 말도록. 내 돈 500프랑은 푸피아르에게 전해주기 바란다."고 쓴 뒤 죽었다(Ellis 200). 병사들은 동료에게 필요할 경우 자신의 마지막 담배, 마지막 먹을 것, 심지어 자신의 생명까지도 내던진다. 참호의 전우애는 그런 것이다. 전쟁이라는 잔혹하고 타락한 삶에서 유일하게 고결한 것은 전우애뿐이다. 바로 이렇게 타락한 환경에서 전우애가 순결하게 꽃피는 것은 아이러니다. 제1차 대전에 참전했던 군인들은 열악한 환경 속에서도 주어진 임무를 수행하려고 최선을 다하는 모습을 보인다.

전쟁의 허무함과 두려움은 로젠버그의 「귀환하며, 우리는 종달새 소리를 듣는다」("Returning, We Hear the Larks")에서도 확인할 수 있다. 독가스의 두려움에 노출되어 죽어가는 병사들의 처참한 상황을 통해 불길한 위협을 읽을 수 있기 때문이다.

밤은 음산하다.
그리고 우리가 생명을 지니고 있지만, 우리는
불길한 위협이 저기 숨어 있음을 안다.

이 고통스런 사지를 끌며, 우리가 오직 아는 것은
우리 주둔지의－작은 안전한 잠자리에도 이 독가스의
거센 형적에 노출되어 있다는 것이다.

Sombre the night is.
And though we have our lives, we know
What sinister threat lurks there.

Dragging these anguished limbs, we only know
This poison－blasted track opens on our camp －
On a little safe sleep.[3]

　독가스의 공포는 엄청났다. 독가스가 처음 사용된 것은 1915년 4월
22일 서부전선의 이프르(Ypres) 전투에서였다. 이후 독가스는 다양한
유형과 방식으로 사용되었는데 후유증은 치명적이었다. 예를 들어 염
소가스에 노출되면 질식해서 서서히 죽었는데, 며칠씩 걸리기도 했
다. 오염된 병사의 입술은 자두빛이고 안색은 납빛이었다(Ellis 65－
6). 그러므로 참호전을 통해 죽는 경우보다, 밤을 맞이하면서 독가스
에 죽을 수 있다는 병사들의 불길함은 주둔지 잠자리에서도 해소되지
못하였다. 이런 상황에서 병사들의 전우애가 후방 정객들의 착오와
정치적 야심의 희생물이 되었다는 측면을 고려하면 허무하기 짝이 없

---

3) Isaac Rosenberg, *Selected Poems and Letters* Edited and Introduced by Jean Liddiard.
　(London: The Enitharmon Press, 2005) 100.

다. 주어진 여건에서 임무 수행을 위해 최선을 다하는 병사들과 참호의 장교들이 가졌던 전우애가 가스 전쟁이라는 괴물 앞에서는 허무할 수밖에 없었다.

4. 반전과 연민

제1차 대전기 참전 영국 시인들의 전쟁시는 인간의 폭력성과 공포를 총체적으로 나타내고 있다. 이런 점에서 오웬이나 로젠버그 같은 참전 시인들의 전쟁에 대한 관점은 시종 반전과 연민일 수밖에 없다. 오웬이 말하는 전쟁은 페로(Marc Ferro)의 언급처럼 장기간의 고통스러운 살육이었다. 이와 비슷한 견해를 밝힌 한 독일의 역사가도 제1차 대전의 성격을 "중세 시대의 살육"(Groom 57)으로 묘사하고 있다. 엄청난 살육이 빚어진 전선은 전·후, 좌·우 할 것 없이 쌍방 간에 일어났다. 서부전선의 격전지였던 솜(Somme) 전투의 살육은 불신, 공포, 혐오, 연민, 분노를 불러일으킨다. 독일군의 기관총에 영국군 대대들이 그토록 무기력하게 초토화되었지만, 지휘관들은 어떤 조치도 취하지 않았다. 직업군인들 사이에서 가장 흔하게 일어나는 솜에 대한 반응은 분노이다. "왜 그들은 공격이 계속되도록 했는가? 왜 그들은 한 부대가 또 다른 부대를 따라 죽음의 길로 걸어가는 것을 멈춰 세우지 않았는가?"(Keegan 256)에 대한 원망과 분노였다.

하디의 전쟁시를 논평한 랜섬(John Crowe Ransom)은 대전 종전일 이후에 썼던 「그리고 그곳엔 큰 고요가 있었다」("And There Was a Great Calm")를 두고 영어나 그 어떤 언어로 쓴 것 중에서 가장 숭고

한 전쟁시의 하나라고 기술하고 있다(Candace 52). 하디의 이 시는 반전과 연민을 부르짖는 대표적인 시이다. 하디는 전운을 감지하기도 했지만, 1918년 11월 11일 종전협정체결을 맞이했을 때, 불필요한 전쟁에 대한 책망과 함께 깊은 연민을 담아낸다.

몇 년 동안 격정의 시기였다―불바다, 추위,
또 엄청난 절망과 끓어오르는 노여움,
핏기 없이 지켜보는 걱정, 얽히고설킨 슬픔들.
젊은이, 약한 이와 늙은이를 가리지 않았다.
"왜?" 하고 **연민의 정령이** 침울하게 중얼거렸다.

사람들은 답을 찾을 여유가 없었다. 적들은 미쳐서
눈먼 짐승처럼 뒤에 남은 민간인들을 맹공했다.
현인들이 오랜 세월 가르쳐 온 철학이나
무사심의 미덕은 아무도 아랑곳 않고,
'온유한 사랑'에 맞서서, "죽여!", "쏘아!" 하고 아우성쳤다.

There had been years of Passion―scorching, cold,
And much Despair, and Anger heaving high,
Care whitely watching. Sorrows manifold,
Among the young, among the weak and old,
And the pensive **Spirit of Pity** whispered, 'Why?'

Men had not paused to answer. Foes distraught
Pierced the thinned peoples in a brute―like blindness,
Philosophies that sages long had taught,
And Selflessness, were as an unknown thought,
And 'Hell!' and 'Shell!' were yapped at Lovingkindness. (57)

무지한 인간들에 대한 하디의 비난과 연민은 인간 세상의 일이라기 보다는 정신 나간 미치광이 집단의 학살극을 표현한 것 같다. 유럽의 지성은 어디로 갔는지, 찬란한 철학적 소양은 또 어디로 사라졌는지 도무지 알 길이 없다. 엄청난 절망과 노여움, 슬픔, 불바다, 추위 등의 부정적인 어휘들의 총집합체이다. 오직 눈먼 짐승처럼 맹렬히 공격했고, 미덕이나 온화한 사랑은 "죽여!", "쏘아!"라고 미친 듯 외쳐되는 고함 속에 속수무책이다.

반전과 연민에 대한 입장은 영국이든 동맹국의 맹주 독일이든 그 양태는 비슷하다. 독일 병사의 눈으로 제1차 대전을 기술하는 레마르크(Erich Maria Remarque)의 소설 『서부전선 이상 없다』(*All Quiet on the Western Front*)의 마지막 12장에서, 동급생 7명 중 유일하게 살아남았던 파울(Paul Baumer)이 전사했을 때의 장면을 통해 우리는 허무를 넘어서는 연민을 느끼게 된다.

> 온 전선이 쥐 죽은 듯 조용하고 평온하던 1918년 10월 어느 날, 우리 의 파울 보이머는 전사하고 말았다. 그러나 사령부 보고서에는 이날 <서부전선 이상 없음>이라고만 적혀 있을 따름이었다.
>
> (Remarque, 홍성광 역, 229−30)

> Paul Baumer was killed on a day of October, 1918 that was so quiet and still on the whole front, that the army report confined itself to the single sentence: All quiet on the Western Front.

파울이 독가스 후유증으로 2주간의 휴가를 가지만, 이미 주인공 파울의 전우들은 모두 죽었다. 그 후 마지막 남은 파울 자신도 종전을 1

개월 남짓 남기고 전사한다(Paul Baumer was killed one month before the Armistice). 하지만 그날의 사령부 보고서엔 "서부전선 이상 없음"(All quiet on the Western Front)이라 기록되어 있다. 수많은 생명이 죽어가는 곳이 전쟁터라서 일까? 독일의 영웅적인 병사 파울이 죽었는데도 일지에는 이상 없다고만 기록되어 있다. 전쟁에서 이름 없는 병사의 죽음이 무의미할 수밖에 없다는 의식은 궁극적으로 전체 전쟁에 대한 불신과 회의로 이어진다. 이런 전쟁은 결국 명분이 없게 된다. 오직 전쟁의 비정함과 허무함을 느끼게 할 뿐이기 때문이다.

『서부전선 이상 없다』는 가장 위대한 전쟁 문학으로 불린다. 전쟁 배후에 있는 정치가나 장군의 입장이 아니라, 어쩔 수 없이 참전한 전형적인 한 독일 보병 병사의 입장에서 전쟁의 본질을 극히 담담하고도 설득력 있게 보여주기 때문이다. 어떤 영웅주의나 애국주의도 없이, 전쟁의 참모습을 드러내는 작품으로 제1차 대전의 상황을 여실히 보여주고 있다. 이처럼 전쟁으로 희생된 많은 참전 병사들이 갖는 반전의식과 회의는 레마르크 문학의 핵심이다. 권력자들의 이해관계로 일어난 전쟁의 참상과 그 때문에 보통 사람들이 겪는 고통을 사실적으로 그리고 있다.

이러한 휴머니즘에 바탕을 둔 반전의식은 로젠버그(1890－1918)의 시에서도 찾아볼 수 있다. 대부분의 전쟁 시인들과 다르게 로젠버그는 넉넉한 중·상류층 출신도 아니고 장교로 임관한 것도 아니었다. 가난한 유태인으로 14세 때 학교를 그만두었지만 조숙한 작가이자 화가였다. 1912년 그는 『낮과 밤』(*Night and Day*)이라는 제목의 얇은 시집을 발행했다. 전쟁이 일어났을 때 로젠버그는 남아프리카에서 누나와 함께 살았지만, 1915년 영국으로 귀국해서 입대한다. 비록 그가 자발적으로 입대했더라도 어느 편지에서 밝힌 것처럼 "애국적인 이유로도, 그 어떤 것도 전쟁을 정당화할 수 없다"(Candace 13)고 썼을 만큼 전쟁의 당위성을 인정한 것은 아니었다. 사순의 영향을 받은 오웬과 마찬가지로 조지언파(Georgian group)의 영향을 받은 로젠버그도 개혁적인 시인이었고(Liddiard "Introduction" 21), 도시에서 보낸 그의 젊은 시절과 전쟁동안 참호에서 사투한 경험은 그에게 훨씬 더 광범위하고 상징적인 예술로 전환하게 할 수 있는 근본 소재가 되었다. 로젠버그에게는 그의 열정적인 시만큼이나 시를 쓰게 만드는 잔인한 현실의 일을 초월하는 초연함도 또한 있었다.

어둠이 허무하게 사라진다.
그것은 여전히 옛 드루이드의 시대와 같다.
다만 한 살아있는 것이 내 손을 뛰게 한다.
내가 귀 뒤에 꽂으려고 방어용의 참호벽에 핀
양귀비를 꺾으려할 때, 생쥐 한 마리가
기분 나쁘게 비웃고 있다.
기분 나쁜 생쥐 놈, 만약 그들이 너의
우주적 동정을 알았다면 너를 쐈을 것이다.
지금 너는 이 영국군의 손을 만졌지만,
곧 독일군에게도 똑같이 할 것이다.
곧, 이것이 너의 기쁨이라면, 분명히 너는
양 진영의 잠든 초원을 건너리라.
너는 그곳을 지날 때 몰래 비웃고 있는 듯하다.
강력한 눈, 튼튼한 사지를 가진 거만한 사나이들은
너보다 삶의 기회가 적기에,
살인의 충동에 휩싸여서 찢겨진 프랑스
전장의 땅속에 마구 흩어져 있다.

전율하게 하고－가슴을 철렁하게 하는 것은 무엇인가?
사람의 혈관에 뿌리내린 양귀비들은
사라진다, 그리고 계속 사라지지만,
그러나 내 귀에 있는 것은 안전하구나－
먼지로 된 작은 흰 것이여.

The darkness crumbles away.
It is the same old druid Time as ever,
Only a live thing leaps my hand,
A queer sardonic rat,
As I pull the parapet's poppy
To stick behind my ear.
Droll rat, they would shoot you if they knew
Your cosmopolitan sympathies.
Now you have touched this English hand
You will do the same to a German
Soon, no doubt, if it be your pleasure
To cross the sleeping green between.
It seems you inwardly grin as you pass
Strong eyes, fine limbs, haughty athletes,
Less chanced than you for life,
Bonds to the whims of murder,
Sprawled in the bowels of the earth,
The torn fields of France.
What quaver—what heart aghast?
Poppies whose roots are in man's veins
Drop, and are ever dropping;
But mine in my ear is safe—
Just a little white with the dust. (Rosenberg 90)

위 시는 참호전이었던 제1차 대전의 성격을 가장 잘 압축하여 묘사하는 로젠버그의 대표작인 「참호 속의 여명」("Break of Day in the Trenches")이다. 시 곳곳에 묻어 있는 연민을 읽을 수 있다. 생쥐의 목숨보다 나을 것이 없는 인간의 건장함을 우화하는 로젠버그의 태도는 전선에서 직접 참호전을 겪은 병사만이 묘사할 수 있다. 로젠버그의 사실적인 시적 표현을 통해 느낄 수 있는 것은 우군이든 적군이든 인간으로서 서로에게 연민의 감정을 가질 수밖에 없는 안타까움이다. 찬란했던 옛 드루이드 문화가 사라졌듯, 전쟁은 20세기의 찬란한 문명을 이룩한 인류의 삶도 황폐하게 할 것이라는 시인의 은유는 쥐들의 비웃음이 되는 처지에까지 이르게 된다. 당시 서부전선에서 서식하던 쥐들은 엄청나게 컸으며 식욕도 왕성했다. 쥐들이 좋아했던 것은 시체였으며, 특히 시신의 눈과 간을 좋아했다고 한다. 쥐를 박멸하려는 노력은 상대적으로 부족했고 성의도 없었다. 쥐는 식량을 오염시켰으며, 바일 병(Weil's Disease)이라는 감염성 질병을 퍼뜨리기도 했다. 역병은 아니라 할지라도 감염성 황달은 전쟁 막바지 2년 동안 병사들을 괴롭히기도 했다(Ellis 54). 어느 프랑스 병사가 전하는 다음 인용을 통해 쥐들의 무지막지함을 확인할 수 있다.

어느 날 저녁 정찰을 돌던 자크는 망자의 외투 아래서 튀어나오는 쥐를 몇 마리 보았다. 사람 고기를 먹은 녀석들은 엄청나게 비대했다. 심장이 두근거렸다. 그는 시신 가운데 하나로 다가갔다. 철모가 벗겨진 상태였다. 짓이겨진 얼굴이 보였다. 살점이 뜯겨나갔고, 뼈가 노출되어 있었다. 눈은 먹히고 없었다. 이빨 몇 개가 상의 위에서 보였고, 크게 벌린 입에서 역겨운 쥐새끼가 뛰쳐나왔다.

One evening, while on patrol, Jacques saw some rats running from under the dead men's greatcoats, enormous rats, fat with human flesh. His heart pounding, he edged towards one of the bodies. Its helmet had rolled off. The man displayed a grimacing face, stripped of flesh: the skull bare, the eyes devoured. A set of false teeth slid down on to his rotting jacket, and from the yawning mouth leapt an unspeakably foul beast. (Ellis 55)

영국군과 독일군은 무인 지대를 경계로 일촉즉발의 참호전을 대비하고 있다. 하지만, 쥐들은 프랑스 땅의 여기저기에 나뒹구는 전사자들을 넘나들며, 만물의 영장인 인간들의 최후를 우주적 동정으로 비웃는다. 쥐들은 영국군 진영을 휘저었다가 독일군 진영을 휘젖는다. 이렇게 자유분방한 쥐들이 건장한 인간보다도 더 오래 살아남는다는 것을 로젠버그는 역설적으로 인간에 대한 강한 연민의 메시지로 나타낸다. 나아가 인간보다 훨씬 연약한 양귀비라는 식물을 통해 유일하게 전쟁의 포화 속에서도 안전할 것이라고 언급한다. 다만 그런 양귀비꽃도 죽은 병사의 혈기를 통해 자랐다가 모두 사라지지만, 로젠버그가 가진 양귀비만은 끝내 안전하다는 의미이다. 결국 위에 인용한 시는 참호 속의 양귀비꽃이 포탄으로 먼지 속에 있을지라도 안전하다며, 생명에 대한 갈망을 역설하는 로젠버그의 강력한 반전의식과 연민의 은유적 표현이다. 전쟁 시인 사순은 로젠버그의 시를 "열정적인 표현을 위해 분투하는 노력을 보여주는 실험"(Ward 13)이라고 묘사한다. 로젠버그의 시에 대한 사순의 태도는 제1차 대전에 참전한 자신의 경험을 바탕으로 작성한 여러 시에서도 자주 언급된다. 그는 열악한 참호에 거주하던 병사들이 원시인처럼 살고 있다고 강변한다. 시인은 진흙탕의 참호에서 활동하고 있는 동료 병사들의 참담한 모습에서 깊은 연민을 묘사하고 있다. 이러한 참호전에서 제1차 대전에 참전했던 젊은 시인들은 전쟁의 위선적인 현실을 직시하게 된다. 나아가 전쟁의 무익함과 헛됨을 통해 반전의식을 사실적으로 묘사하게 된다. 참전의 당위성을 인정하며 자원한 많은 병사들조차도 그들의 정부나 일부 정치인들이 전쟁의 실상을 거짓으로 몰아감을 통렬하게 비판하고 있다. 그러나 참전 시인들과 병사들은 자신들에게 주어진 임무를 결코 회피하지 않았다.

5. 나오는 말

제1차 대전은 기관총, 지뢰, 수류탄, 독가스 등이 동원된 최초의 세계대전이었다. 전쟁이 남긴 피해는 물질적인 상처보다 사람들에게 훨씬 더 큰 정신적인 상처를 남겼다. 대전이 끝났을 때, "모든 위대한 약속들은 말살되었다."고 로렌스(D. H. Lawrence)가 말한 것처럼(Stoessinger 1), 과거의 모습을 간직하고 있었던 사람은 없었다. 앞에서도 언급하였지만, 제1차 세계대전은 단일 전쟁으로 볼 때 인류 역사에서 가장 큰 인명을 앗아간 전쟁이다. 솜 전투와 같은 경우, 기관총이 불을 뿜고 있는 곳으로 대열을 지은 대대들이 무작정 전진하기도 한다. 이런 지휘관들의 안이한 판단과 명령으로 수많은 병사를 살육의 지대로 몰아넣기도 한다.

주지하듯이 제1차 대전의 발발을 여러 가지로 볼 수 있지만, 직접적인 원인은 강대국들의 군비 강화와 제국주의에 대한 망상이었다고 볼 수 있다. 그들은 자신들과 자국의 무기와 병력을 과대평가했고, 상대의 힘을 지나치게 과소평가했다. 그중에서도 영국과 독일의 군비경쟁이 또 하나의 직접적인 도화선이 되었다고 할 수 있다. 이에 대해 시인 하디는 자신의 시를 통해 대전의 가능성을 수차례 경고하고 있음을 확인할 수 있었다. 병사들은 전쟁터에서 기성세대의 허위의식을 체감하며 반전의식에 눈을 뜨게 된다. 솔리와 오웬 그리고 로젠버그 같이 20대의 젊은 나이에 전사한 시인들은 안타깝게도 잘못된 전쟁의 희생물일 수밖에 없었다. 그들은 명령에 복종했지만, 불신과 공포와 혐오 속에서 분노와 연민을 억제할 수 없었다. 그러므로 그들의 고귀한 희생은 군인의 의무를 말없이 보여주는 슬픔의 연민일 수도 있다.

필자는 제1차 대전기 영국 전쟁시의 흐름을 첫째 전운의 감지, 둘째 전쟁의 독려와 허무, 셋째 반전과 연민이라는 일련의 과정으로 소개했다. 본 연구는 우리 영시 영역에서 비교적 소홀히 다루었던 제1차 대전기 영국 전쟁시를 대상으로 연구했다는 점에서 큰 의의가 있다고 할 수 있다. 동시에 전쟁을 소재로 하였지만, 전쟁을 낭만적으로 묘사하거나 찬미하는 대신 전쟁의 허무함과 연민을 시종 언급하고 있다. 나라의 부름에 응하였거나 개인적인 지원에 의하였거나, 참전 시인들과 병사들이 가졌던 전쟁의 참혹함과 비인간성에 대한 각성은 반드시 짚고 넘어갈 필요가 있다. 이에 전쟁시를 읽고 평가하는 작업이야말로 반드시 필요하다고 할 수 있다.

토플러(Alvin Toffler)는 1945년부터 1990년까지 지구상에서 전쟁이 없었던 주는 불과 3-4주 밖에 되지 않는다고 하였다. 그는 전쟁은 사람들이 전쟁을 막으려고 하는 것에 비례하여 방지된다고 하였다(Alvin and Heidi Toffler 5). 오늘날 의무 이행보다는 권리를 더 주장하는 사회에서 보자면, 제1차 대전기 영국 전쟁 시인들이 보였던 의무의 실천이 더욱더 돋보인다. 제1차 대전의 서부전선에 참전했던 병사들은 자신들에게 죽음을 강요했던 정부나 정객들에게 불신, 분노와 원망을 넘어 반전의식을 나타내기도 했지만, 동료에게 필요할 경우 자신의 마지막 담배나 마지막 먹을 것, 심지어 자신의 생명까지도 내던졌다. 이처럼 제1차 대전기 영국 전쟁 시인들의 작품에서 나타난 군인들은 열악한 환경 속에서도 주어진 임무를 수행하려고 최선을 다하는 모습을 보였다. 일촉즉발에서도 그들 젊은 병사들이 보였던 전우애를 깊이 생각하게 된다.

II. 지그프리드 사순(S. Sassoon)의 전쟁시 읽기

1.

1914년 8월 4일에 발발한 제1차 세계대전은 벌써 한 세기를 훌쩍 넘게 되었다. 1918년 11월 11일 휴전조약이 체결될 때까지 1,460일 동안 9백만 명이 넘는 육 · 해 · 공군 병력이 전사했고, 5백만의 민간인이 적의 점령으로 인한 폭격과 굶주림과 질병으로 죽어갔다(Gilbert "Introduction" XV). 제1차 세계대전 이후 지난 100년 동안, 다시 인지하게 되는 큰 전쟁은 제2차 세계대전, 6 · 25전쟁, 베트남 전쟁, 이라크 전쟁, 그리고 아프간 전쟁을 비롯해 우리가 끊임없이 전쟁 속에서 살고 있다는 것이다. 안타까운 일이지만 이처럼 전쟁은 인류 역사와 불가분의 관계에 있음을 확인하게 된다. 따라서 제1차 세계대전 종전 100주년을 넘기며 전쟁이 빚어낸 상처를 되짚고 그 전쟁의 흔적을 문학작품에서 살펴보는 것은 무척 의의가 있는 작업이다. 필자는 제1차 세계대전에 참전했던 영국 전쟁시인 가운데 전쟁의 거짓과 위선을 목격하면서 특별히 반전의식을 나타냈던 지그프리드 사순(Siegfried Sassoon)의 전쟁 시를 살펴보고자 한다. 사순의 전쟁시들은 전쟁을 비난하는 동시에 전쟁을 신랄하게 풍자하고 있다. 그는 작품을 통해서만 반전의식을 고취했을 뿐만 아니라, 전후 유럽과 미국을 순회하면서 누구 보다 앞장서서 반전사상을 역설하게 된다.

사순은 1886년 9월 8일 영국 켄트(Kent) 지방의 월라이(Weirleigh)에서 태어났다. 부유한 유대계 가정에서 자랐으며 케임브리지 클래어(Clare) 대학에서 교육 받았다. 사냥과 크리켓 경기, 시 쓰기를 즐기는 청년이었다. 그는 1914년 영국이 참전을 선언하자 당시 대다수 영국 젊은이들처럼 1914년 8월 3일 곧장 입대하여, 1915년 5월 임관하였으며 4년 3개월 동안 복무하게 된다(Hart-Davis 13). 사순도 초기에는 브룩(Rupert Brooke)처럼 애국심과 기사도적인 이상에 매료되어 전쟁을 낭만적으로 생각하기도 했다. 사순은 전쟁 초기에 자발적으로 참전했고 전공으로 십자 훈장도 받았다. 그러나 1916년 이후로 전장에서 일어난 현실을 목격하면서 전쟁에 환멸을 가지게 된다. 동료 장교였던 오웬(Wilfred Owen)처럼 독가스로 인해 속이 썩어 죽어가는 병사들을 보면서 참혹한 전쟁의 실상을 있는 그대로 직시하게 된다. 오웬이 연민에 치중해서 전쟁의 실상을 고발했다면, 사순은 거니(Ivor Gurney)처럼 좀 더 풍자적인 묘사에 치중해서 전쟁의 실상과 참상을 고발했다. 그의 풍자적인 묘사는 결국 전쟁을 반대하는 반전시(anti-war poems)로 나타나게 된다. 사순의 반전시는 수많은 젊은이를 부추겨 군에 지원하게 했던 초기의 애국적인 열정을 냉소적인 말로 귀결하게 한 원인이 된다. 그래서 영국군들은 "자신들은 1914년 여름에 브룩과 함께 전쟁에 참전했고, 1916년에 이르러서는 사순과 더불어 집으로 돌아왔다."(Ward iii)고 했다. 이 말에서처럼 사순은 자신의 임무를 병사들에게 전쟁의 무익성과 무의미성을 고발하는 것이라 생각했다. 전쟁 초기에 사순은 전쟁이 "방어와 자유"(defence and liberation)라는 의미를 가진다고 믿었기에 참전했다고 밝혔으나, 전쟁 후로 가면서 "침략과 정복"(aggression and conquest)이라고 생각하며 부도덕과 부정의 끝에서 더 이상 이러한 참상을 지속하는 파티(전쟁)를 해서는 안 된다고 말했다. 사순의 언급은 큰 파장을 불러일으켰고, 군법회의(Court Martial)에 회부되기 직전까지 갔다. 이 사건은 그의 친구이자 당시 군수 장관이던 처칠의 개인비서 마쉬(Eddie Marsh)와 사순을 보호하려던 동료 시인 그레이브즈(Robert Graves)[1]의 노력으로 겨우 무마되었다. 그레이브즈는 전선에서 보여준 사순의 용맹성을 주장하며, 그가 포탄 충격으로 정신이상 증세가 있기 때문에 오히려 정신병원(lunatic asylum)에 보내져야 한다고 주장했다(McPhail and Guest 132-3). 특별히 그레이브즈는 사순이 병원에 입원할 때 동행을 명령받게 된다. 사순의 반전 의식은 "그 어떤 애국적인 이유로도 전쟁을 정당화할 수 없다고 주장하면서 전쟁의 무익함과 허망함을 언급했던"(Ward 13) 로젠버그(Isaac Rosenberg)와 오웬, 거니, 그리고 그레이브즈의 시에서도 명백하게 나타난다. 이들 대부분의 전쟁 시인들은 사회를 긍정적으로 보고 낭만적인 흐름을 따랐던 조지언파(Georgian group) 계열이었다. 이들은 전쟁에 참전했다가 환멸을 느끼고 죽음의 공포를 사실적으로 묘사했다는 공통점이 있다. 사순은 1920년 오웬의 유고를 모아 세상에 알렸는데, 당시로서는 완전히 새로운 깊은 감수성의 시집으로 평가

---

1) 휘트먼 이후의 전쟁 시인으로서는 제1차 세계대전에서 동료 장교로 서로 애정을 보였던 사순과 그레이브즈가 있다. 두 사람 모두가 부상을 입었고, 한때 그레이브즈는 전사했다고 알려지기도 했다. 서로를 아꼈던 두 사람은 죽음 앞에서 전우애를 바탕으로 서로 밀접하게 지냈다. 이들의 생존은 그 어떤 공식적인 맹세나 서약보다 두 사람의 관계를 더 확고하게 뭉치는 역할을 했다(Winn 154).

받았다(Egremount 238-9). 이 시집으로 인해 오웬을 비롯한 제1차 세계대전 참전 시인들의 존재가 크게 부각될 수 있었다.

본 장은 제1차 세계대전기 영국 전쟁시인들로 잘 알려진 브룩, 오웬, 로젠버그 등에 비해 상대적으로 평가절하되어있는 사순의 전쟁시의 특질을 고찰하고자 한다. 국내에 소개된 영국전쟁시인 가운데, 오웬과 로젠버그에 대한 연구가 소수이지만 확인되고 있다. 이들을 제외한 영국 전쟁시인들은 제대로 소개나 연구되어 있지 않고, 사순에 대한 국내 연구도 좀처럼 찾기 어려운 편이다. 따라서 본 연구는 사순의 전쟁시를 통해 그의 시가 풍자와 아이러니적인 요소와 기교를 사용하여 전쟁의 참상을 고발하는 풍자 문학의 범주에 속한다는 것을 지적하고자 한다. 동시에 그의 반전시가 전쟁의 실상 묘사와 고발을 통해 화해의 모색이라는 일련의 뚜렷한 전개 과정이 존재한다는 점을 긍정적으로 밝히고자 한다.

2.

사순은 제1차 세계대전 참전 시인으로서 오웬과 같은 수준으로 평가받기를 원했지만, 대부분의 비평가들은 참호 시인(a trench poet)으로서 사순의 위상을 오웬 다음으로 꼽고 있다. 그럼에도 사순은 자신이 산문이나 회고록 작가보다는 참호 시인으로서 기억되길 원하며, 전쟁 시인으로서 자신의 위상을 고려해 줄 것을 희망했다(Campbell 1-2). 사순은 어느 비평가에게 보낸 편지에서 자신은 전문적인 작가가 아니며, 아마추어 수준이라고 했다. 1919년까지는 저학년 수준이었으며, 6년 정도 지나야 고학년 수준에 도달할 것이라면서, 1926년에 출판한 『풍자 시편』(*Satirical Poems*)은 정교한 용어의 사용을 배워가는 훈련이었다고 한다. 1924년까지는 자신의 진정한 목소리를 찾지 못한 수준이었다고도 고백하기도 한다. 그러나 사순의 전쟁시를 찬미하는 사람들은 이런 그의 겸손에 동의하지 않는다(Campbell 3 & 76). 사순의 전쟁시는 전쟁을 비난하는 동시에 격조 있는 풍자의 수준을 유지하고 있다.

사순의 풍자에 대한 이해는 하디(Thomas Hardy)에게 근거하고 있다고 할 수 있다. 사순은 1939년에 실시한 시 강연에서 "모든 시는 전통을 계승하고, 시를 쓰는 모든 사람은 직접이든 간접이든 혈통을 갖게 된다."면서, 자신의 "풍자적 경구시"(satirical epigram)의 경향은 하디의 영향이라고 했다. 특히 자신의 시풍이나 방식이 하디의 『정황의 풍자』(*Satires of Circumstance*)에 근거한다고 밝힌다(Campbell 61). 풍자적인 묘사들(Satirical drawings)로 가득한 「외다리의 사나이」("The One-Legged Man")와 「영웅」("The Hero")같은 시들이 그것을 잘 묘사해준다.

지팡이에 의지한 채 그는 8월의 광대한 삼림을 바라보았다.
키 작은 과수원 나무들과 페인트칠 된 고깔 모양의 환기통 달린 지붕
소박하게 뒤얽혀 있는 울타리, 옥수수 줄기로 가득한 들판,
그리고 개들이 짖는 소리와 농가 마당의 닭들.

그리고 그가 집으로 다시 돌아와서야 이전보다
집이 더 멋지다는 것을 발견하게 되었다.
인간에게 허용된 안락한 세월의 기간에
그가 도달해야 하는 것이 얼마나 당연한 것처럼 보이는가!

먹고 자고 아내를 선택하는 호사를 누리게 되고,
그의 부상으로 얻은 안전한, 시민으로서의 삶까지도.
그는 정원 문을 나서며 즐겁게 절뚝거렸다,
그리고 생각했다. '그들이 잘라주었다는 것을 신에게 감사를!'

Propped on a stick he viewed the August weald;
Squat orchard trees and oasts with painted cowls;
A homely, tangled hedge, a corn—stalked field,
And sound of barking dogs and farmyard fowls.

And he'd come home again to find it more
Desirable than ever it was before.
How right it seemed that he should reach the span
Of comfortable years allowed to man!

Splendid to eat and sleep and choose a wife,
Safe with his wound, a citizen of life.
He hobbled blithely through the garden gate,
And thought: 'Thank God they had to amputate!' (*WSS* 23)

위의 시는 「외다리의 사나이」의 전문이다. 사순의 전쟁시 가운데
「영웅」과 더불어 최초의 풍자시 풍에 해당한다. 사순은 이 시를 언급
하면서 고귀한 희생의 위용에 대항하는 수단으로 "솔직하고도 아이
러니한 논평"(candid and ironic comment) 수준으로 급습한 것이라고
밝혔다(Campbell 116). 전체적인 느낌이 풍자적인 묘사와 아이러니한
상황으로 가득하다는 것을 알 수 있다. 아무리 외형적으로 볼 때 안락
하고 즐거운 것처럼 보이지만, 시인의 입장으로 보면 집으로 돌아온

부상당한 병사의 모습은 분노를 부르는 풍자의 대상에 불과하다. 정상적인 사람이라면 외다리로 절뚝거리는 것이 불편하고 수치스럽지만, 전쟁에서 한쪽 다리를 잃은 병사는 오히려 살아서 시민으로서 먹고 마시고 아내까지도 구할 수 있음에 감사한다. 참호전이나 돌격전에서 형언할 수 없는 고통과 고뇌를 통해 생명의 존엄성이 얼마나 값진가를 통절하게 느낀 사람만이 가지는 위로와 위안일 수 있지만, 그 이면의 아이러니한 풍자를 시인은 언급하고 있는 것이다. 벌곤지(Bergonzi)는 대체로 사순이 풍자가로서 재능이 뛰어나며 그의 풍자시들은 확고한 지위에 있다고 언급한다. 또한 사순의 풍자는 다른 영국 전쟁 시인들보다 훨씬 더 위대하며 본질이나 사실성을 가장 적절히 지적하는 촌철살인의 경우라고 했다(qtd. in Campbell 79). 벌곤지의 지적처럼 사순의 시에서 풍기는 풍자는 얼핏 인간 만사 "세옹지마"라는 속담처럼, 아쉽고 서글픈 사실을 오히려 역설적으로 위안하며 살아가야 하는 인간의 속된 근성을 풍자하고 있다.

이 시의 톤은 아이러니하며 구조적 진행으로 볼 때 의미의 반전은 마지막 행, "그리고 생각했다. '그들이 잘라주었다는 것을 신에게 감사를!'"에서 완전히 역설적으로 일어난다. 시인은 한 남자가 시골의 전원풍경을 바라보면서 안락한 가정적인 분위기에 만족하며 사는 모습을 묘사하고 있다. 그러나 이 시는 마지막 댓구(final couplet)의 충격적인 전환을 통해 완전히 반전을 불러일으킨다. 이 시를 통해 알 수 있는 것은 분노가 희생자의 것이 아니라 시인 자신의 것이라는 것이다. 특히 무가치한 전쟁의 희생자인 외다리 사나이가 살아서 집에 돌아왔다는 행운에 취해 정원 문을 나서며, "부상으로 얻은 안전함"(Safe with his wound)에 "즐겁게 절뚝거렸다"(hobbled blithely)라는 모순에서 이 시는 최고의 아이러니(crowning irony)를 보여주고 있다(Campbell 117). 사순은 이 시에서 자신의 전쟁관을 여과 없이 나타내고 있다. 그는 더 이상 십자 무공훈장 수상을 자랑스럽게 생각하는 초임 장교도 아니고 전쟁 초기의 용맹함을 지지하지도 않는다. 오로지 전쟁의 현실을 직시하거나 풍자하며 거짓된 허위를 고발하는 반전 시인으로서의 책무를 보여주고 있다.

또 다른 풍자적 묘사와 아이러니한 내용을 담고 있는 시로 「영웅」("The Hero")을 들 수 있다. 캠벨(Patrick Campbell)이 지적하듯이, 이 시는 제목부터 강한 아이러니가 투과되어 있으며, 해외에서 진행되는 전쟁의 지옥을 후방의 근시안적인 세계관으로 순진하게 바라보는 것을 비교하는 풍자시이다(117). 이 시의 아이러니는 "어머니의 자랑스러운 아들"(her glorious boy)이 영웅적인 죽음을 맞았다는 것에서 일어난다. 그녀가 갖는 확실한 자부심에서 우리는 아이러니한 사실을 인지하게 된다. 사순은 이 시에 대해 해설을 하면서 자신이 알고 있는 어느 누구를 언급한 것은 아니지만, 애절하게도 자신이 언급한 모든 상황은 분명한 사실이라고 밝힌 바 있다.

> "잭이 바랐던 것처럼 전사했군요"라고 말하며
> 어머니는 그녀가 읽었던 편지를 접었다.
> "대령님이 친절하게 잘 써주었어요." 목이 메어 떨리고
> 힘없는 목소리에 무엇인가 복받쳤다.
> 그녀는 고개를 제대로 들지도 못하고 "우리 어미들은
> 전사한 병사들이 너무 자랑스러워요."라면서 얼굴을 숙였다.
>
> 장교는 말없이 나갔다.
> 그는 가련하고 늙은 어머니에게 근사한 거짓말을 했다.

분명 어머니는 평생 그 말을 가슴에 간직하리라.
그가 헛기침하며 더듬거렸을 때, 그녀의 힘없는 눈은
승리감으로 잔잔히 빛나고 기쁨으로 넘쳤기에.
아들이 그리도 용감했기에, 자신의 자랑스러운 아들이.

장교는 떠올렸다. "잭"이 위키드 코너에서
지뢰가 폭발하던 밤에 발이 얼어붙은 멍청이처럼
참호 아래서 벌벌 떨었던 것을. 집으로 후송되려고
그리도 애썼으나, 마침내 폭발로 작은 조각들이 되어
죽었지. 그러나 홀로 남은 백발의 어머니를
빼고는 아무도 관심 갖지 않는다.

"Jack fell as he'd have wished," the Mother said,
And folded up the letter that she'd read.
"The Colonel writes so nicely." Something broke
In the tired voice that quavered to a choke.
She half looked up. "we mothers are so pound
Of our dead soldiers." Then ger face was bowed.

Quietly the Brother Officer went out.
He'd told the poor old dear some gallant lies
That she would nourish all her days, no doubt.
For while he coughed and mumbled, her weak eyes
Had shone with gentle triumph, brimmed with joy,
Because he'd been so brave, her glorious boy.

He thought how "Jack", cold—footed, useless swine,
Had panicked down the trench that night the mine
Went up at Wicked Corner; how he'd tried

To get sent home, and how, at last, he died,

Blown to small bits. And no one seemed to care

Except that lonely woman with white hair. (*WSS* 28)

1916년 7월 1일 토요일, 솜(Somme) 전투에서 영국군은 대전 이래 최악의 날을 맞는 것으로 묘사된다. 단 한 치의 전선도 확보하지 못한 가운데 하루 밤에 57,000명 이상의 사상자를 양산했기 때문이다. 나아가 11월까지 지속된 솜 전투에서 영국군과 독일군 양쪽에서 백만 명 이상의 사상자와 부상자가 발생하게 된다(McPhail & Guest 77). 이 전투를 겪으면서 사순은 큰 충격을 받았고 전쟁의 희생자들에 대한 연민과 사회 기득권층에 대한 분노를 강하게 느끼게 된다. 1916년 8월에 쓴 이 시는 이러한 그의 심경의 변화를 반영하는 것으로 보인다. 이 시는 제목이 암시하듯이 전체 사회가 참전을 어떤 식으로 권장하고 있으며 참전한 이들을 어떻게 영웅화하고 있는지를 극적 상황을 통해 잘 보여준다.

당연히 보통의 영국인들은 이 시를 배척했다. 그러나 이 시를 비롯하여 「묘지석을 만드는 사람」("Tombstone-Maker"), 「외다리의 사나이」, 그리고 「무기와 사람」("Arms and the Man") 같은 시들은 하디의 『정황의 풍자』란 작품을 닮았음을 보여주고 있다. 사순은 1914년에 즐겁게 이 책을 읽었는데, 1916년에는 그 위대함이 무가치하다는 것을 발견하게 된다(Hart-Davis 49). 이 시에서는 장교가 고향의 어머니에게 아들 잭의 죽음을 알리는 상황을 통해 진실과 허위가 대비되어 나타난다. 독자는 3연에서 장교의 회상을 통해 잭이 실제로는 전쟁을 매우 두려워했고 벗어나려고 했다는 사실을 알게 된다. 그는 포탄과 총탄이 오가는 전쟁터에서 겁에 질려 꼼짝도 못하는 무력한 존재였고 급기야 비참하게 죽고 말았다. 그러나 1연과 2연에서 아들을 잃은 슬픔 속에서도 어머니는 용감한 아들의 모습을 마음속에 상상하고, 아들이 스스로가 원하던 대로 싸우다 전사했다고 믿는다. 그러한 어머니의 반응과 기대가 전체 사회의 요구와 부응하여 장교는 어쩔 수 없이 "근사한 거짓말"(Gallant lie)을 하지 않을 수 없었다는 점에서 강한 풍자와 아이러니가 암시되어 있다. 어머니가 기대하는 대답을 해야 하는 장교가 느꼈을 어색함이 "헛기침하며 말을 더듬었고"(coughed and mumbled)에 잘 드러나 있고, 어머니의 힘없는 눈이 기쁨에 차 빛났다는 대목에서는 그녀의 아들이 용감한 군인으로 죽었다는 소식을 그나마 위안으로 삼고 자랑스러워하고 있다. 어머니의 그런 바람과 반응이 당시 많은 사람의 기대와 반응이었을 것이라 짐작하게 된다. 그렇다면 실제로 영웅적인 위상과는 거리가 먼 병사의 죽음을 영웅시하는 것은 전체 사회에 만연했던 전쟁의 실상에 대한 마비를 드러내는 것이다. 사순의 강한 풍자적 기교가 이런 상황을 지적하면서 잘 드러나고 있는 부분이다. 이는 국가와 일반 대중 간의 일종의 공모적인 상황에서 이루어진 것이라고 생각해 볼 수 있기 때문이다. 대부분의 사람은 전쟁의 참상과 그 실제에 관심을 갖기 보다는 전사한 군인들을 영웅으로 미화하고, 전쟁을 정당화하면서 위안을 얻고 그 비극에 대해 모르는 척하려고 한다. 그러한 허위와 안이함을 바라보는 시인의 시선은 아이러니할 수밖에 없는 상황에 놓이게 된다. 특히 마지막두 행을 보면, 어머니는 노년에 아들을 잃고 외롭게 살아야 하는 처지이다. 이후에 어머니가 감내해야 하는 고통에도 불구하고 아들의 죽음에 대해 세상은 무관심하며 냉담하다. 여기에서 시인은 영웅이라는 화려하게 미화된 명분과 현실 사이의 괴리와 간극을 상황의 아이러니로 드러낸다. 실제와 명분, 현실과 거짓 사이의 괴리는 사순의 전쟁시의 대표적인 주제 가운데 하나다(박미정 49).

사순의 「그들」("They")은 구어를 써서 아주 간결하게 서술하고 있다. 이 전쟁시가 비록 거칠고 세련되지 못한 상태로 쓰였지만, 과거의 전통적인 주제에서 벗어나 있고 그 묘사에서도 어느 정도 긴축된 표현을 선보인다. 이 시는 1916년 10월 31일에 작성한 것으로 표기되어 있다. 사순이 부상으로 영국 런던에서 치료를 받는데, 당시 동료들과 긴 저녁을 보내고 새벽 1시경에 반달거리(Half Moon Street)에서 썼다고 한다. 그는 너무 졸려서 눈을 뜰 수 없을 지경이었지만, 이 시를 작성하였고 훗날 마쉬(Eddie Marsh)에게 보였는데 너무나 공포스럽다(It's too horrible)고 했다. 사순이 돌아가는 길에 런던의 주교를 만났는데, 주교가 온화한 미소를 보였다는(Hart-Davis 57) 것도 이 시를 쓰게 했을 것이다. 이 시는 12행의 약강 5보격으로 구성되었으며, 후방 사람들의 행위에 분노를 불러일으키면서도, 후방에 살고 있는 사람들을 냉소적 경구(sardonic epigram)로 풍자하고 있다(Campbell 125). 사순은 전쟁에 대한 기득권층의 견해에 끊임없이 대항하려는 반전주의자 시인(pacifist poet)으로서 고군분투하고 있는 것이다.

주교가 우리에게 말한다. "병사들이 돌아왔을 때
그들은 예전 같지 않을 것이다. 그들이 싸웠기 때문이다.
어떤 정당한 이유로 그들은 적—그리스도에 대해
마지막 공격을 이끈다. 그들 전우들의 피는 명예로운
종족을 양육하려고 새로운 권리의 값을 지불했다,
그들은 죽음에 도전했고 감히 죽음을 정면으로 맞섰다."

"우리는 하나도 전과 같지 않습니다!"라고 병사들은 대답한다.

"조지는 두 다리를 잃었고, 빌은 소경이 되었고;

가엾은 짐은 폐에 총을 맞아 죽을 것 같고;

그리고 버어트는 매독에 걸렸지요. 하나도 찾을 수 없지요.

군대에 가서 *조금도 달라지지 않은* 녀석을"

주교가 말했다: "신의 방식은 참으로 이상한 것이야!"

The Bishop tells us: "When the boys come back

They will not be the same; for they'll have fought

In a just cause: they lead the last attack

On Anti−Christ; their comrades' blood has bought

New right to breed an honourable race,

They have challenged Death and dared him face to face."

"We're none of us the same!" the boys reply.

"For George lost both his legs; and Bill's stone blind;

Poor Jim's shot through the lungs and like to die;

And Bert's gone syphilitic: you'll not find

A chap who's served that hasn't found *some* change."

And the Bishop said: "The ways of God are strange!" (*SS* 57)

사순의 시 「연가」("A Ballad")가 잠정적으로 비난할 물질적 대상을 다루었다면, 「그들」은 종교적 위선과 그 중심의 근원일 수 있는 영국 국교회에 대해 집중포화로 맹비난하는 시이다. 『늙은 사냥꾼』(*The Old Huntsman*)에 포함된 많은 시들이 개인적 경험의 관점에서 기독교를 직면한 것이라면, 블레이크의 「성 목요일」("Holy Thursday")의 반향인 이 시는 "성스러운 여인들과 토실한 구레나룻이 난 남자들"(holy women and plump whiskered men)에 대항한 군기병의 저속함(Campbell 124)이라 할 수 있다. 이 시는 전혀 예상할 수 없는 방식으로 재앙을 점호하면서 끝을 맺는다. 주교의 마지막 말은 무기력하고 번지르르한 종교적인 말에 불과하다. 왜냐하면 병사들의 통탄스런 물음에 전혀 답변을 하지 못하기 때문이다. 여기서 병사들은 명예롭거나 자랑스러운 종족이 아니라 불구이고 연민의 대상일 수밖에 없다. 세부적으로 언급하고 있는 구어체가 돋보이는데, 병사들이 멀쩡하거나 미치지 않았거나 죽지 않았다고 하더라도 시행 이면의 매춘부 집들은 그들의 유산으로 기여하고 있다고 할 수 있다(Campbell 125).

병사들은 생사가 순간에 결정되는 최전선에서 목숨을 걸고 싸웠지만, 국가나 종교 지도자들은 참전 병사들의 행위에 관심을 갖거나 칭찬하는 대신 냉소적으로 대하고 있다. 나라의 부름에 응했거나 자원했던 젊은 병사들이 가져야 할 치욕적인 배신감과 패배감이 여실히 드러나는 두 번째 연에서, 사순은 "군대에 가서 *조금도 달라지지 않은* 녀석이 아무도 없음"을 강조한다. '*조금도*(some)'를 특히 강조하면서 멀쩡했던 젊은이들이 모두 비정상적인 상태로 변해 있다는 것을 오로지 참전한 병사들만 안타깝게 생각한다는 것을 지적한다. 후방의 정신적 지도자로 대변되는 주교는 병사들의 상처가 마치 나와는 무관한 듯이 판에 박힌 설교조로 말한다. "그들이 싸웠기 때문이다."(for they'll have fought)와 "신의 방식은 참으로 이상한 것이야!"("The ways of God are strange!")와 같이 알 수 없는 말만 하고 있다. 사순은 병사들이 누구를 위해 싸우다가 죽었는지 전혀 관심이 없다는 것을 강하게 지적하고 있다. 종교 지도자의 본분과 그 존재의 정당성을 생각한다면 주교의 말투에서 풍자와 아이러니한 상황이 느껴질 뿐이다.

이런 태도나 상황에서 전쟁 시인으로서 사순은 후방의 정치지도자나 종교 지도자들의 위선과 가식을 병사들에게 일깨우고 있는 것이다. 결국 이 시는 병사들이 "무엇을 위해" 그리고 "왜 싸워야 하는가"를 강하게 반문하게 한다. 사순의 이런 의식과 의문이 반전시를 태동하게 했다고 할 수 있다.

관심을 끌지는 못했지만, 「그들」은 다양한 비평적 견해를 도출했으며, 부정적이든 우호적이든 비평가들이 가장 많이 인용하는 시가 되었다. 시 제목도 매우 사순적인데, 대명사 "그들"(they)은 국내와 국외를 모두 염두에 둔 2가지 의미를 포함하고 있다. 첫 행에서 주교는 병사들에게 4번이나 말하지만, 정감이 없이 무의식적으로 암호와 같은 말을 할 뿐이다. 초점은 병사들의 대답으로 옮겨진다. 그들에게 성직자들은 다른 쪽에 있는 존재들이다. 병사나 시인 병사가 모두 같이 "그들"이란 존재로 먼 곳에 있거나 하찮은 존재로 여겨지는 처지에 있다는 것이다(Campbell 124). 병사의 대답은 소경, 불구자, 정신이상자 등의 사실성(reality)으로 인해 첫 연의 영웅적 가능성을 약화시키지만, 주교의 애국적인 경건함은 사실성에 의해 완전히 퇴각해 버린다.

3.

전쟁시인 사순은 열악한 참호에서 거주하던 병사들이 원시인처럼 살고 있다고 강변하다. 그는 행군 이후 부하들의 다리를 검사하는 동안, 다리를 꼬고 쪼그리고 앉아 자신을 올려다보는 부하들의 얼굴에서 느껴지는 완전한 신뢰의 표정에서 자신의 삶이 어떻게 바뀌었는지 설명한다(Keegan 222). 시인은 진흙탕의 참호에서 활동하고 있는 동료 병사들의 참담한 모습에서 깊은 연민을 묘사하고 있다. 이러한 참호전에서 제1차 대전에 참전했던 젊은 시인들은 전쟁의 위선적인 현실을 직시하게 된다. 나아가 전쟁의 무익함과 헛됨을 통해 반전의식을 사실적으로 묘사하게 된다. 참전의 당위성을 인정하며 자원한 많은 병사들조차도 그들의 정부나 일부 정치인들이 전쟁의 실상을 거짓으로 몰아감을 통렬하게 비판하고 있다(조규택 106). 이 설명에 잘 부합하는 사순의 시로 「대피호」("The Dug-Out")를 예로 들 수 있다. 사순이 대피호에서 목격한 잠자고 있는 병사들은 그가 전선에서 목격한 참담한 모습의 죽은 전사자들로 곧장 오버랩 될 수 있다. 그가 전선에서 경험한 처참하고 참혹한 병사들의 상태가 그의 뇌리를 떠나지 못했기 때문이다.

사순의 「대피호」의 배경으로 생각할 수 있는 다음의 설명은 이 시에 대한 이해를 좀 더 명확하게 하고 있다. 1916년 7월 4일 솜(Somme) 전투에서 이전에 독일군이 사용했던 통신용 참호를 따라 나아가던 사순은 그 참호에서 매우 심하게 훼손된 3구의 시체를 목격하게 된다. 하나는 콧수염이 치켜세워진 모습의 뚱뚱하고 작은 몸집이었는데, 얼굴을 아래로 향한 채 자신의 머리를 보호하듯 팔을 쳐들고 반쯤 돌아서 있지만, 이마를 관통당했다. 인형 같은 모습이다. 다른 하나는 여러 날 햇볕에 그을린 얼굴을 하고 입을 굳게 닫고 억지로 웃는 듯한 입술을 한 채 난도질당한 몸 덩어리 모습이다. 그리고 정오에 최전방으로 접근했을 때, 그는 마메즈-카노이(Mametz-Carnoy) 길가에 드러 누워져 있는 30명의 우리 자신(영국군)을 지나쳤다. 몇몇은 죽은 동료들 속에 마치 그들이 악수하는 것처럼 피범벅이 된 손가락이 엉긴

채로 등을 나란히 맞대고 있다(Gilbert 263). 길버트의 기록으로 본 사순의 이런 경험은 그가 전쟁에서 목격한 많은 예들의 하나에 불과하다.

너는 다리를 보기 흉하게 모으고 왜 누웠느냐
한 팔은 시무룩하고, 차갑고, 지친 얼굴위로 구부리고서?
꺼질 듯한 노란 촛불로 어둡게 그늘져 누워있는
너를 지켜보는 내 마음이 아프구나.
너는 내가 왜 너의 어깨를 흔들어 대는지 의아해 한다.
졸려, 웅얼거리고 한숨 쉬며 머리를 돌리며 . . .
너는 영영 잠들기에는 너무나 젊다.
잠든 너의 모습에서 죽은 사람을 떠올리게 되는구나.

Why do you lie with your legs ungainly huddled,
And one arm bent across your sullen, cold,
Exhausted face? It hurts my heart to watch you,
Deep—shadow'd from the candle's guttering gold;
And you wonder why I shake you by the shoulder;
Drowsy, you mumble and sigh and turn your head . . .
You are too young to fall asleep for ever;
And when you sleep you remind me of the dead. (WSS 93)

이 시는 참호에서의 경험을 직접 언급하는 시로서는 거의 마지막에 해당한다. 1918년 7월경, 머리에 부상을 입었던 사순이 미군 병원의 조용한 배경에서 지나간 슬픈 순간을 회상하면서 쓴 시다. 처음엔 랑카스트 게이트(Lancaster Gate)에 머무는 동안 8행의 시를 구상했는데, 이 시는 그 어떤 것보다 추모적인 성격의 시라고 할 수 있다. 원래는 12행이었으나 끝의 4행을 제거하였기에(Campbell 188−9) 현재

형태로 남았다. 참호나 대피호에서 전투 중 부하들이 포탄 충격으로 중상을 입거나 죽는 것을 수없이 목격한 사순은 신체적·정신적으로 극심한 상실감과 고통을 겪었을 것이다. 이 시는 이런 "전쟁 신경증"(shell-shock)에 장기간 노출된 전쟁 시인 사순의 정신 상태에 초점을 두고 있다. 최전선의 참호에서 꼼짝할 수 없는 처지에서 지속적인 적의 포격을 매일 받으며 암담한 모습에 노출된 병사들과 동료들은 부상과 죽음을 생각하며 끔찍한 고통에 빠져 있다. 장교로서 받은 훈련과 강력한 그의 의지로 비록 이런 고통을 극복했다고 하지만, 사순이 신체적·정신적으로 받은 외상 후 스트레스는 잠들어 있는 동료나 부하들을 볼 때, 혹시 그들이 죽은 것이 아닌가 하는 두려움과 긴장을 느끼게 한다. 병사들이 아무렇게나 누워있는 모습을 보는 순간, 화자는 전선의 대피소와 참호에서 경험했던 잔상들로 섬뜩해진다 (McPhail & Guest 135). 두려움과 불길한 예감으로 잠자는 병사들의 어깨를 흔들어 깨운다. 화자의 이런 행동은 마지막 두 행("*너는 영영 잠들기에는 너무나 젊다.*" / "*잠든 너의 모습에서 죽은 사람을 떠올리게 되는구나.*")에서 그 이유를 확실히 짐작하게 한다. 전선에서는 예기치 못한 포탄 공격을 받아 순식간에 죽는 병사들이 너무나 많기 때문에, 오히려 잠든 병사들보다 죽은 병사들을 더 일상적으로 보게 되는 것이다.

이 시에서 사순이 잠을 죽음에 견주어 말하는 것은 문학적 비유를 넘어, 그 둘 사이에서 혼동을 겪는 전쟁터의 특수한 상황을 전달하기 위한 것이다. 그만큼 더 긴장되고 절박하다. 이 시는 감상적인 접근을 최대한 절제하고 있을 뿐만 아니라 비유적인 표현도 거의 사용하지 않으면서, 참호 안에 아무렇게나 누워있는 동료를 바라보는 화자의 시선과 생각을 있는 그대로 서술하면서도 전쟁이 초래하는 비극을 섬 뜩하게 전달한다는 점에서 독특하다(박미정 57). 8행의 짧은 시에서 6행에 걸쳐 화자의 시선은 동료 병사의 누워있는 모습을 자세히 관찰하고 그 반응을 확인하는 데 집중하고 있다.

4.

사순의 시는 말년에 해당하는 1918년과 1919년에 이르러 전쟁에 대한 회상과 함께 적군과 아군의 화해를 생각하게 된다. 그의 반전사상과 반전시가 풍자와 아이러니를 구사했다면, 「화해」("Reconciliation")란 시는 전쟁에서 살아남은 참전 시인으로서 사순이 인류에게 전하는 강력한 평화의 메시지일 수 있다. 제1차 세계대전에 참전하지 않은 사람이라면 온전히 그 경험을 이해할 수 없을 것이다. 사람에 따라 개별적으로 전쟁에 대해 본 것이나 전해들은 것을 언급하기도 하지만, 많은 사람에게 그 전쟁은 침묵의 대상일 수밖에 없었다. 어떤 언어로도 형언하기 힘들었기에 말이나 어휘로 설명하는 것은 절망적인 혼란만 가중시킬 뿐이었다. 참전했던 아버지들은 대혼란에서 겪은 일들로 인해 비록 그들의 자랑스러운 참전 행위까지도 자식들에게 언급할 수 없게 되었다. 가장 좋은 최상의 방법은 전쟁을 잊어버리고 아무렇지도 않게 일상의 삶으로 복귀하는 것이었지만, 참전 군인들이 일상으로 복귀하는 것은 결코 쉽지 않았다. 많은 병사가 신체적으로나 정신적으로 온전치 못한 불구자로 전락했기 때문이다. 가장 대표적인 사람 가운데 거니(Ivor Gurney)가 있다. 그는 제1차 세계대전에 참전한 16명의 영국 전쟁시인 가운데 살아남은 몇몇에 포함된 행운아였다. 그러나 그는 전쟁으로 인한 외상 후 스트레스를 겪다가 1937년 정신병원에서 죽는다(Robbins 150). 프랑스 전선에서 마신 독가스로 인한 후유증으로 20년 동안 고통을 겪다가 마침내 죽게 된다. 힘겨운 전쟁터에서도 살아남았지만, 전쟁의 상흔은 그에게 죽을 때까지 계속되었다.

거니와 달리 비교적 건강한 몸으로 종전을 맞은 사순은 자신의 시 「화해」를 통해 적군인 독일군과의 화해를 모색하게 된다. 사순의 「화해」는 휘트먼이 미국 남북전쟁을 소재로 작성한 또 다른 시 「화해」("Reconciliation")와 이름이 같다. 시기적으로 보아 휘트먼의 시를 읽었을 사순으로서는 휘트먼의 시집에서 힌트를 얻었다고 볼 수 있다. 실킨(Jon Silkin)은 『1차 세계대전 전쟁시』(*First World War Poetry*)의 서문에서 휘트먼의 「화해」 전문을 소개하고 있다(15). 그만큼 전쟁시로서 이 두 시가 전하려는 메시지는 강력한 연관성이 있다는 증거일 것이다. 1865년 남북전쟁의 종전을 맞아 휘트먼은 그 어떤 무엇보다도 더 아름다운 말을 화해라고 했다. 전쟁으로 인한 살육의 행위가 사라지고, 죽음과 밤이라는 어둡고 부정적인 이미지가 사라지고, 더러워진 땅이 새롭게 움트는 것을 시인 휘트먼은 「화해」란 시를 통해 극적으로 묘사하고 있다. 제1차 세계대전에 앞서서 발발한 미국 남북전쟁에서도 결국 남과 북은 화해를 통해 대통합하고 발전할 수 있었다. 다만 미국 남북전쟁이 내전이었다면, 제1차 세계대전은 국가 간의 전쟁이었고, 전 유럽을 살육장으로 만들어 버린 반인륜적인 전쟁이었다. 사순은 이 전쟁의 한 가운데서 전쟁의 처음과 끝을 목격하였다. 그는 참전의 흥분, 냉담, 실망, 그리고 관조를 통하여 깊은 반전의식을 가지게 된다. 휘트먼처럼 사순이 궁극적으로 생각한 것도 화해라고 볼 수 있다. 제1차 세계대전에 맞서 싸운 독일군과 연합군을 적과 아군의 관계로 설정한 사순의 「화해」를 통해 사순이 궁극적으로 전하려는 메시지가 무엇인가를 확인해 보고자 한다.

당신이 네 영웅의 무덤 앞에 서 있거나,
그가 전사했던 인가 없는 마을 근처에 서 있을 때,
기억하라, 너의 가슴에 다시 점화되는 긍지로
충성스럽고 용감했던 독일 병사들을.

병사들은 짐승처럼 싸웠고, 끔찍한 일이 행해졌지,
그리고 그대도 난폭하고 맹목적인 증오를 품었지.
그러나 저 골고다 언덕에서 아마도 너는
네 아들을 죽인 자들의 어미들을 만나게 될 것이다.

When you are standing at your hero's grave,
Or near some homeless village where he died,
Remember, through your heart's rekindling pride,
The German soldiers who were loyal and brave.

Men fought like brutes; and hideous things were done;
And you have nourished hatred harsh and blind.
But in that Golgotha perhaps you'll find
The mothers of the men who killed your son. (*WSS* 100)

사순은 1918년 11월, 휴전 이후에 이 시를 썼다. 사실 이 시에서 드러난 연민의 모습은 사순의 다른 전쟁시의 정서에서 보이는 것과 확연히 다르다는 것을 알 수 있다. 제1차 세계대전 당시 영국군 병사들이 사용했던 "영국"(Blighty)이란 단어가 함유하고 있는 특성은 아들의 전사를 슬퍼하기보다는 "난폭하고 맹목적인 증오를 품었던"(has nourished hatred harsh and blind) 부정적인 감정을 잉태한 또 다른 어머니로 볼 수 있다. 시인의 메시지는 명확하다. 그녀가 "영웅의 무덤"(hero's grave)에서 격노한 분노로 점철된 자부심을 불태우는 것이 아니라, 이제 새롭게 용서의 의미가 담긴 모든 것을 포함한 동정과 연민을 불러일으키려고 애써야 한다는 것이다(Campbell 196). 어머니는 문자 그대로 골고다를 방문해서 죽었거나 매장된 적군과 아군 희생자들 속의 문상객들 가운데, "당신의 아들을 죽였던 병사의 어머니들"(the mothers of the men who killed your son)을 발견할 수 있다는 것이다. 이 생각은 청자나 독자에게 강한 충격을 주게 되지만 사실임이 틀림없다. 비록 몇몇 어머니들이 그들 자신의 사랑스런 자식들을 위해 애도하지만, 다른 사람들은 그들의 생명을 지켜주었던 모든 사람에게 사심 없이 비통함을 나타낸다. 캠프벨의 주장처럼 이 시에서 사순이 이행하고자 하는 의도는 비통에 빠진 어머니들이 동정과 화해의 보편적인 유대감을 통해 하나로 뭉쳐야 한다는 것이다(196).

「화해」는 독일 병사들에게 증오심을 보이기보다는 그들의 "충성심과 용감성"(loyal and brave)과 화해하자는 개념이 이 시의 중심주제가 된다. 이 시는 1916년의 「용서」("Absolution")란 시에서 제시된 전사(戰士)를 용서한다는 개념과는 상당히 다르다(Campbell 196). 이 시는 독일군과 연합군 간의 화해를 언급하고 있다. 제1차 세계대전에서 짐 승처럼 싸웠던 병사들의 모습은 더 이상 보이지 않고 평온하지만, 골고다 언덕에서 아들을 죽인 자들의 어미를 만나게 될 수 있다고 언급한다. "저 골고다 언덕에서"(in that Golgotha)는 그리스도가 죽은 골고다 언덕을 말한다. 골고다 언덕을 시인은 병사들이 죽은 저승이란 의미의 시적 은유로 표현하고 있다. 동시에 이승에서 죽었건 살았건 간에, 저승인 골고다에서는 죽은자나 죽인자가 결국 모두 만나야 하는 숙명을 언급하는 것이다. 게다가 어미는 전사한 자신의 아들을 죽인 철천지원수(徹天之怨讎)를 만나게 된다. 그러나 사순은 역설적으로 상처가 큰 만큼 화해의 정도가 더 깊고 완벽할 수 있다는 뜻에서 그리스도가 죽은 골고다 언덕을 배경으로 아들을 죽인 원수를 맞은 어머니가 그 원수를 사랑해야 한다는 것을 은유하고 있다. 그리스도는 십자가에 매달려 죽었지만, 그 원수를 사랑했고 인류를 죄와 속박에서 구원했다. 이제 전쟁을 종식시키고 용서하고 화해해야 한다는 것을 통해 그의 강한 반전의식을 읽을 수 있다. 이런 배경으로 볼 때 사순의 「화해」라는 시도 그의 대부분의 전쟁시가 보여 주었던 반전시의 연장선상에 있음을 확인할 수 있다. 다만 그 분위기가 풍자와 아이러니가 만연한 다른 전쟁시와 확연이 다름을 확인하게 된다. 사순이 최종적으로 언급하고자 하는 메시지는 상대방의 충성심과 용감성까지도 인정하면서, 지난날의 증오를 깨끗이 해소하고 화해하자는 것이라 할 수 있다.

5.

　제1차 세계대전 종전 100주년을 훌쩍 넘기며, 전쟁 시인이었으나 철저한 반전주의자로 변신한 사순의 전쟁관과 반전시를 통해 전쟁시의 본질을 탐색하는 것은 매우 뜻깊은 의미가 있다. 로빈스(Keith

Robins)는 제1차 세계대전이 발발했던 "1914년의 세대는 잃어버린 세대이다"(151)라고 한다. 1914년은 그만큼 끔찍한 살육전이 벌어졌던 한해였으며, 인류역사상 최악의 해로 기억되고 있기 때문일 것이다.

부상당했지만, 운 좋게도 살아남았던 사순도 거니처럼 전쟁으로 인한 충격에서 온전히 벗어나지 못한다. 장교였던 사순은 무가치한 전쟁의 희생양으로 부하나 동료들이 죽어가는 것을 보면서 분노하였으며, 후방의 시민들에게 실망했고 적대감을 가졌다. 사순의 분노나 실망은 자신의 존재에 대한 근원적인 물음을 생각하게 하는 계기가 되었다고 할 수 있다. 두 번의 부상으로 후방의 병원에서 자신의 존재를 되돌아보면서, 마침내 사순은 전쟁을 좀 더 냉정하게 관조하게 되었다고 할 수 있다. 이런 관조의 기간을 통해 사순은 전후 유럽과 미국 전역을 순회하며 전쟁을 옹호하는 사람들과 맞서서 반전을 호소하며 끝까지 전쟁의 무익함을 역설하게 된다. 실제로 그는 자서전 형식의 『어느 보병 장교의 회상』(Memoirs of an Infantry Officer)(1931)에서 자신의 화신인 주인공 화자를 내세워 전쟁의 허상과 무익함, 그리고 반전 의식을 언급하기도 한다.

1차적 관점으로 보았던 사순의 초창기 참호 시들은 승리 의식으로 채워졌던 조야하고 미완성의 상태였지만, 풍자적인 경향을 보였던 반전 시들이었다. 하지만 전쟁 시인으로서 사순의 영역이나 발전 가능성을 지나치게 단순화하기도 했다는 아쉬움을 또한 생각하게 한다(Campbell 23). 풍자란 것이 문제를 지나치게 단순화하여 자칫 흑백 초상화를 그린다는 생각에 빠지게 할 수 있기 때문이다. 간결은 재치의 생명이지만, 사순의 풍자적인(epigrammatic) 분위기는 지나치게 짧고 간결한 구문을 만들기도 한다. 사순의 시에 나타난 풍자적 견해의 전통은 하디에게 근거한다. 그의 전쟁시가 거칠고 세련되지 못했지만, 비평가들이나 사순이 언급한 것처럼 그의 시가 하디의 풍자적 전통을 계승했다는 것을 확인한 바 있다. 하디의 자연풍경 묘사는 직접적이든 간접적이든 사순의 전쟁시에 투영되고 있다. 사순의 초기 전쟁시에 속하는 「외다리의 사나이」와 「영웅」은 최초의 아이러니한 풍자시 풍에 해당하는 반전 시들이다. 「그들」은 기득권층으로 분류된 종교인의 위선을 구어체로 써서 아주 간결하게 서술하고 있는 아이러니한 내용의 풍자시이다. 「대피호」는 사순이 솜 전투에서 목격하게 된 사실에 근거하여 회상하면서 쓴 전쟁시이며, 「화해」는 전쟁에서 살아남은 참전 시인으로서 사순이 인류에게 전달하는 강력한 화해와 평화의 메시지를 담고 있다.

사순은 자신의 문학적 소질을 산문작가보다는 전쟁 시인으로 인정받기를 희망했다. 비록 그가 전쟁 시인으로서 오웬에 미치지 못한다는 것을 아쉬워했지만, 오웬과 마찬가지로 전쟁 시인으로서 인정받기를 바라고 부단히 노력했다. 사순은 오웬의 유고를 모아 출판함으로써 제1차 세계대전 참전 전쟁 시인들의 존재를 세상에 알리는 중요한 역할을 하게 된다. 그의 이런 노력은 전쟁 시인들의 위상을 높이는데 크게 기여했다. 나아가 오늘날 영미권 나라에서 연구되고 있는 전쟁 문학에 대한 연구가 활발할 수 있는 토대가 되었다고 할 수 있다. 필자는 이번 사순의 전쟁시 연구를 통해 우리나라에서도 사순의 아이러니한 풍자풍의 전쟁시에 대한 연구가 더 깊이 있게 진행될 필요가 있다고 생각한다.

참전 시인이었던 사순의 전쟁시는 아이러니하게도 반전사상을 풍자하고 있다. 사순은 전쟁의 참혹한 실상을 직접 경험하면서 마침내 전쟁의 무익함을 깨닫게 되었으며 그 결과 솔직하고도 아이러니한 풍자시를 쓰게 된다. 기득권층과 전쟁 옹호론자들을 신랄하게 비판하면서 전후 평화주의자로도 활약한다. 그의 전쟁시는 화려한 기교를 사용하기 보다는 사실적으로 묘사했으며, 자연스러운 일상 언어를 사용하여 전쟁 상황의 절박함과 심각성을 전달하는 데 심혈을 기울였다. 나아가 아이러니한 풍자풍의 반전시를 통해 전쟁의 실상을 고발하고 전쟁의 허무함을 역설했다. 사순의 반전시는 일련의 과정을 통해 평화와 화해를 모색한다는 측면에서 문학적 기여도와 함께 인류공영을 달성해야 한다는 뚜렷한 메시지를 전달하고 있다.

Ⅲ. 아이작 로젠버그(I. Rosenberg)의 전쟁시 읽기

1. 수줍은 전쟁시인 로젠버그

로젠버그(Isaac Rosenberg)는 1890년 11월 25일 영국의 브리스톨(Bristol)에서 태어나 런던의 이스트 엔드(East End)에서 성장했다. 로젠버그는 대부분의 영국 참전 시인이 장교들이었던 것과 달리, 사병(士兵) 출신으로 제1차 세계대전 종전을 반년 앞둔 1918년 4월 1일 프랑스 서부전선(Western Front)에서 야간 순찰 중 만 27세 5개월의 나이로 전사했다.

짧은 시작 활동에도 불구하고, 그의 전쟁시는 오웬(W. Owen)의 전쟁시에 버금갈 정도로 높이 평가되곤 한다. 유대인이었던 아이작의 아버지 바넷 로젠버그(Barnett Rosenberg)는 당시 러시아의 일부였던 리투아니아(Lithuania)에서 징집을 피하여, 1880년 후반에 영국의 브리스톨(Bristol)로 이주한다. 몇 년 후, 3살이 된 큰딸 미니(Minnie)와 부인 안나(Anna)가 바넷 로젠버그를 찾아 브리스톨로 이주하게 된다. 다시 7년 후, 가족들은 런던의 이스트 엔드로 옮겨간다. 런던의 이스트 엔드는 유대인 이민자들로 붐비던 곳이었다. 로젠버그의 누나 미니는 그가 유난히 수줍음을 많이 타는 소년이었다고 한다. 그는 소심했고 불만에 찬 아이였으며, 가족들에게 학교에 관한 언급을 하지 않았다. 담임교사는 로젠버그가 단지 그림에만 관심이 있고, 다른 것에는 거의 무관심하다고 술회했다. 체육 시간에도 다른 아이들과 달리 그림을 그리며 교실에 머물렀다. 그는 누구와도 친구가 되지 않았고, 또래 아이들에 비해 지나치게 심각해 보였다(Horvitch 9). 어린 로젠버그는 학교에 다니면서 예술적 징후를 보였으며 시를 쓰기 시작했다. 그는 천부적으로 그림을 그리거나 시 쓰는 능력을 타고났다. 그는 시집이나 시인들에 관한 책을 구하려고 런던 이스트 엔드 파링던로(Farringdon Road)의 중고서점을 찾아다니기도 했다.

외로움을 잘 타는 수줍은 아이였지만, 로젠버그는 1900년 초반 몇몇 이스트 엔드 소년들과 교우한다. 후배 시인 레프트위치(Joseph Leftwich)는 로젠버그가 문학, 특히 시에 유달리 매달렸다고 한다. 로젠버그는 독학으로 그림을 공부했고, 벌크벡(Birkbeck)대학의 야간을 다니기도 했다. 레프트위치는 로젠버그의 집을 방문했던 기억을 밝히고 있다. 그의 기억에 의하면 로젠버그가 부엌의 흔들거리는 식탁에서 그림을 그렸는데, 낡은 그릇들이 어질러져 있었고 아이작은 자화상 몇 점을 그렸다고 한다. 그는 1911년 한 부유한 유대인 부인의 도움으로 당대 런던 예술을 이끌었던 슬레이드(Slade) 미술학교에 입학했으며, 그곳에서 그런대로 잘 지냈다고 한다. 하지만 로젠버그는 내성적인 수줍음으로 다른 사람들과 잘 어울리지 못했으며 어떤 측면에선 굴복적이었다고 한다. 그는 슬레이드 재학시절 동료인 로이(Ruth Lowy)에게 "나는 내가 글을 쓴다는 것을 알고 있는 사람들을 만나는 것이 두렵다. 그들이 나와 얘기하지만, 내가 형편없는 말솜씨를 보인다는 것을 알게 될까 두렵다. 나는 동료들 사이에서 심각한 고뇌를 겪고 있으며, 너처럼 나를 편하게 대하면서 내 말을 들어주는 동정심을 가진 친구가 필요하다."(Horvitch 11-12)고 쓰고 있다.

그는 1911년 중년 나이의 서턴(Seaton)양에게 보낸 편지에서 "내가 말솜씨가 없다는 것을 알게 되었습니다. 나는 이따금 나 자신을 좀 더 지적으로 만들고 싶지만 어렵습니다. 나는 내가 원하는 정확한 말을 기억해 낼 수 없으며, 나는 두서없이 말하는 바보라는 인상을 남기고 있다고 생각합니다."(Horvitch 12)며 자신의 심정을 밝히고 있다. 그의 작품을 출판하는데 어려움을 가진 것도 그의 이러한 수줍음에 있으며, 그의 초라한 태생에 근거한다고 할 수 있다. 파운드(Ezra Pound)가 시카고 시 잡지 『포이트리』(Poetry) 편집장, 먼로(Harriet Monroe)에게 아이작의 작품을 추천했을 때도 이점을 언급했다.

1914년 3월 슬레이드(Slade)를 떠나면서부터 일자리를 찾지 못한 아이작은 건강을 회복하고 부모와 머무르기 위해 1914년 봄, 남아프리카(South Africa)로 여행했다. 그해 전쟁이 선포되자, 가족의 간곡한 만류에도 불구하고 그는 다시 영국으로 되돌아 갔다. 로젠버그는 근원적으로 전쟁에 반대했지만, 전쟁으로 인해 자신의 작품을 전혀 판매할 수 없었다. 절망에 빠진 로젠버그는 당시의 사회 분위기에 따라 군에 지원하게 되지만, 군인으로서는 철저히 부적합했다. 그는 몽상가였을 뿐이었고, 육체적 행위에는 부적합해서 고통을 겪었으며 곤란을 겪는다.

참호의 열악한 상태에서도 로젠버그는 끊임없이 시와 편지를 썼다. 그는 후견인 마쉬(Edward Marsh)에게 "이 한시적인 시간에 맞춰서라도 나에게 편지를 작성하도록 투영해주는 조그마한 양초를 간직한 것이 얼마나 행운인가. 나는 그 불빛으로 나의 편지를 작성한다."(Horvitch 13)라고 쓰고 있다. 이 편지는 1918년 4월 2일로 우편 소인이 찍혀 있고 편지가 배달되기 직전이었던 4월 1일, 그는 이미 전사했다. 로젠버그는 마쉬에게 보낸 3월 28일 자 서신에서 그의 최후의 시 「이 창백한 차가운 나날을 지나며」("Through These Pale Cold Days")를 보내게 된다.[1]

사순(S. Sassoon)의 영향을 받은 오웬(W. Owen)과 마찬가지로 조지 언파(Georgian group)의 영향을 받은 로젠버그도 개혁적인 시인이었다(Liddiard "Introduction" 21). 도시에서 보낸 그의 젊은 시절과 전쟁 동안 참호 속에서 사투한 경험은 그에게 훨씬 더 광범위하고 상징적인 예술로 전환하게 한 근본 소재가 되었다. 아이작의 누이 에니(Annie Wynick)는 아이작이 전선에서 그녀에게 보냈던 모든 시를 타이핑했으며, 아이작이 쓴 원고를 보관하고 있었다. 아이작의 전사 후, 그녀는 그의 문학의 집행인이었고 수년에 걸쳐 오빠의 존재를 알리는데 끊임없이 분투했다. 오랜 기간 그녀의 이런 노력 덕분으로 아이작이 시인으로 인정받게 된다.

이 글은 제1차 대전 동안 로젠버그가 쓴 시를 연구의 대상으로 하고 있다. 로젠버그의 전쟁 시는 짧은 기간임에도 불구하고 「행진」("Marching"), 「루시타니아호」("Lusitania"), 「1914년 팔월」("August 1914")을 비롯한 1916년 초까지의 초기 시, 그의 대표작으로 꼽히는 「참호 속의 여명」("Break of Day in the Trenches"), 「이 사냥」("Louse Hunting")등 1917년까지의 중기 시, 그리고 전사한 1918년까지의 「귀

---

[1] Isaac Rosenberg. *Selected Poems and Letters*. Edited and Introduced by Jean Liddiard. (London: The Enitharmon Press, 2005) 177. 이하 이 책에서의 인용은 *SPL*이라 약하고 면수만 밝힘.

환하며, 우리는 종달새 소리를 듣는다」("Returning, We Hear the Larks")를 비롯하여 「불타는 사원」("The Burning of the Temple"), 「이 창백한 차가운 나날을 지나며」("Through These Pale Cold Days")와 같은 종교적 회귀의 말기 시들로 3구분 할 수 있다. 시기마다 로젠버그가 기술하고 있는 전쟁에 대한 정서와 리얼리티를 통해서 초기 시의 전운에 대한 염려와 담담함, 중기 시의 전운의 참상과 혼란, 그리고 말기 시의 전쟁에 대한 초연함과 종교적 회귀를 확인할 수 있다. 말기 시의 종교적 회귀는 시인의 죽음에 대한 태도를 이해할 수 있는 단서가 될 수 있다. 나아가 로젠버그가 지인에게 보낸 그의 편지에서 자신의 시에 대해 얼마나 애착을 보이는지를 이해하게 될 것이다. 그의 순수하고 솔직한 관점이 시를 통해서 어떻게 투영되는지를 읽고 감상함으로써 유대인이자 소수자였던 로젠버그를 좀 더 잘 이해할 수 있으리라 본다. 제1차 세계대전에서, 어쩌면 이름도 없이 사라져간 병사들의 페르소나로서 역할을 대변했다는 측면에서 로젠버그는 반드시 기억해야 할 시인이다. 그의 치열했던 삶의 흔적과 문학과 시와 그림에 대한 열정이 또한 소중히 인정되어야 할 것이다. 소수자로서 살았던 로젠버그를 이해하고 그의 시를 읽을 수 있다는 것은 그만큼 다행한 일이다.

2. 초기 시

로젠버그의 초기 시는 비교적 관찰자의 입장에서 관조하거나 한 발 거리를 두고 객관적으로 서술하고 있음을 확인할 수 있다. 「행진」("Marching"), 「수송선」("The Troop Ship"), 「루시타니아호」("Lusitania"),

「1914년 팔월」("August 1914"), 「프랑스에서」("From France")같은 시가
여기에 속한다. 초기 시의 대표작인 「행진」("Marching")이란 시를 인용
해 본다. 이 시는 시카고 시잡지 『포이트리』에 그의 또 다른 대표작 「참
호 속의 여명」("Break of Day in the Trenches")과 함께 실리는 영광을 누
렸던 작품이다(*SPL* 163).

행진
(좌측 종렬에서 바라본)

나의 눈동자가 불굴의 위풍당당한 모습의
혈색 좋은 병사들의 목들을 주목한다—
모두가 하나의 붉은 벽돌이 움직이듯이.
마치 열정으로 이글거리는 진자처럼,
병사들의 손들이, 카키색 군복—
겨자—색의 황톳빛 카키 군복 위로—
일사분란한 걸음걸이에 맞춰 흔들며 행진한다.
우리는 이 맨살의 목과 손으로 행진하면서,
그 옛날의 위용을 고수하고 있다.
전쟁의 신의 대장간이 아직 무너지지 아니하고;
더 정교한 불가사의한 뇌가 철을 두드려
죽음의 발굽에 편자를 박아서,
(누가 지금 역동적인 모습으로 박차고 나가는가).
맹목적인 손가락들이 철 구름을 발사해서
강력한 병사들의 눈빛에
불멸의 어둠을 드리운다.

Marching
(As Seen From the Left File)

My eyes catch ruddy necks
Sturdily pressed back —
All a red brick moving glint.
Like flaming pendulums, hands
Swing across the khaki—
Mustard—coloured khaki—
To the automatic feet.
We husband the ancient glory
In these bared necks and hands.
Not broke is the forge of Mars;
But a subtler brain beats iron
To shoe the hoofs of death,
(Who paws dynamic air now).
Blind fingers loose an iron cloud
To rain immortal darkness
On strong eyes.
　　　　[1915 — 1916] (*SPL* 78)

이 시는 "좌측 종렬에서 바라본"(As Seen From the Left File)이라
는 부제(副題)를 달고 있다. 로젠버그는 「행진」이란 제목의 이 시와
「1916년 봄」("Spring 1916")이란 또 다른 시를 시프(Schief)에게 보
낸다. 그는 이 두 편의 시가 전쟁 시로써 매우 시사적이며 우수한 역
작이라고 소개한다(*SPL* 151). 이 시는 휘트먼의 『북소리』(*Drum-Taps*)
에서 보이는 초기 시의 형태와 외형상 비슷한 분위기를 연출하지만,
내용으로 볼 때 완전히 다르다. 자신을 포함해 전쟁에 임하는 병사들
의 늠름한 모습을 어느 정도 객관적으로 밝히고 있지만, 드리워진 죽
음의 공포를 부인할 수 없다. 이런 점은 『북소리』에서 보였던 휘트먼

의 승리에 도취된 초기 시의 모습과는 확연히 구별된다. 시인은 황톳
빛 카키 군복 위로 팔을 흔들며, 마치 열정으로 이글거리는 진자처럼,
일사분란한 걸음걸이로 행진하는 혈색 좋은 병사들의 튼튼한 목들을
주목한다. 모두가 하나의 붉은 벽돌이 움직이듯이 뻣뻣하고 힘차 보
이지만, 그러나 이런 위풍당당함이 곧 죽음의 어두운 그림자를 비켜
갈 수 없음을 암시하고 있다. 이 시의 전체적인 분위기는 하디
(Thomas Hardy)의 「병사의 노래」("Song of the Soldiers")의 2연에서
읽을 수 있는 전운의 암울함과 유사하다. 하디와 같이 슬픔과 한숨으
로 죽음의 장소로 나아가는 병사들을 묘사하지는 않지만, "전쟁이 마
치 눈먼 사람들이 술래잡기하는 식의 장난 같다는 생각이 들도록 착
각을 불러일으키기 때문일 것이다"(조규택 94). 사실 전선에서 대열
을 형성하며 전진하던 병사들은 미국 남북전쟁 때 전술의 연장처럼
무모하게 돌격한다. 그 결과는 기관총과 야포에 무방비로 노출·전멸
당하는 처참한 참상을 불러올 뿐이었다. 그러므로 이 시는 전운의 무
거운 현실을 적나라하게 표현했던 하디의 시를 많이 닮아있다.

　　로젠버그는 제1차 대전에 참전하기를 머뭇거렸던 미국이 확실히
개입하도록 명분을 주었던 '루시타니아호' 침몰 사건을 배경으로 실
감나는 시를 짓는다. 이 시는 "대혼란!"을 첫 3행에서 거듭 반복함으
로써 장차 세계대전에서 독일이 겪게 될 패배를 염두에 둔 듯하다.

> 대혼란! 그것은 이 군사적 의도와 일치를 보인다.
> 대혼란! 이 심각한 전운의 마음이여.
> 대혼란! 그것은 대혼란을 도와, 산산 조각나게 하고
> 마음으로-단련하였지만, 마음으로-상상할 수 없는 에너지를 펼쳐
> 다이너마이트와 철로 된 끝없는 허황된 병 때문에.

영혼 없는 논리, 강력한 무기로.
이제 그대는 평화-상태의 *루시타니아*를 침몰시켰지,
독일의 선물－그들은 전 세계에 주었지,
대혼란만을.

Chaos! that coincides with this militant purpose.
Chaos! the heart of this earnest malignancy.
Chaos! that helps, chaos that gives to shatter
Mind-wrought, mind-unimagining energies
For topless ill, of dynamite and iron.
Soulless logic, inventive enginery.
Now you have got the peace-faring *Lusitania*,
Germany's gift－all earth they would give thee,
Chaos.
　　　[?1915] (*SPL* 82)

　위 시는 「루시타니아호」("Lusitania")의 전문이다. "대혼란!"이란 단
어를 시행의 앞에 연속 세 번이나 사용하며, 마지막 행에서 단독으로
쓰고 있다. 이 시는 미국 뉴욕항에서 영국으로 향하던 여객선을 독일
잠수함이 침몰시켰던 참혹한 사건을 시로 표현한 것이다. 1915년 5월
7일, 거친 파도의 대서양을 횡단했던 비무장선 루시타니아호가 아일
랜드 해상에서 독일 잠수함(U－Boat)의 어뢰 공격을 받고 18분 만에
침몰하였던 참사였다. 이 사건으로 1,198명의 선객이 익사하였으며
그중에 미국인이 124명이었다.[2] 독일도 마음으로만 짐작하였지, 파
괴의 결과를 이렇게까지 생각지 못할 정도로 큰 피해를 내게 되었다.

---

2) http://ko.wikipedia.org/wiki 루시타니아호 설명 참조.

독일이 전쟁의 소용돌이로 급속히 빨려 들어가는 불운을 겪게 된다. 그러나 전쟁의 양상은 아이러니하게도 영국과 프랑스가 원하는 방향으로 진행하게 된다. 중립을 선언했던 미국이 미국인의 죽음으로 드디어 독일을 상대로 전쟁을 선언하고 참전하기 때문이다. 로젠버그는 민간 여객선을 침몰시킨 독일에 대한 당시의 정서를 매우 가감 없이 시로 표현하고 있다. 독일당국도 평화로운 여객선을 침몰시켰던 자신들의 행위의 범주를 전혀 예측하지 못했었다. 그러나 "대혼란!"을 일으킨 독일은 결국 이 사건으로 미국이란 거국의 군대를 불러들였고, 대전에서 패하게 되는 결정적인 원인을 제공하게 된다.

1914년 8월

우리 삶에서 무엇이
이 화염으로 타 버렸는가?
마음의 소중한 곡창지대가?
우리는 더 많은 것을 그리워할 수밖에?

한 인생은 세 가지 삶을 가지니─
철, 꿀, 금.
금과 꿀은 사라져 버렸고─
시련과 고통만 남았다.

우리의 철과 같은 삶은
곧바로 우리의 젊음으로 녹여졌다.
잘 익은 들판은 황폐한 공간으로 변했고,
한 순결한 입안의 깨어진 이빨.

August 1914

What in our lives is burnt
In the fire of this?
The heart's dear granary?
The much we shall miss?

Three lives hath one life —
Iron, honey, gold.
The gold, the honey gone —
Left is the hard and cold.

Iron are our lives
Molten right through our youth.
A burnt space through ripe fields,
A fair mouth's broken tooth.
　　　　　1916 (*SPL* 84)

　1916년 6월 2일 로젠버그의 부대는 프랑스에 입항했다. 항해 중에
「수송선」("The Troop Ship")을 써서 안전한 보관과 타이핑을 위해 곧
바로 고향의 여동생 에니에게 보냈다. 1916년 7월 1일 영국군은 솜
공격(Somme Offensive)을 감행하지만, 그날 하루에만 6만 명의 사상
자를 내었다. 로젠버그의 제40사단은 그 전투에서 전멸한 사단들을
대체하기 위해 즉각 남쪽으로 이동하여 배치된다(Liddiard 28). 이즈
음 로젠버그는 자신의 시 「1914년 8월」("August 1914")을 고향으로
보낸다. 이 시는 1914년 대전이 발발했을 때, 잘 익은 곡식으로 가득
하던 곡창지대가 황폐화되는 과정으로 시작한다. 시인은 전쟁을 상징

하는 철이 젊은이들의 생명을 앗아가며, 사람의 입과 이를 깨트림을 시적으로 은유하고 있다. 꿀과 금과 달리 철은 잘 익은 들판을 황폐하게 만들며 순결한 사람의 입으로 들어가야 할 곡식이 전쟁으로 폐허가 됨을 언급한다. 즉 전쟁 이전의 아름다운 삶은 더 이상 존재하지 않음을 강조하는 것이다.

사병(士兵)이던 로젠버그는 개인 물품 소지가 허락되지 않았기에 배낭을 제외한 그 어떤 물건이나 읽고 쓸만한 자료, 즉 책과 같은 개인 소지품을 가질 수 없었다. 그의 편지는 연필, 종이, 담배, 초콜릿 상자, 약간의 돈 같은 작은 선물에 대해 감사의 표현들로 가득하다. 최전선에서 그는 시를 작성하기 위해 YMCA 노트를 사용했고, 작은 초 조각의 불빛을 이용했다. 참호에서 사병으로서 그가 이렇게라도 쓸 수 있었다는 것, 특히 전투가 지속 중인데 수준 높은 시를 연필로 갈겨써서 집으로 보냈다는 것은 실로 놀라운 일이 아닐 수 없다. 1917년 5월, 그는 마쉬(Marsh)에게 설명하면서, 자신은 조금의 휴식 시간이라도 허용되면, 동료들이 놀음이나 싸우거나 다툴 때 단 몇 줄이라도 시를 작성했다(Liddiard 28)고 한다.

전쟁의 화염으로 풍요롭던 마음은 황폐해졌고, 꿀과 빛나는 황금을 연상하는 행복했던 삶도 사라져 버렸다고 시인은 하소연한다. 인간 삶의 행복을 상징하는 꿀과 금 같은 재료는 사라져 버렸고, 이제 철이라는 인간 삶을 파괴하고 시련과 고통만 주는 재료만 남았음을 강조한다. 마지막으로 전쟁을 상징하는 철을 언급하면서, 시련과 고통만 남았다고 한다. 여기서 말하는 철은 전쟁에서 사용되고 있는 무기일 것이다. 전선에 배치된 병사들의 삶은 철과 같으며, 이는 곧바로 젊은 병사들을 죽음으로 이끈다. 이 시의 3연은 인류 문명의 파괴에 해당하는 전쟁, 즉 철에 대한 세부 묘사로 이어진다. 철은 어느덧 젊은 병사들의 일상을 녹여버리는 부정적인 삶이 되어버렸다. 즉, 곡식으로 무르익은 들판은 젊은 병사들이 사라져간 것처럼 황폐한 공간으로 퇴색했고, 아름다운 삶이 전쟁으로 폐허가 되었음을 역설한다. 그는 1916년 8월에 마쉬에게 언급한 것처럼, 참호의 일상적인 육체적 고통 가운데서도 그의 시적 기교에 대해 고국의 멘토에게 의뢰하고, 그의 작품을 설명하는 불굴의 정신을 간직했던 것이다(Liddiard 28 − 29).

다음의 시는 「수송선」("The Troop Ship")이다. 그는 이 시에서 다가올 전쟁의 뒤죽박죽된 혼란과 부주의와 무질서를 현재 참호에서 겪고 있는 자신의 입장에서 사실적으로 묘사하고 있다. 로젠버그는 열악한 환경에서도 자신이 시인임을 자랑스럽게 생각하며, 시에서 희망과 행복을 위안으로 삼아 스스로 재충전하고 있다.

곡예사가 춤추듯
괴기하고 괴상한 채 뒤죽박죽되어
졸리는 영혼들이 잠에 빠진 듯,
우리는 갖가지 방법으로 누워있지만,
잠잘 수 없다.
그 젖은 바람이 너무 차갑고,
파도에 비틀거리는 병사들이 너무 부주의해서,
그것이, 바람의 실수이든 비틀거리는 병사들의 발이든
선잠에 빠지게 했던
그대의 얼굴을 덮치기 때문이다.

Grotesque and queerly huddled
Contortionists to twist

The sleepy soul to a sleep,
We lie all sorts of ways
And cannot sleep.
The wet wind is so cold,
And the lurching men so careless,
That, should you drop to a doze,
Winds' fumble or men's feet
Are on your face.

1916 (*SPL* 83)

보낸 일자를 알 수 없는 편지에서, 로젠버그는 쪼그리고 앉아 있는 자신의 모습을 그림으로 그려서 시와 함께 트레블얀(Trevelyan)이란 지인에게 보낸다. 당시 그의 주소는 프랑스 주둔 영국 원정군 랭카스트 연대 11대대 3소대였다. 이 시는 자신이 수송선을 타고 도버해협을 건너 대륙으로 이동할 때의 모습과 참호에 거주하는 현실을 오버랩 시켜 만든 것임을 이해할 수 있다. 그러므로 이 시는 수송선을 타고 도버해협을 건너는 모습을 회상하며 참호에서 작성한 것임을 알 수 있다.

이 편지지의 뒷면에 대피호에 있는 나의 모습을 있는 그대로 스케치하여 보냅니다. 이 편지의 끝에 수송선에 관한 나의 시 「수송선」을 편지지에 쓴 시 형태로 보냅니다. 우리들이 선잠이라도 자보려고 이래저래 꿈틀거린 것을 말로 묘사하려 했던 것입니다. 물론 당신이 운이 좋다면 고상한 대피호에서 쉽게 잘 수도 있겠지만—서서 잔다거나 앉아서 자야 한다면, 후자가 지금 저의 경우입니다. 나는 당신이 나의 작품을 좋아한다니 무척 행복하다고 말씀드리고 싶습니다. 그런 사람이 거의 없겠지만, 나는 내가 시인이라고 믿습니다.

The other side of this sheet is a very crude sketch of how I look here in this dugout. I'll write out at the end of this letter a little poem 「"The Troop Ship'」 of the troop ship where I try to describe in words the contortions we get into to try and wriggle ourselves into a little sleep. Of course if you're lucky and get a decent dugout you sleep quite easily— when you get the chance, otherwise you must sleep standing up, or sitting down, which latter is my case now. I must say that it has made me very happy to know you like my work so much; very few people do, or, at least, say so; and I believe I am a poet. (*SPL* 157)

위의 인용문에 더하여 로젠버그는 "여기 내가 거주하는 참호에서는 요상한 노름이 진행되고 있지만, 당신의 편지는 저를 재충전하게 하고 기분 좋게 합니다."(*SPL* 157)라면서 전시의 열악한 환경에서도 시인으로서 부단히 노력하며 자신이 시인임을 시종 자랑스럽게 생각한다. 동시에 작품성의 완성도를 통해 시인으로 인정받고자 무척 애썼다고 볼 수 있다. 로젠버그의 초기 시는 시인으로서 자신의 정체성을 끊임없이 확인하면서 성공적으로 입문했다고 생각하는 가운데, 전운을 관망하면서 담담하게 피력하고 있다.

3. 중기 시

로젠버그의 중기 시는 시적 완성도가 절정에 닿았으며, 대중들에게도 그가 전쟁 시인으로서 어느 정도 알려지게 되는 시점이다. 그중에서도 시적 완성도가 가장 우수한 작품으로 「참호 속의 여명」("Break of Day in the Trenches")과 「이 사냥」("Louse Hunting")이 있다. 특별히「참호 속의 여명」은「참호에서」("In the Trenches")란 작품을 바탕으로 로젠버그가 심혈을 기울여 다시 탄생시킨 작품이다. 이 시도 시 잡지『포이트리』에 게재되는 영광을 누린다. 특별히 로젠버그는 전쟁 후에 식민성(Colonial Office)에서 자신의 업적에 관심을 갖기를 희망하며 개인적으로 친애하는 마쉬가 자신의 문학으로 여유를 가지기를 희망한다(SPL 163). 양귀비는「참호 속의 여명」과「참호에서」라는 두 시에서 모두 등장하지만, 쥐는「참호 속의 여명」에서만 등장한다. 전후 관계로 보아 로젠버그는 인간이 벌인 전쟁의 비참함만을 언급하려다가, 곧이어 쥐라는 혐오스러운 하등의 동물을 도입하여 역설적으로 무지한 인간에 대한 연민을 은유적으로 표현하고 있다.

로젠버그는 영국의 저명한 전쟁 시인의 한 사람으로 인정받고 있다. 그의 시는 현대시 모음집(Anthology)에 실려 있으며, 그의 서간이나 시 원고들도 영국 국립도서관이나 대영 전쟁박물관에 소장되어 있다. 그의 자화상들도 테이트 화랑(Gallery)과 국립미술관에서 볼 수 있으며, 스케치들과 또 다른 작품들도 국립 박물관과 대영 전쟁박물관에서 볼 수 있다. 그의 이름은 웨스트민스트 사원 시인 코너에 16인의 전쟁 시인들의 현판 명단에 포함되어 있다. 그의 대표작으로 꼽히는「참호 속의 여명」("Break of Day in the Trenches")이란 작품부터 살펴보고자 한다.

어둠이 허무하게 사라진다.
마치 옛 드루이드의 시대가 사라졌던 것처럼,
다만 한 살아있는 것이 내 손을 뛰게 한다,
한 괴상한 냉소적인 쥐 한 마리,
내 귀 뒤쪽에 꽂으려고

참호 벽에 핀 양귀비를 꺾으려 할 때.
흉측한 쥐, 만약 그들이 너의
우주적 동정을 알았다면 너를 쐈을 것이다.
지금 너는 이 영국군의 손을 만졌지만,
곧 독일군에게도 똑같이 할 것이다.
곧, 이것이 너의 기쁨이라면, 분명히 너는
양 진영의 잠든 초원을 건너리라.
너는 그곳을 지날 때 몰래 비웃고 있는 듯하다.
강력한 눈, 튼튼한 사지를 가진 거만한 사나이들은
너보다 삶의 기회가 적어,
살인의 충동에 휩싸여 찢겨진 프랑스
전장의 땅속에 마구 흩어져 있다.
너는 우리의 눈에서 무엇을 보는가?
여전히 하늘을 뒤덮는
비명을 지르는 쇳덩이와 불꽃에서.
전율하게 하고―가슴을 철렁하게 하는 것은 무엇인가?
사람의 혈관에 뿌리내린 양귀비들은
떨어진다, 그리고 계속 떨어지지만,
그러나 내 귀에 있는 것만은 안전하구나―
먼지 덮어쓴 작은 흰 것이여.

The darkness crumbles away.
It is the same old druid Time as ever,
Only a live thing leaps my hand,
A queer sardonic rat,
As I pull the parapet's poppy
To stick behind my ear.
Droll rat, they would shoot you if they knew
Your cosmopolitan sympathies.

Now you have touched this English hand
You will do the same to a German
Soon, no doubt, if it be your pleasure
To cross the sleeping green between.
It seems you inwardly grin as you pass
Strong eyes, fine limbs, haughty athletes,
Less chanced than you for life,
Bonds to the whims of murder,
Sprawled in the bowels of the earth,
The torn fields of France.
What do you see in our eyes
At the shrieking iron and flame
Hurled through still heavens?
What quaver—what heart aghast?
Poppies whose roots are in man's veins
Drop, and are ever dropping;
But mine in my ear is safe—
Just a little white with the dust.

       June 1916 (*SPL* 90)

위의 시는 참호전이었던 제1차 대전의 성격을 가장 잘 압축하여 묘사하는 로젠버그의 대표작이다. 시 곳곳에 묻어 있는 냉소와 연민의 정서를 읽을 수 있다. 생쥐의 목숨보다 나을 것이 없는 인간의 건장함을 우화적으로 보여주는 로젠버그의 태도는 전선에서 직접 참호전을 겪은 병사만이 묘사할 수 있다. 로젠버그의 사실적인 시적 표현을 통해 느낄 수 있는 것은 우군이든 적군이든 인간으로서 서로에게 연민의 감정을 가질 수밖에 없는 안타까움이다. 찬란했던 옛 드루이드 문화가 사라졌듯, 제1차 대전은 20세기의 찬란한 문명을 이룩한 인류의 삶을 황폐하게 할 것이라는 시인의 은유이다.

전쟁시인 사순은 로젠버그의 시를 "열정적인 표현을 위해 분투하는 노력을 보여주는 실험"(Ward 13)이라고 묘사한다. 로젠버그의 시에 대한 사순의 태도는 제1차 대전에 참전한 본인의 경험을 바탕으로 작성한 여러 시에서도 자주 언급된다. 그는 열악한 참호에 거주하던 병사들이 원시인처럼 살고 있다고 강변했다. 시인은 진흙탕의 참호에서 활동하고 있는 동료 병사들의 참담한 모습에서 깊은 연민을 묘사하고 있다. 이러한 참호전에서 제1차 대전에 참전했던 젊은 시인들은 전쟁의 위선적인 현실을 직시하게 된다. 나아가 전쟁의 무익함과 헛됨을 통해 반전의식을 사실적으로 묘사하게 된다. 참전의 당위성을 인정하며 자원한 병사들조차도 그들의 정부나 일부 정치인들이 전쟁의 실상을 거짓으로 몰아감을 통렬하게 비판하고 있다(조규택 106). 그러나 참전 시인들과 병사들은 자신들에게 주어진 임무를 결코 회피하지 않았다.

영국군과 독일군은 무인 지대를 경계로 일촉즉발의 참호전을 대비하고 있다. 하지만, 위 시에서 등장하는 쥐들은 프랑스 땅의 여기저기에 나뒹구는 전사자들을 넘나들며, 만물의 영장인 인간들의 최후를 우주적 동정으로 비웃는다. 아이러니가 아닐 수 없다. 쥐들은 영국군 진영을 휘저었다가 독일군 진영을 휘젓는다. 이렇게 자유분방한 쥐들이 건장한 인간보다도 더 오래 살아남는다는 것을 로젠버그는 역설적으로 인간에 대한 강한 연민의 메시지로 나타낸다. 나아가 인간보다 훨씬 연약한 양귀비라는 식물을 통해 유일하게 전쟁의 포화 속에서도 안전할 것이라고 언급한다. 다만 그런 양귀비꽃도 죽은 병사의 혈기를 통해 자랐다가 모두 사라지지만, 로젠버그가 가진 양귀비만은 끝

내 안전하다는 의미이다. 결국 위에 인용한 「참호 속의 여명」은 생명
에 대한 갈망을 역설하는 로젠버그의 강력한 반전의식과 연민의 은유
적 표현이다.

「참호 속의 여명」이란 시는 원래 「참호에서」라는 시를 모태로 한
것이었다. 그의 시 「참호에서」는 참호전의 양상에 대해 구체적으로
언급하고 있지만, 쥐에 대한 언급은 없다. 전투 이후의 처참한 광경을
사실적으로 묘사하는 정도에서 그친다. 쥐에 대한 언급은 완벽한 수
준의 후속 시, 「참호 속의 여명」에서 구체적이고 적나라하게 언급되
고 있음을 확인할 수 있었다. 「참호 속의 여명」의 바탕이 되었던 「참
호에서」의 번역과 전문을 수록한다. 우리는 「참호에서」란 시가 「참
호 속의 여명」의 바탕이 되었음을 이해할 수 있다. 「참호에서」는 시
인이 참호에서 겪은 전쟁행위의 참담함이 묻어 있지만, 쥐에 대한 언
급은 그 어디에도 없다.

참호에서

나는 두 송이 양귀비꽃을 꺾었다.
참호 벽의 난간에서,
화사하고 붉은 두 송이 양귀비꽃은
난간 위에서 살짝 윙크했지.

내 귀 뒤에서
나는 하나를 지어짰고,
핏빛의 한 붉은 양귀비를
나는 네게 주었지.
좁은 모래포대기 통로

그리고 우리는 억지로 농담을 하고,
그리고 그 찢어진 양귀비를
너의 가슴에 안고 . . .
떨어진 — 포탄 — 오! 주여,
나는 숨이 막혔고 . . . 안전하나 . . . 앞을 가린 먼지, 나는
참호바닥에 양귀비들이 나뒹굴어진 것을
본다. 너는 짓이겨진 채 떨어져 있구나.

In the Trenches

I snatched two poppies
From the parapet's ledge,
Two bright red poppies
That winked on the ledge.

Behind my ear
I stuck one through,
One blood red poppy
I gave to you.

The sandbags narrowed
And screwed out our jest,
And tore the poppy
You had on your breast . . .
Down — a shell — O! Christ,
I am choked . . . safe . . . dust blind, I
See trench floor poppies
Strewn. Smashed you lie.

    1916 (*SPL* 89)

제1차 대전은 참호전이라고 말한다. 그런 말을 실감나게 할 만큼 좁은 모래포대기 틈 사이로 떨어진 포탄은 참호를 풍비박산이 나게 한다. 그래도 억지로 농담을 하지만, 포탄 세례를 받은 양귀비들은 나뒹굴어져 있다. 이어지는 「참호 속의 여명」은 양귀비와 함께 인간을 냉소하는 쥐가 등장하지만, 아직 이 시에서는 아름다운 양귀비가 참호바닥에 나뒹굴어진 것만을 언급한다. 로젠버그는 참호에서 잠시 양귀비로 위안을 얻는 듯하지만, 이내 포탄 세례를 받으며 모든 것이 아수라장이 되어버림을 사실적으로 묘사하고 있다. 동료들끼리 억지로 농담을 하지만, 시인은 적진에서 날아온 포탄에 전우들이 양귀비처럼 참호바닥에 나뒹구는 처참한 모습을 목격한다. 죽어가는 전우들을 보며 '오! 주여'라며 절규하는 시인의 심정을 고스란히 표현하는 연민 가득한 전쟁시이다.

참호 생활에서 닥친 또 다른 재앙은 적의 공격만큼이나 골치 아픈 이(louse)로 인한 것이었다. 이는 참호에 머무르는 병사들의 숙명적인 동료였다. 서부전선의 독일군 대피호에는 작은 빨간색 이도 있었다. 이는 벽과 담요 위를 기어 다녔다. 이들은 혼자 있는 것을 싫어했는지 번식력이 대단했다. 특히 인간의 체온으로 따뜻해진 옷이나 침실에서 엄청나게 빠른 속도로 번식하여 병사들을 괴롭혔다. 이에 물리면 피부가 부어오르기도 하고 얼룩이 일기도 하며 가렵기도 하다. 스코틀랜드 출신들이 특히 이로 애를 먹었는데, 그들이 착용한 킬트는 주름이 많았기 때문이다. 수많은 이가 그 주름을 안식처로 삼았다. 병사들은 손톱과 촛불을 이용해 셔츠와 내복에 묻은 이를 박멸했는데, 촛불 공격은 자칫 의복을 그을리거나 태우게도 했다. 다음은 「이 사냥」("Louse Hunting") 전문을 옮긴 것이다. 병사들을 괴롭힌 것은 쥐뿐만

이 아니라, 또 다른 해충으로 사람의 속옷에 기생하는 이(lice)였다.

벗어던진 채ー불빛에 빛을 발하며
소름 끼치는 환호를 외치며 소리친다. 웃는 얼굴들
그리고 누더기가 된 사지들을
마루 바닥의 화덕 불 위로 내동댕이친다.
셔츠에 들끓는 이를 잡느라 바쁜
저쪽의 병사는 신성은 줄어들 수 있지만,
이는 아니라고 목청껏 저주하며 이를 비튼다.
그리고 곧 우리가 누워있는 동안 그는 촛불에 불을 붙여
셔츠를 불에 그을렸다.

그때 우리 모두가 비열한 종족을
사냥하기 위해 용수철처럼 튀어 올라 옷을 벗었다.
곧 악마의 무언극처럼,
그곳은 격렬했다.
입 벌리고 있는 그림자들을 보라
허튼소리를 지껄이는 그림자들을 보라
벽에는 전쟁 무기들로 혼란스러운데.
갈고리처럼 휜 거대한 손가락을 보라,
마지막 살 집에서 떨어져 나온
아주 하찮은 것까지 태우기 위해.
스코틀랜드의 활발한 춤을 추며 즐거워하는 모습을 보라,
몇몇 마법의 해충들 때문에
이 조용한 연회에 매료되었다.
우리의 귀가 어두운 음악으로
어느 정도 안정이 되었을 때
취침나팔 소리가 울렸다.

Nudes—stark and glistening,
Yelling in lurid glee. Grinning faces
And raging limbs
Whirl over the floor one fire.
For a shirt verminously busy
Yon soldier tore from his throat, with oaths
Godhead might shrink at, but not the lice.
And soon the shirt was aflare
Over the candle he'd lit while we lay.

Then we all sprang up and stript
To hunt the verminous brood.
Soon like a demons' pantomime
The place was raging.
See the silhouettes agape,
See the gibbering shadows
Mixed with the battled arms on the wall.
See gargantuan hooked fingers
Pluck in supreme flesh
To smutch supreme littleness.
See the merry limbs in hot Highland fling
Because some wizard vermin
Charmed from the quiet this revel
When our ears were half lulled
By the dark music
Blown from Sleep's trumpet.

      1917 (*SPL* 99)

로젠버그는 전쟁의 긴장 속에서도 젊은 병사들이 고통받았던 이를 소재로 사실적인 시를 쓰고 있다. 그는 병사들이 한바탕 소동을 일으키며 긴장을 해소하는 에피소드를 영화필름처럼 세세하게 묘사하고 있다. 이 사냥을 통해 전쟁의 긴장감을 잠시라도 잊으려 했던 로젠버그의 심정을 헤아릴 수 있다. 이는 사람의 체온으로 급속히 번식할 수 있기에 한 사람이 이를 옮겨 오면 나머지 사람에게도 전념 된다. 단체생활을 하는 군인들의 병사(兵舍)엔 이가 끊이질 않았다. 제1차 대전기 영국군도 이로 인해 고통을 받았다. 이는 무기와 같이 병사들에게 직접적인 위험은 되지 않았지만, 적대감을 느끼게 한 불결한 해충이었다. 우리도 6·25 전쟁 때 많은 군인이 이로 인해 고통을 당했다. 실제로 1970년대까지만 해도 농촌지역엔 어느 곳이든 이가 많았다.

젊고 혈기 왕성한 젊은 병사는 거리낌 없이 웃옷을 벗어 던지고 내복의 구석에서 하얀 이를 잡고서 환호를 질러 된다. 참깨 알보다 작은 하얀 이 한 마리를 양손의 엄지손톱으로 툭하고 쥐어짠다. 만신창이가 된 이를 화롯불에 떨어뜨리며, 그동안 받았던 고통에 대한 원수를 갚는다. 즉, 화장시켜서 일종의 카타르시스를 즐긴다. 이는 죽음의 사지에서 적군을 죽여야 하는 병사들에게는 원수를 처단했다는 일종의 은유적 표현일 수도 있다. 어떤 병사는 보이지 않는 신성(神聖)은 줄어들 수 있지만, 이의 존재는 결코 줄지않을 것이라며 욕설을 쏟아낸다. 그래서 한번 잡은 이는 절대 놓치지 않는다. 나아가 셔츠에 있을지도 모를 이를 촛불로 태워버리려고 안간힘을 쓰기도 한다.

그즈음 나머지 병사들도 이라는 비열한 종족을 사냥하기 위해 침상에서 용수철처럼 튀어 올라 너도나도 옷을 벗는다. 곧 악마들이 말없이 자신들의 소임을 다하듯, 그곳은 격렬한 살육의 장이 되고 만다. 이런 모습은 촛불에 비친 대형 벽면에 그대로 영화처럼 반영된다. 드디어 이를 잡았다고 큰소리로 외쳐대는 병사들의 입 벌리는 그림자와 허튼소리를 지껄이는 그림자들을 볼 수 있다. 그렇지만 사실, 벽에는 전쟁 무기들이 진열되어 있다. 로젠버그는 "그 전쟁 무기들로 혼란스러운데, / 갈고리처럼 휜 거대한 손가락을 보라,"고 병사들이 이를 끝까지 응징하고 있음을 "마지막 살집에서 떨어져 나온 / 아주 하찮은 것까지 태우기 위해."라며 언급하고 있다. 마침내 병사들은 자신들에게 주어진 소임을 다했다고 생각한다. 소임을 다한 병사들은 축제를 연다. 전쟁이란 최악의 상황에서도 의무이행에 대한 보상은 축제와 즐거움으로 이어진다. 병사들은 스코틀랜드의 활발한 춤을 추며 즐거워하는 모습을 보인다. 아이러니하게도 이라는 해충 때문에 벌어진 연회는 취침나팔 소리가 울려 잠자리에 들 때까지 계속된다. 병사들은 그동안 받았던 고통에 대한 복수로 이를 화형(火刑) 시켜서 일종의 카타르시스를 즐기는 것 같다. 이는 죽음의 사지에서 적군을 죽여야 하는 병사들에게는 원수를 처단했다는 일종의 은유적 표현일 수도 있다. 한번 잡은 이는 절대 놓치지 않는다. 그래서 어떤 병사는 보이지 않는 신이라면 놓칠 수 있겠지만, 너희 이쯤이야 결코 놓칠 수 없다고 단언하며 욕설을 내뱉는다. 나아가 촛불로 셔츠에 있을지도 모를 이를 화장하려고 안간힘을 쓰기도 한다. 전쟁 중에도 이런 여유와 유머로 죽음의 두려움을 해소할 수 있었다는 것은 놀라운 일이다. 병사들은 열악한 환경에서도 나름대로 낭만과 여유를 가지려고 애썼을 것이고, 나아가 진한 전우애를 형성했을 것이다.

로젠버그는 이 시에서 자신이 직접 현장에서 보도하는 통신원처럼 생생하게 언급하고 있다. 좀처럼 여유를 가질 수 없는 병사들이 잠시

나마 즐기는 모습을 매우 사실적으로 묘사하고 있다. 많은 제1차 대전 참전시인들 중, 로젠버그만이 사소하면서도 진솔한 묘사를 이렇게 할 수 있는 시인일 것이다. 로젠버그의 「이 사냥」은 당시 영국군 병영의 보편적인 실정을 시로 나타낸 것이다. 이것을 증명하고 있는 당시의 광고 문구를 확인해 볼 수 있다. 병사들이 이 때문에 얼마나 많은 괴로움을 겪었는지는 다음의 광고를 통해서도 잘 알 수 있다. 서부전선의 병사들은 이 문구를 보면서도 쓴웃음을 지으면서 사지로 갈 수밖에 없었을 것이다.

<u>새로운 유행에 동참하시오.</u>
고양이, 개, 카나리아, 토끼, 앵무새 등을 키웁니까?

이는 어떻습니까!
상상할 수 있는 모든 색조를 제공함:—파란 등, 검은 등, 빨간 등, 회색 등, 흰색 등, 우아한 분홍색도 있고, 얼룩덜룩한 줄무늬도 있음. 우리가 입은 옷에서만 순수하게 키웠음. 몸에 착 달라붙고 사랑스러우며, 길도 냄. 새끼도 잘 낳고, 튼튼하며, 어디에 놔둬도 생존함. 일단 한 번 구매하면 결코 후회하지 않을 것임.

작은 봉투에 담아 보내드리며 1,000 마리에 2파운드임.

<u>Be in the Fashion.</u>
Why have Cats, Dogs, Canaries, Rabbits, Parrots, etc. ?

LICE!
Every Conceivable Shade Supplied:—Blue Backs, Black Backs, Red Backs, Grey Backs, White Backs. Also in a Delicate Pink Shade and With

Variegated Stripes. Pure Thorough—Breds from our own seams. Most Clinging, Affectionate, and Taking Ways. Very prolific, Hardy, and will live anywhere. Once you have them you will never be without.

In Dainty Pochettes at 2 £ per thousand. (Ellis 55)

위의 인용 문구는 이에 대한 광고로 매우 익살스럽게 표현하고 있다. 전쟁 중에도 이런 여유와 유머로 죽음의 두려움을 해소할 수 있었다는 것은 놀라운 일이다. 병사들은 열악한 환경에서도 여유를 가지려고 애썼을 것이며, 전운의 참상과 혼란을 겪으면서도 깊은 전우애를 공유했을 것이다. 로젠버그도 다른 참전용사들과 마찬가지로 전쟁터의 참상과 혼란을 언급했던 중기 시에서 이와 같은 광고를 떠 올리며 고뇌를 감당하려고 했을 것이다.

4. 말기 시

전쟁에 대한 초연함과 허무함은 로젠버그의 「귀환하며, 우리는 종 달새 소리를 듣는다」("Returning, We Hear the Larks")에서 확인할 수 있다. 독가스의 두려움에 노출되어 죽어가는 병사들의 처참한 상황을 통해 불길한 위협을 읽을 수 있다. 어쩌면 로젠버그는 죽음을 예견했는지 모르지만, 말기 시에서 전쟁의 불길한 위협을 초연하게 받아들이는 의연함을 보인다. 그러면서도 허무함을 넘어 마침내 종교적 회귀의 이미지를 남기는 듯하다.

밤은 음산하다.

그리고 우리가 생명을 지니고 있지만, 우리는
불길한 위협이 저기 숨어 있음을 안다.

이 고통스러운 사지를 끌며, 우리가 오직 아는 것은
우리 주둔지의ー작은 안전한 잠자리에도 이 독가스의
거센 형적에 노출되어 있다는 것이다.

그러나 들어라! 기쁨ー기쁨ー낯선 기쁨의 소리를.
보라! 보이지 않는 종달새와 함께 깊은 밤이 울리는 것을.
음악은 위로 향해 듣고 있는 우리의 얼굴위로 쏟아진다.

죽음은 어둠에서 쏟아질 수 있다.
노래만큼이나 쉽게ー
그러나 노래는 쏟아질 뿐이다,
마치 험난한 파도로 인해 사라져 버리는
모래위의 눈먼 사람의 꿈처럼,
그녀가 그곳엔 파멸이란 없을 것이라고 꿈꾸거나,
한 마리 뱀이 숨어 있는 곳이라도 키스하려고 꿈꾸는
한 소녀의 검은 머리카락처럼.

Sombre the night is.
And though we have our lives, we know
What sinister threat lies there.

Dragging these anguished limbs, we only know
This poisonー blasted track opens on our campー
On a little safe sleep.

But hark! joyー joyー strange joy.

Lo! heights of night ringing with unseen larks.
Music showering our upturned list'ning faces.

Death could drop from the dark
As easily as song —
But song only dropped,
Like a blind man's dreams on the sand
By dangerous tides,
Like a girl's dark hair for she dreams no ruin lies there,
Or her kisses where a serpent hides.
1917 (*SPL* 100)

음산한 밤과 함께 독가스의 공포는 엄청났다. 독가스는 다양한 유형과 방식으로 사용되었는데 후유증은 치명적이었다. 염소가스에 노출되면 질식해서 서서히 죽었는데, 며칠씩 걸리기도 했다. 오염된 병사의 입술은 자두 빛이고 안색은 납빛이었다(Ellis 65 – 66). 그러므로 참호전을 통해 죽는 경우보다, 밤을 맞이하면서 독가스에 죽을 수 있다는 병사들의 불길함은 주둔지 잠자리에서도 해소되지 못하였다. 이런 상황에서 병사들의 전우애가 후방정객들의 착오와 정치적 야심의 희생물이 되었다는 측면을 고려하면 허무하기 짝이 없다. 주어진 여건에서 임무 수행을 위해 최선을 다하는 병사들과 참호의 장교들이 가졌던 전우애가 가스 전쟁이라는 괴물 앞에서는 허무할 수밖에 없었다(조규택 100). 이런 허무는 전선에서 불길한 상황을 직접 눈으로 확인한 시인을 통해 마침내 자신의 죽음을 예견한 시로 승화하게 한다.

참호에서 전투 사상자가 발생하는 가장 흔한 원인은 적 포병대의 공격이었다. 거의 매일 몇 발이라도 포탄이 참호에 떨어졌고 일부 병사들은 죽거나 불구가 되거나 생매장되었다. 또한 엄청난 포격을 경험하는 것은 육체적·정신적 고문이었다. 역설적이게도 시인은 이런 실상을 다소 낭만적인 이미지로 묘사한다. 머리 위로 강철 파편들을 쏟아붓는 것 같은 포탄들이 마치 음악의 선율처럼 느껴지기도 하기 때문이다. 그러다가도 귀에 거슬리는 희미한 포음, 미친 듯이 사나운 소음, 귀청을 찢을 듯 야수처럼 날카로운 소리의 폭풍우가 지상으로 피어오르는 연기와 맹렬하게 뒤섞인다. 병사들은 이따금 그것을 대포 소리가 아닌 교향곡이라고 착각하며, 자신들의 머리 위에 드리워져 머물러 있다고 느끼기도 한다. "보라! 보이지 않는 종달새와 함께 깊은 밤이 울리는 것을. / 음악은 위로 향해 듣고 있는 우리의 얼굴 위로 쏟아진다."는 포탄과 대포 소리를 종달새 소리와 음악으로 은유하고 있다고 볼 수 있다. 노래는 바닷가의 파도가 휩쓸고 가는 모래처럼 허상의 형상을 은유하고, 죽음의 그림자로 번민과 한숨으로 나오는가 하면 이내 날카로운 외침과 비감한 흐느낌으로 이어진다. 이 세상에 존재할 것 같지 않은 타격으로 가공할 일진광풍이 몰아치면 몸서리가 쳐지게 되는 것이다. 이런 상황에서 병사들의 전우애가 후방정객들의 착오와 정치적 야심의 희생물이었다는 측면을 고려하면 허무하기 짝이 없다. 주어진 여건에서 임무 수행을 위해 최선을 다하는 병사들이 가졌던 전우애가 죽음의 괴물 앞에서는 허무할 수밖에 없었을 것이다.

로젠버그는 자신이 경험한 참호전의 실상을 전하면서 전쟁을 낭만적으로 기술하거나 참전의 정당성을 외쳤던 브룩(Rupert Brook)에 대해서도 신랄하게 비판했다. 그는 코헨 여사(Mrs Cohen)에게 보낸 편지에서 "「병사」("soldier")란 시가 강렬하지만, 약간 평범하다고 생각됩니다. 나는 똑같은 이유로 브룩의 자부심에 찬 소네트를 좋아하지 않습니다. 내가 의미하는 것은 '희미하게 빛나는 불'(lambent fires)과 같은 간접 구문들이 그 리얼리티와 힘을 앗아간다는 것입니다. 그것은 모두가 느끼는 방식처럼, 좀 더 냉담한 방식, 좀 더 정밀하게 접근해야만 합니다. 이 모든 것은 하나의 탁월한 감성으로 집약되어야만 합니다. 휘트먼(Walt Whitman)도 그의 「쳐라, 북을, 쳐라」("Beat, Drums, Beat")에서 전쟁에 대해 너무 장엄함만을 언급하고 있습니다."(Rosenberg 154)라고 언급하면서 이들의 감성에 치우친 낭만성을 신랄하게 꼬집고 있다. 브룩은 그의 대표 시, 「병사」에서 "영국의 풍경과 소리를 / 영국의 전성기 때의 행복한 꿈을" 같은 시행에서 사실적인 표현보다는 일종의 서사적이며 낭만적인 묘사로 영국의 영광을 외치고 있다. 브룩은 마치 "조국을 위해 죽는 것은 달콤하고도 합당하도다"라고 한 로마시인 호라티우스(Horace)의 송시풍의 시를 묘사하며 군인의 순국을 찬양하고 있다. 영국태생의 상류층에다 장교였던 브룩은 전쟁 초기에 갈리폴리 원정에 참전하지만, 패혈증으로 병사한다(Martin 146). 전쟁의 참상을 직접 겪지 못한 그의 시는 다분히 서사적이고 낭만적일 수밖에 없었다.

브룩과 비교하면 로젠버그는 가난한 유대인 이민자일 뿐만 아니라 사병 출신이었다. 그의 이런 배경 때문이겠지만, 역설적이게도 로젠버그는 기득권에 아부하지 않았고 자신만의 독특한 목소리를 내는 편이었다. 아마도 그의 애매하고 명확하지 않은 시적 표현, 또한 그의 우유부단한 성격과 함께 기득권 세력에 대한 비우호적인 표현방식일 수 있다(Rosenberg 154). 참전 시인이었던 오웬도 독가스에 속이 썩어 죽어가는 병사를 보면서 결코 "달콤하고도 합당하도다"라는 가증스러운 말을 할 수 없었다. 명백하게도 로젠버그나 오웬과 같은 전쟁 시인들은 브룩과는 달리 죽어가는 병사들의 모습에서 악마의 죄지은 얼굴을 떠올리게 하는 고통을 보면서 용감히 조국을 위해 죽었다는 오래된 거짓을 정당화할 수만은 없었다. 아이작의 아버지가 아들의 사망 소식을 들었을 때, 그는 자신이 아끼는 책에 비탄의 심정을 다음과 같이 기록하고 있다. 아들에 대한 아버지의 절절한 사랑이 감지된다. 유대 말로 작성되었는데, 아이작의 친구 레프트위치(Joseph Leftwich)가 영어로 옮겼다.

> 밤낮으로 아들의 멋진 대관을 떠올리며, 나는 울고 있다.
> 선한 하나님께서 아들을 마음에 간직하실지니, 그의 선한 행위는
> 그의 일생을 통해 이행했으리.
>
> 욥기에서 말하는 것처럼, 주께서 주셨고 또한 거두었도다. 그의
> 선한 행위를 찬미하고자, 그가 남긴 것을 영원히 기억하리라.
> 새 곰의 눈물로 나는 이 애가를 쓰고 있다.
>
> Day and night I weep, remembering his good crownings.
> May the good God have him in mind, his good deeds that he
> did in his life time.
>
> As it says in Job, the Lord gave and the Lord took away. To praise
> his good deeds, let what he left behind be his eternal memory.
> With threefold tears I write these verses. (Horvitch 14)

아이작의 아버지는 선한 아들의 행위를 하나님께서 거둘 것임을 믿는다. 그러기에 아비로서 시인 아들의 선한 행위와 그가 남긴 시를 영원히 기억하면서 애끓는 아픔을 내면으로 승화하고자 각고의 노력을

보인다. 아이작의 여동생 에니(Annie Wynick)는 로젠버그가 전선에서 그녀에게 보냈던 모든 시를 타이핑했으며 로젠버그가 쓴 원고를 보관했다. 로젠버그가 전사 후, 그녀는 그의 문학의 집행인이었고 수년에 걸쳐 오빠의 존재를 알리는데 끊임없이 분투했다. 오랜 기간 그녀의 이런 노력 덕분으로 로젠버그는 시인으로 인정받게 된다. 마지막 시로 로젠버그의 죽음을 예견한 듯한 「이 창백한 차가운 나날을 지나며」("Through These Pale Cold Days")를 인용한다.

> 이 창백한 차가운 나날을 지나며
> 어두운 표정들이 삼 천년의
> 세월을 지나며 불타버렸고,
> 그리고 그들의 거친 눈이 열망한다,
>
> 그들의 눈썹 아래로 굶주린 방랑자들처럼
> 다시 헤브론의 연못 때문에—
> 레바논의 여름 경사지 때문에
> 그들의 정령들이 더듬어 찾는다.
>
> 그들은 이 고요한 금빛 나날을 떠나
> 그들의 발걸음 뒤 먼지 속에서
> 얼마나 오랫동안 자신들이 죽었는지
> 그들은 생생한 눈으로 보게 된다.

Through these pale cold days
What dark faces burn
Out of three thousand years,
And their wild eyes yearn,

While underneath their brows
Like waifs their spirits grope
For the pools of Hebron again—
For Lebanon's summer slope.

They leave these blond still days
In dust behind their tread
They see with living eyes
How long they have been dead.
　　　1918 (*SPL* 113)

먼저 이 시에서는 초연함과 의연함을 확인할 수 있다. 특별히 로젠
버그의 종교적 회귀는 시인이 죽음에 대한 예비적 차원에서 언급한
최후의 진술 같은 느낌이다. 로젠버그는 이 시에서 인간의 끊임없는
욕심이 결국 죽음의 덫에 휩싸이게 한다는 강력한 메시지를 전달하고
있다. 그는 마쉬에게 보낸 최후의 편지에서 "나는 유대인들(Judaens)
을 위한 군가를 쓰기 원하지만, 아직 충분히 강력하고 멋진 것을 생각
하지 못하고 있습니다. 여기 하찮은 작품「이 창백한 차가운 나날을
지나며」("Through These Pale Cold Days")를 보냅니다."(*SPL* 176-7)
고 자신의 시를 언급하고 있다. 그러면서 자신은 여러 해 동안 시를 보
지 못했기에 마쉬가 너무 지나치게 자신의 시를 비평하지 말 것을 호
소한다. 이전 자신의 시들이 불충분한 어휘로 빈약했고 투박하였다고
고백하기도 한다. 죽음을 앞둔 사람이 무엇인가 정리하고 변명하는
것 같은 느낌의 유언장 같은 편지 형식이다.
　아이작 로젠버그는 이제 영국의 저명한 전쟁 시인의 한 사람으로
인정받고 있다. 그의 이름은 웨스트민스트 사원(Westminster Abbey)

시인 코너에 16인의 전쟁 시인들의 현판 명단에 포함되어 있다 (Horvitch 14). 로젠버그의 시는 모든 현대 영국시 모음집에 실려 있으며, 서간이나 시 원고들도 영국 국립도서관이나 대영 전쟁박물관에 소장되어 있다. 그의 자화상들도 테이트 화랑(Tate Gallery)과 국립미술관에서 볼 수 있으며, 스케치들과 또 다른 작품들도 국립 박물관과 대영 전쟁박물관에서 볼 수 있다.

5. 결론

제1차 대전기 영국전쟁시인 중 아이작 로젠버그는 독특한 필치로 자신의 정체성을 보였던 전쟁 시인이다. 거의 유일하게 사병 출신의 전쟁 시인답게 열악한 참호에서 겪은 병사들의 애환과 일상을 생생하게 보여준다. 로젠버그는 브룩과 달리 가난한 유대인 이민자였다. 그의 이런 배경 때문이겠지만, 역설적이게도 로젠버그는 기득권에 아부하지 않았고 자신만의 독특한 목소리를 낼 수 있었다. 그의 애매하고 명확하지 않은 시적표현 또한 그의 우유부단한 성격과 함께 기득권 세력에 대한 비우호적인 표현방식일 수 있다. 참전시인 오웬도 독가스에 속이 썩어 죽어가는 병사를 보면서 기득권 세력을 맹렬히 비판했다. 명백하게도 로젠버그와 오웬 같은 전쟁 시인들은 브룩과는 달리 죽어가는 병사들의 모습에서 악마의 죄지은 얼굴을 떠올리게 하는 고통을 보면서 용감히 조국을 위해 죽었다는 오래된 거짓을 정당화할 수만은 없었다.

로젠버그는 이를 잡는 에피소드를 희극적 긴장 완화(comic relief)

기법으로 처리하여 전쟁의 긴장을 달래기도 하지만, 결코 그것이 낭만적인 묘사나 찬미와는 다른 모습이다. 솔리(Charles H. Sorley)와 오웬, 그리고 로젠버그 같이 20대의 젊은 나이에 전사한 전쟁 시인들은 안타깝게도 잘못된 전쟁의 희생물일 수밖에 없었다. 그들은 전쟁에 대한 불신과 공포와 혐오 속에서 분노와 연민을 억제할 수 없다. 제1차 대전은 정밀해진 대포를 비롯해 기관총, 지뢰, 수류탄, 독가스 등이 동원된 세계대전이었다. 또한 인류역사상 최초로 육지와 바다와 하늘에서 입체적으로 전쟁을 수행했던 대전이었다. 전쟁이 남긴 피해는 물질적인 상처보다 사람들에게 훨씬 더 큰 정신적인 상처를 남겼다. 대전이 끝났을 때, 로렌스(D. H. Lawrence)의 말처럼 모든 위대한 약속들은 말살되었다(Stoessinger 1). 사람이든 사물이든 과거의 모습을 간직하고 있었던 것은 아무것도 없었기 때문이었다. 제1차 대전은 무능한 지휘관들의 안이한 판단과 명령으로 수많은 병사를 살육의 지대로 몰아넣었던 비극적인 전쟁이었다.

참호의 악조건에서도 로젠버그는 주변의 평가와 무관하게 자신이 시인이라고 확신할 정도로 시인으로서의 자부심이 대단했다. 그는 불충분한 자신의 어휘로, 스스로 자신의 시를 하찮은 것으로 여기면서도 최후까지 시인으로서의 임무를 이행했던 진정한 의미의 전쟁 시인이었다. 겸손하면서도 끝까지 노력하는 그의 시인의 자질은 전쟁 기간에도 마르지 않았다. 참호의 악조건에서도 로젠버그는 "그런 사람이 매우 드물지만, 나는 내가 시인이라고 믿습니다."(Rosenberg 147)라고 할 정도로 시인으로서의 자부심이 대단했다. 그는 불충분한 자신의 어휘로, 스스로 자신의 시를 하찮은 것으로 여기면서도 최후까지 시인으로서 임무를 이행했던 진정한 의미의 수줍은 전쟁 시인이었다. 겸손하면서도 끝까지 노력하는 그의 시인의 자질은 전쟁 기간에도 마르지 않았다. 모든 참전 병사들의 소망처럼, 로젠버그도 전쟁의 참상을 극복하기 위해 모두가 싸워야 한다고 생각했다. 유난히 수줍어하고 주저했던 로젠버그였지만, 시를 통해 참전 병사들이 가졌던 전쟁의 참혹함과 비인간성을 사실적으로 전달한다.

로젠버그는 1915년 12월 처칠의 비서이면서 자신의 절친한 후원자였던 마쉬(Marsh)에게 보낸 편지에서 자신의 전쟁관을 밝힌다. "나는 결코 애국적인 이유로 군에 자원하지는 않았다. 그 어떤 것도 전쟁을 정당화할 수는 없다. 나는 우리 모두 이 문제를 극복할 수 있도록 싸워야 한다고 생각한다. 전쟁 이전에 나는 집에서 내가 할 수 있고, 도울 수 있었던 일을 이행했다"(Rosenberg 147). 마쉬에게 보낸 편지에서처럼 로젠버그는 전쟁의 명분을 정당화할 수 없다고 자신의 전쟁관을 밝히고 있다. 그에게 전쟁은 모든 사람을 고통에서 벗어날 수 있게 하는 극복의 대상이었다. 그 극복을 위해 로젠버그는 싸워야만 했다.

이 글은 제1차 세계대전 동안 로젠버그가 발표한 전쟁시를 대상으로 초기 시의 전운에 대한 염려와 담담함, 중기 시의 전운의 참상과 혼란, 그리고 말기 시의 전쟁에 대한 초연함과 종교적 회귀를 확인할 수 있었다. 이와 같은 변화를 시로 작성한 것은 시인으로서 로젠버그가 감당해야 하는 운명적인 의무였을지도 모른다. 로젠버그가 표현한 병사들의 모습은 단순한 배고픔과 고달픔이 아니라, 인간이 가져야 하는 모든 총체적인 두려움에 무방비로 노출된 모습이었다. 로젠버그의 이런 시적 사실성이야말로 그를 여타의 영국 전쟁 시인들과 다른 차원의 전쟁 시인으로 굳건하게 자리매김하고 있다고 할 수 있다.

IV. 참전시인 그레이브즈(Robert Graves)의 전쟁시 읽기

1.

그레이브즈(Robert von Ranke Graves)는 1895년 6월 24일 영국 런던의 윔블던(Wimbledon)에서 태어나 1985년 12월 7일 스페인 마요르카(Majorca)에서 사망했다. 깁슨(Gibson A. G. G.)에 의하면 그의 어머니는 19세기 실증 연구의 토대를 마련한 저명한 독일 역사가 란케(Leopold von Ranke)의 질녀였다("Introduction" 3). 그레이브즈의 중간 이름이 독일 역사학자와 관련이 있으며 그의 성향을 파악할 수 있는 단서가 될 수 있다. 그레이브즈는 실험정신이 뛰어난 시인, 소설가, 비평가, 고전학자(classical scholar)로 왕성한 활동을 보였다. 그의 저서는 120편이 넘으며, 유명한 역사 소설 『나, 클라우디우스』(I, Claudius)(1934)와 제1차 세계대전에 대한 자전적 내용으로 고전이라 할 수 있는 『모든 것과의 이별』(Good-Bye to All That)(1929; rev. ed. 1957)을 포함하여 해박하지만, 모순적인 신화 연구에 이르기까지 다양한 영역에서 크게 두각을 나타냈다.

런던의 공립학교인 카르투지오 스쿨(Charterhouse School)의 학생으로서 이미 그레이브즈는 시를 쓰기 시작했으며, 제1차 세계대전 동안 서부전선에서 영국군 장교로 참전하는 기간에도 시 쓰기를 멈추지 않았다. 그는 1916년과 1917년의 2년 동안 3권의 시집을 발행했다. 그러나 참호전의 공포와 두려움은 그의 삶에서 잔인한 경험이었다. 1916년 그가 솜(Somme) 전투에서 심각한 중상을 입은 이후 참전시인 사순(Siegfried Sassoon)을 만나 위안을 주고받지만, 최소한 10여 년 이상 전쟁 후유증으로 인한 트라우마를 심각하게 겪는다. 1920년대 내내 지속된 그레이브즈의 정신적인 고통은 결국 그의 첫 번째 결혼을 불행으로 몰아세운다. 결혼 후에도 자신의 성을 고수했던 화가 니콜슨(Nancy Nicholson)과 마침내 이혼한다. 그리고 미국인 시인 라이딩(Laura Riding)을 만나 밀회를 즐기며 1929년부터 스페인의 마요르카 섬으로 동행한다. 그녀와 13년간 함께하면서 점차 일상의 행복을 되찾으며 주로 고전과 관련된 작품 활동을 한다(Mundye 40). 그레이브즈는 1936년 스페인 내전 이후 갈등을 겪던 라이딩과 1939년에 헤어지고, 1950년 드디어 검은 머리의 20세나 어린 옥스퍼드 출신의 두 번째 부인 프릿차드(Beryl Pritchard)를 만나게 된다. 그레이브즈는 언급한 세 명의 여성들에게서 많은 영향을 받았으며 1985년 90세로 사망하지만(Gibson "Introduction" 4), 첫 부인과 마지막 부인과의 사이에 각각 4명의 자녀를 두었다.

그레이브즈는 전쟁에서 전사할 것 같다는 자신의 시적인 표현을 거짓으로 만들만큼 강력한 육체의 소유자였다. 그는 포탄 파편에 관통상을 입고 병원 기차에 실려 프랑스 파리 북부의 루앙(Rouen)으로 후송되지만 살아남는다. 사실 그의 상태가 너무 심하여 군의관들조차 그가 희망 없는 경우(hopeless case)라며 포기할 정도였다. 당시 영국

일간지에 그의 전사자 명단이 실렸지만, 그레이브즈는 잘못된 설부른 그의 사망 소식을 바로잡는 편지를 쓰면서 고향으로 향하는 기차에서 치료를 받게 된다. 이 절체절명의 순간부터 교수직을 그만두고 1985년 90살의 나이로 사망할 때까지 참전시인 그레이브즈는 끊임없이 작품 활동을 지속한다. 이젠 그가 성인의 대부분을 살았던 스페인 섬의 바로 그 집에서 아들이 그의 전설을 이어가고 있다. 제1차 세계대전 참전 영국시인 가운데, 사순(Siegfried Sassoon)의 아들이 2006년 사망했고, 알딩톤(Richard Aldington)과 거니(Ivor Gurney)는 자녀가 없었고, 로젠버그(Isaac Rosenberg)와 오웬(Wilfred Owen)과 브룩(Rupert Brooke)은 대전 중에 전사했다. 그러므로 웨스트민스터 수도원(Westminster Abbey) 대리석에 헌정된 16인의 전쟁 시인들 가운데, 상대적으로 덜 알려진 리드(Herbert Read)나 벌런던(Edmund Blunden)을 제외하면, 오직 그레이브즈의 자녀들만이 생존해 있다.

필자는 그동안 제1차 세계대전에 기꺼이 참전한 영국 전쟁 시인들을 살펴볼 기회가 10여 차례 있었다. 대부분의 당시 젊은이들처럼, 전쟁 시인들도 시대의 조류와 흐름에서 자유롭지 못했으며 애국심이나 사고하는 영역도 당대 젊은이들과 비슷했다. 특별히 전쟁 초기 영국인으로 자부심 가득했던 브룩이나, 전쟁 중반에 전사한 솔리(Charles Hamilton Sorley)대위와 로젠버그, 그리고 종전 직전 도하 작전 지휘 중에 전사한 오웬 대위와 달리, 그레이브즈와 사순 대위는 큰 부상에도 불구하고 살아남는다. 전후 그레이브즈도 사순과 마찬가지로 전쟁 후유증에 시달렸고 전쟁의 환멸과 참상을 끊임없이 제기하였다. 그러나 생의 중·후반으로 갈수록 그의 시는 전쟁의 범주에서 탈피하여 연애시를 비롯해 소설, 연극뿐만 아니라 신화·역사에 이르기까지 다양한 글쓰기를 통해 자신의 문학적 창조성에서 그 깊이와 넓이를 확장한다.

그의 다양한 업적에도 불구하고, 그레이브즈에 대한 관심이나 연구가 영국을 비롯한 영·미 권의 활발함에 비해 국내 영문학계에서는 거의 전무한 상태이다. 필자의 이 연구가 학술 차원으로서는 국내에서 거의 유일한 연구일 것이다. 그동안 제1차 세계대전 참전 시인들에 대한 연구를 지속적으로 진행해 오면서, 필자는 유독 그레이브즈의 연구가 전무함을 안타깝게 생각했다. 이런 점을 감안하여 이 연구는 대체로 그레이브즈의 『요정과 보병』(*Fairies and Fusiliers*)(1917)에 실린 시들과 『모든 것과의 이별』에서 언급된 그레이브즈의 초기 전쟁 시들에 국한해서 논의하고 읽고자 한다. 참전 시인으로서 그레이브즈가 사순처럼 전투 중에 겪고 체험했던 전쟁의 참상과 리얼리티를 언급하는 것이 본 연구의 가장 큰 의의이며 가치이기 때문일 것이다. 물론 여기서 읽는다는 것은 그의 전쟁시를 제1차 세계대전 상황과 비교하여 심층 분석하고 해설한다는 의미를 뜻한다.

2.

1985년 11월 11일 그레이브즈에게 깊은 영향을 받은 계관 시인 휴즈(Ted Hughes)는 제1차 세계대전 참전 시인들을 기리는 웨스트민스트 사원의 시인 코너를 기념하는 대리석을 제막한다. 대리석에는 그레이브즈, 오웬, 그리고 사순을 포함하여 16인의 참전시인 명단이 기록되어 있다. 16명의 참전시인 가운데 여전히 생존해 있는 시인은 오직 그레이브즈 뿐이었다. 그레이브즈는 그의 이름이 헌정된 지 4주 뒤에 사망했으며, 1986년 1월 왕립 웨일스 보병(Royal Welch Fusiliers) 제1대대의 마지막 조종의 나팔 소리를 울리게 했다(Mundye 45). 그의 시, 「최후 전선」("The Last Post")에서처럼 그레이브즈는 최후의 생존 전쟁 시인으로 끝까지 전선을 지키다 사라져간 것이다.

그레이브즈는 1914년까지 전형적인 조지언풍의 시인이었으나, 그의 전쟁 경험과 삶의 고난을 통해 후기로 갈수록 훨씬 더 깊이 있는 시적 영역에서 발전을 보인다. 비록 그가 모더니스트라기보다 전통주의자에 가깝지만, 우리는 그의 시를 통해 시적 운율이나 투명한 의미를 확인할 수 있다. 그레이브즈의 슬픔이 내재 된 연애시들은 예이츠(W. B. Yeats)와 더불어 20세기에 영어로 작성된 시들 가운데 가장 훌륭하다고 평가된다. 그레이브즈는 1961년 영국 옥스퍼드 대학교 시 교수로 선출되었으며 1966년까지 재직한다. 1948년에 출판된 그의 『시전집』(Collected Poems)은 1975년까지 무려 5번이나 출판되면서 명실공히 고전으로 자리를 잡게 되었다.

그레이브즈와 사순은 약간의 의견대립이 있었지만, 제1차 세계대전 중에 역사와 전통을 자랑하는 왕립 웨일스 보병 부대에서 함께 근무했다(McPhail & Guest 12). 전쟁 초기에 두 사람은 매우 친밀했으며, 그레이브즈는 사순이 반정부적인 주장과 반전적인 풍자시를 발표함으로써 군법회의(Court Martial)에 회부 되었을 때 구명운동에 최선을 다한다. 최전선의 동료 장교로서 경험담을 예로 들며 사순이 신경쇠약 증세로 군법회의보다 정신병원(lunatic asylum)에 입원해야 한다고 주장한다. 군수 장관이었던 처칠의 개인비서 마쉬(Eddie Marsh)에게도 도움을 요청한다(Winn 154, 조규택 「사순」 31). 그 결과 사순은 감옥행을 면하면서 입원하게 된다. 전쟁 초기에 동료 장교들은 그레이브즈의 이름이 독일계라는 점과 그가 버릇없고 비신사적이라며 멸시했다. 그러나 솜 전투에서 적의 포탄이 근처에서 터져 유탄이 그의 폐를 관통했을 때 이후로, 상황은 우호적으로 변하게 된다. 그가 보여준 충성심과 부하에 대한 사랑뿐만 아니라, 죽었다고 생각했던 그가 놀랄만한 의지로 회복하고 살아났을 때, 그들은 그를 "최고의 장교"(a capital officer)(Fussell VI)라고 부르게 되었다.

그레이브즈는 전쟁의 전성기였던 1916년과 1917년에 두 권의 전쟁시집을 발표했다. 그러나 종전(Armistice)과 더불어 시들해진 전쟁시에 더 이상 함몰하기를 꺼려했고, 이후로도 자신의 전쟁시를 평가절하하기도 했다. 그럼에도 평자들은 첫 시집을 출판한 1916년부터 그에게 전쟁 시인이라는 이름을 붙여주며 존중했었다(Mundye 43). 퍼셀(Paul Fussell)은 자신이 편집한 책, 『모든 것과의 이별』의 「서문」에서 "그레이브즈가 제1차 세계대전이 자신의 인생관(outlook)을 완전히 바꾸어 놓았음을 1955년에 선언했다"("Introduction" V)고 짤막하게 언급하고 있다. 그레이브즈도 소위 당대의 젊은이들처럼 전쟁의 선전 효과에 몰입했으며 오직 애국심으로 전쟁에 참전했다. 그러나 그는 프랑스와 벨기에 같은 최전선에서 거대한 생명의 손실을 목격하면서, 사순과 마찬가지로 정부의 공식적인 노선에 반대하게 된다.

그레이브즈가 전쟁동안 목격했던 공포와 1929년 자서전적인 『모든 것과의 이별』에서 언급한 내용은 결국 그의 의식의 자국으로 남아 있었다. 그의 마지막 20년 동안에 찾아온 노인성 치매증으로 힘들었을 때, 그는 참호에서의 경험과 고통으로 더욱더 침울하게 된다. 즉, 그는 무의식 가운데 쿵하는 소리만 들어도 위축되거나 움츠렸고, 그의 휠체어가 빠를 때면 어김없이 지팡이를 크게 쳐서 멈추거나 정지시키려고 했다.

3.

본 장은 제1차 세계대전 초기에 발표한 그레이브즈의 『요정과 보병』(*Fairies and Fusiliers*)에 실린 작품들 가운데 「최후 전선」("The Last Post")부터 전쟁은 이름만 바꿀 뿐 철없는 아이들의 병정놀이처럼 앞으로도 계속될 것임을 암시하는 「다음 전쟁」("The Next War")까지의 전쟁 시들을 살펴보고자 한다. 먼저 「최후 전선」의 전문부터 살펴보면 다음과 같다.

> 나팔수는 높은 로맨스 콜을 보냈다―
> '소등! 소등!' 황량한 광장에.
> 얇은 놋쇠 소리를 들으며 그는 기도를 했다,
> '하나님, 다음번 프랑스에서 나를 위한 *이 기도가* 존재한다면...
> 오, 유령의 나팔 소리를 남겨주세요
> 가스와 포연, 대포의 포효 속에 죽어 쓰러질 때,
> 다른 상처 입은 자들과 연속으로 죽을 때
> 너무 훌륭해 죽을 수 없는 유쾌한 젊은 보병들이,
> 하늘 아래 아주 뻣뻣이 조용히 누워있을 때를 위해.'
>
> The bugler sent a call of high romance―
> 'Lights out! Lights out!' to the deserted square.
> On the thin brazen notes he threw a prayer,

'God, if it's *this* for me next time in France. . .

O spare the phantom bugle as I lie

Dead in the gas and smoke and roar of guns,

Dead in a row with other broken ones,

Lying so stiff and still under the sky,

Jolly young Fusiliers, too good to die.'

이 시 「최후 전선」("The Last Post")은 다른 참전 시인들의 시에서 표현되는 모습과 흡사하다. 특히 오웬의 시에서 표현하고 있는 독가스에 죽어가는 부하들의 모습과 뻣뻣이 죽어 조용히 말없이 누워있는 병사들의 모습과도 어느 정도 겹친다. 로젠버그의 「참호에서」("In the Trenches")도 이런 모습을 엿볼 수 있다. "참호 바닥에 양귀비들이 나뒹굴어진 것을 본다. 너는 짓이겨진 채 떨어져 있구나."(See trench floor poppies Strewn. Smashed you lie.)(조규택 「로젠버그」 52)라며 비슷한 느낌을 제공하고 있다. 그레이브즈는 이 시의 마지막 행에서 매우 반어적으로 "너무 훌륭해 죽을 수 없는 유쾌한 젊은 보병들"(Jolly young Fusiliers, too good to die)이란 표현을 쓰고 있다. 이는 생전에 활발하고 활기찬 왕립 웨일즈 보병들의 모습을 가장 가까이에서 지켜보았던 초급 장교의 심정을 여과 없이 나타낸 것이다. 비록 그가 죽음을 상시로 감지하면서 전장에 투입되지만, 자신과 부하들을 위해 간절히 기도하는 성숙된 인간의 이타적(altruistic) 사랑을 나타내고 있다. 동시에 유령의 나팔이 모든 병사를 죽음에서 구할 수 있는 마법을 부릴 수 있도록 자신에게 그런 힘을 주도록 하나님께 기도하는 것이다. 마치 자신이 보이지 않는 유령이라도 되어 이 처참한 포연과 대포의 포효 속에서 모든 죽어가는 생명을 구할 수 있다면 좋겠다는 가정

법으로 자신의 심정을 나타내고 있다. 만 21살 어린 인간을 전쟁은 성숙된 어른으로 만들기에 충분하다는 것이 아이러니다. 무의미한 참호전과 소득 없는 전진 명령으로 병사들을 일시에 죽음으로 내몬 돌격전술의 참혹한 모습이 활동사진처럼 전개될 뿐이다.

「최후 전선」에서 그레이브즈가 보인 성숙된 이타적 리더십은 그의 사생관(outlook)이었을 것이다. 천만다행으로 그는 이 최후의 전선에서 살아남았으며, 이후로 사순과 함께 반전 참전 시인으로 맹활약하게 된다. 그의 최종적인 최후의 전선은 결국 1985년 12월 7일 16인의 영국 참전시인 가운데 마지막으로 맞게 된다. 바로 그가 노환으로 사망했던 날이다. 다음으로 「내가 죽을 때」("When I'm Killed")라는 시 전문을 인용하게 된다.

> 내가 죽을 때, 캠브린 숲 거기에 묻힌
> 나를 생각하지 마세요,
> 시온 산에서처럼 과도한 선함으로
> 날 사랑하지도 마세요.
> 그리고 제가 잘 아는 한 가지가 있습니다,
> 내가 지옥에 사로잡히면 저주받을 것입니다!
>
> 그래서 내가 죽을 때 어스름한 복도를 걸으며,
> 나를 기다리지 마세요;
> 천국이나 지옥에서 나를 기다리지 마세요,
> 그렇지 않다면 당신은 영원히 기다려야합니다.
> 여러분이 읽은 이 구절에서
> 매장되었지만, 살아-죽어있는 나를 발견할 것입니다.

그래서 내가 죽을 때, 날 위해 슬퍼하지 마세요.
총에 맞은, 가난한 젊은이, 너무 대담하고 젊은,
죽음 당해 가버린—나를 위해 슬퍼하지 마세요.
여러분의 입술에 내 생명이 매달려 있습니다.
오, 친구들과 연인들이여, 그대들은
무덤에서 온 당신의 놀이 친구를 구할 수 있습니다.

When I'm killed, don't think of me
Buried there in Cambrin Wood,
Nor as in Zion think of me
With the Intolerable Good.
And there's one thing that I know well,
I'm damned if I'll be damned to Hell!

So when I'm killed, don't wait for me,
Walking the dim corridor;
In Heaven or Hell, don't wait for me,
Or you must wait for evermore.
You'll find me buried, living-dead
In these verses that you've read.

So when I'm killed, don't mourn for me,
Shot, poor lad, so bold and young,
Killed and gone—don't mourn for me.
On your lips my life is hung:
O friends and lovers, you can save
Your playfellow from the grave.

아들인 윌리암 그레이브즈(William Graves)는 「나의 아버지 로버트 그레이브즈, 죽음을 사기당한 전쟁 시인」("My father Robert Graves, the war poet who cheated death")에서 다음과 같이 밝히고 있다. 1916년 7월 22일, 왕립 웨일스 보병(Royal Welch Fusiliers) 2대대의 지휘관 크로세이(Crawshay) 중령이 편지를 썼다. "친애하는 그레이브즈 부인, 저는 부인의 아들이 중상을 당하여 마침내 공식적으로(officially) 사망했음을 말씀드리게 되어 매우 유감입니다. 그는 매우 용감했고(Gallant), 전투에서도 매우 훌륭했기에 우리는 너무나 큰 손실에 빠졌습니다."(Fussell X 재인용)라는 편지를 작성한다. 이는 솜 전투의 개전 첫 주 동안 이미 여러 번 작성했던 일상의 업무였다. 그레이브즈는 '공식적으로(officially)'라는 말이 관례적으로 그 문서의 진실을 표현한다면서, 이런 문서가 오히려 회의적이거나 아이러니한 상황을 연출한다고 언급한다. 그레이브즈의 아들이 언급한 그의 아버지 그레이브즈는 젊은 대위로서 시인이었지만, 21살 생일을 며칠 앞두고 전투에서 폭발한 포탄에 맞았다. 그 포탄의 파편이 폐를 관통했고, 전장에서 그를 검진한 군 위생병(the Army medics)은 그가 밤을 넘기지 못할것이라 판단했다.

이 시 「내가 죽을 때」("When I'm Killed")는 표면적으로 보면 마치 브룩의 시를 연상하게 하지만, 내용 면으로 보면 브룩의 교만이나 자부심과는 한참 거리가 멀다. 브룩은 영국인이란 자부심 가득했던 전쟁 시인이었고, 그가 남겼던 전쟁 시들도 영국의 위대성과 영원함을 구가하는 전쟁시에 가깝다. 그는 내가 죽거든 슬픔대신, 나를 위해 기도하지 말고 영국을 위해 기도하라고 했다. 이 말에 많은 당시 젊은이들이 참전에 동참하는 효과를 보였다. 그래서 1916년, 지루한 전쟁의 중반을 넘기면서 영국군 사이에서는 브룩과 함께 전쟁에 참전했고 사순과 더불어 집으로 돌아왔다(Ward iii)는 말이 유행하기도 했다. 그러므로 이 시는 결국 내면으로 보면 사순이나 오웬의 전쟁 시처럼 연민과 반어와 풍자적인 시적 장치를 강력하게 내포하고 있는 대표적인 전쟁시라고 할 수 있다. "나를 생각하지도 말고 사랑하지도 말라"는 것은 후방 정객들이나 전쟁을 부추긴 잘못된 사람들에 대한 원망이고 아이러니한 표현임을 확인할 수 있다. 즉 반어적인 표현을 통해 전쟁 상황을 풍자하고 있는 그레이브즈의 내면을 확인할 수 있는 시이다.

패전국인 독일 병사로 참전했던 레마르크(Erich Maria Remarque)도 『서부전선 이상 없다』(*All Quiet on the Western Front*)에서 전쟁의 허상을 사실적으로 기술하고 있다. 자신의 체험을 사실적으로 묘사한 레마르크도 영국의 젊은이들처럼 냉소적인 관점을 견지하기는 마찬가지다. 그를 대변하는 퍼소나(persona)인 파울 보이머는 허황된 애국심에 들뜬 담임교사의 권유로 학급 친구들과 함께 입대한다. 하지만 그는 생각했던 것과 너무 다른 전쟁터에서 참혹함과 무의미한 죽음을 목격하게 된다. 파울은 날마다 포화가 빗발치는 곳에서 비로소 젊은이들을 전쟁터로 내몬 기성세대의 허위와 전쟁의 무의미함에 눈을 뜨게 된다.

첫 연에서 성스러운 시온 산(Zion)에서 자신을 위해 허상적인 명분을 내세우지 말 것을 강력히 주장하고 있다. 그레이브즈는 후방 정객들의 허위와 위선으로 가득한 찬사를 거부할 것임을 분명히 천명하고 있다. 시인은 독자들에게 자신이 죽음을 당하게 되면 자신이 캠브린 숲(Cambrin Wood)이나 시온에 묻혀있다고 생각하지 말라고 호소하고 있다. 다만 시인은 자신이 알고 있는 한 가지가 존재하는데, 비록 자신이 지옥에 간다고 할지라도 기꺼이 저주를 받을 각오가 되어있음을 선언하고 있다. 그래서 시인은 자신이 죽임을 당할 때, 어스름한 복도를 거닐며 자신을 기다리지 말라고 호소한다. 또한 천국에서나 지옥에서도 자신을 기다리지 말고, 대신 영원히 기다리라고 외친다. 왜냐하면 시인은 독자들이 읽고 있는 시 속에 존재하며, 시인은 비록 죽었지만 살아있기에 그곳에서 시인을 찾으라고 외친다. 그래서 시인 그레이브즈는 총에 맞아 죽은 너무나 용감한 젊은 청년, 그 불쌍한 청년인 자신을 위하여 슬퍼하지 말라고 외친다.

또 시인은 "친구들이여 그리고 사랑하는 자들이여 슬퍼하지 말라"고 두 번이나 강조한다. 그 이유는 자신의 시를 읽고 있는 독자들의 입술만이 무덤에 있는 독자들의 놀이 친구인 시인 자신을 구할 수 있을 것이라고 외치기 때문이다. 즉 자신이 죽은 후에라도 그의 전쟁시를 끊임없이 읽고 사랑해 줄 것을 당부하는 시이다.

다음은 적군인 독일 병사의 그로테스크한 죽음을 소재로 한 「한 죽은 독일 병사」("A Dead Boche")라는 시를 살펴보고자 한다. 이 시는 죽은 독일 병사들의 외투를 영국군 보병들이 담요(blankets)로 사용하려고 전투가 끝난 처참한 마메즈 숲(Mametz Wood)을 뒤졌다는 모순적 상황을 묘사하고 있다(Mundye 24). 그 숲엔 덩치 큰 독일군들의 시체로 가득했다. 그레이브즈가 죽은 독일 병사의 코트를 담요로 활용하려고 그 숲으로 갔다고 회상한 대목은 아이러니할 뿐이다.

나의 전쟁 노래들을 읽었던 당신과
  그리고 오직 피와 명성만 듣던 당신에게,
나는 말할 것이다(당신은 그것을 이전에 들었다)
  "전쟁의 지옥!" 그리고 만약 당신이 같은 것을 의심한다면,

오늘 나는 마메츠 숲에서
피의 욕정을 위한 분명한 치료법을 찾았다.

산산이 부서진 나무 그루트기에 기대어
　대단히 지저분한 혼란스러운 것들 속에서,
한 죽은 독일 병사가 앉은 채; 그는 옷을 입은 채
　노려보지만, 악취 내며, 습한 푸른 얼굴,
큰 불룩한 배와 안경 그리고 짧은 머리,
코와 턱수염에서 천천히 흘러나오는 검은 피.

To you who'd read my songs of War
　And only hear of blood and fame,
I'll say (you've heard it said before)
　"War's Hell!" and if you doubt the same,
Today I found in Mametz Wood
A certain cure for lust of blood:

Where, propped against a shattered trunk,
　In a great mess of things unclean,
Sat a dead Boche; he scowled and stunk
　With clothes and face a sodden green,
Big-bellied, spectacled, crop-haired,
Dribbling black blood from nose and beard.

위 시에서 볼 수 있는 것처럼, 제1차 세계대전은 국적을 떠나 유럽
의 젊은이들을 전쟁이란 괴물의 피해자로 전락시키고 말았다. 레마르
크도 그의 소설 『서부전선 이상 없다』에서 언급한 것처럼, 젊은 병사
들이 후방 정치인들의 잘못된 판단과 욕심으로 인한 무의미한 전쟁의

희생자였음을 지적했다. 그래서 그 어떤 명분을 내세우더라도 전쟁은 정당화 될 수 없다. 특히 거짓된 위선으로 젊은이들을 희생하는 일은 더 이상 없어야 할 것이다. 제1차 세계대전 종전 100주년을 맞아 우리가 명심해야 할 교훈은 위선과 허위와 거짓의 전쟁으로부터 젊은이들을 지키고 보호해야 한다는 것이다. 그레이브즈도 전쟁 초기의 허위(propaganda)적 선전에 이용되었지만, 시간이 갈수록 프랑스와 벨기에 전선에서 죽어가는 수많은 병사를 보면서, 사순과 마찬가지로 널리 알려진 공식적인 정부 정책에 반대한다(Gibson "Introduction" 8).

이 시에서 '노려보는'(scowled)은 그로테스크한 죽은 시체의 변신으로써 역설적으로 묘사되고 있다(Mundye 24). 시인은 이 시를 통하여 독자들에게 전쟁의 비참한 참상을 사실적으로 묘사하고 있다. 먼저 부서진 그루터기에 기대어 죽어있는 독일 병사의 처참한 모습을 시각적으로 묘사하고 있다. 이런 비참한 장면을 통해 제1연에서 제기한 '전쟁은 지옥이다'라고 하는 것을 제2연에서 합당하게 부연 설명하고 있다. '부서진 나무 그루터기,' '매우 지저분한 혼란 상태,' '노려보는 모습,' '습한 푸른 얼굴,' '코와 수염에서 흘러나오는 검은 피' 등과 같은 시각적 표현은 전쟁의 비참한 현실을 보다 효과적으로 나타낸다. 이와 같은 시각적 효과와 더불어 후각적인 단어인 '악취(stunk)'라는 표현은 전쟁의 참상을 더욱 사실적으로 고조시키고 있다. 시인은 의도적으로 죽음(dead)과 관련된 이미지를 표현하기 위해 음성적인 측면에서 단어들을 병렬적으로 나열하기도 한다. 즉 'propped', 'shattered', 'dead', 'scowled', 'sodden', 'bellied', 'spectacled', 'haired', 'blood', 'beard' 같이 죽음과 피를 의미하는 단어들의 마지막 음을 반복적으로 활용하여 시인의 의도를 극적으로 표출하고 있다.

다음의 「차가운 거미줄」("The Cool Web")이란 시에서 아이들은 아직 언어를 표현할 능력이 충분하지 않기에 그날이 얼마나 무더운지를 말할 능력이 없고, 여름 장미의 향기가 얼마나 뜨겁게 진한지를 표현할 수가 없다. 또한 저녁 하늘의 검은 찌꺼기가 얼마나 두려운지, 키 큰 군인들의 북소리가 얼마나 두려운지를 표현할 수 없음을 나타내고 있다.

아이들은 그날이 얼마나 무더운지,
여름 장미의 향기가 얼마나 뜨거운지,
저녁 하늘의 검은 찌꺼기가 얼마나 두려운지,
키 큰 병사들의 북소리가 얼마나 두려운지 표현하지 못하네.

그러나 우리는 표현능력이 있기에 화가 났던 날을 진정시키고,
그리고 표현능력으로 장미의 잔인한 향기를 둔하게 하지.
우리는 위협해 오는 밤을 주문으로 쫓아내고,
우리는 병사들과 공포를 주문으로 쫓아내지.

우리를 휘감는 멋진 언어의 거미줄이 있어,
너무 많은 기쁨이나 너무 많은 두려움에서 안식하지.
우리는 마침내 바다 초록색으로 되어
바다의 염분과 언어의 유창함 속에서 차갑게 죽게 되지.

그러나 우리가 우리의 혀들이 통제를 잃게 되고,
언어와 그것의 물 받침대를 버리고,
죽음이 올 때가 아니라, 우리의 죽음 전에,
어린 시절의 폭넓은 분노에 직면하면,
장미, 어두운 하늘과 북소리에 직면하면,
우리는 틀림없이 미쳐 그렇게 죽어가게 되지.

Children are dumb to say how hot the day is,
How hot the scent is of the summer rose,
How dreadful the black wastes of evening sky,
How dreadful the tall soldiers drumming by.

But we have speech, to chill the angry day,
And speech, to dull the rose's cruel scent.
We spell away the overhanging night,
We spell away the soldiers and the fright.

There's a cool web of language winds us in,
Retreat from too much joy or too much fear:
We grow sea-green at last and coldly die
In brininess and volubility.

But if we let our tongues lose self-possession,
Throwing off language and its watery clasp
Before our death, instead of when death comes,
Facing the wide glare of the children's day,
Facing the rose, the dark sky and the drums,
We shall go mad no doubt and die that way.

이 시, 「차가운 거미줄」("The Cool Web")은 14살이었던 그레이브
즈가 그렇게도 경멸했던 카르투지오 스쿨(Charterhouse School)의 학
생으로서 경험했던 굴욕과 따돌림(humiliated and bullied)이 배경
(Fussell *The Great War* 208)이 되고 있다. 이 시의 화자는 제1연의 1행
에서 4행까지 감탄문을 만들기 위해 how라는 단어를 반복적으로 사
용하여 그 의미를 강조하고 있다. 1행에서 더운 날씨를 표현하기 위해

무더운(hot)이란 단어를 사용하는 것은 이해가 되지만, 2행에서 여름 장미의 향기가 뜨겁다(hot)라는 표현은 촉감과 후각의 표현을 연결시켜 의미를 더욱 두드러지게 하고 있다. 일종의 공감각(synesthesia)적인 시적 장치이다. 공감각적인 표현은 인간 오감의 한 영역의 감관에 자극이 주어졌을 때, 그 자극이 다른 영역의 자극을 불러일으키는 현상을 일컫는다. 시인은 어린이들이 왜 말로 표현할 수 없다고 1행에서 언급했을까? 아마 체계적으로 글쓰기 훈련을 받지 못한 아이들의 상태를 언급한 것으로 볼 수 있다.

그레이브즈는 자신의 시로서 무더운 날과 여름 장미의 향기, 저녁 하늘의 검은 찌꺼기, 그리고 키 큰 병사들의 북소리를 언어라는 표현 능력을 통하여 진정시킬 수 있음을 제시하고 있다. 그래서 시인은 2연에서 우리는 표현능력(speech)을 가지고 있기에 화가 났던 날을 진정시킨다고 언급하고 있다. 표현능력이 있기에 장미의 잔인한 향기를 둔하게 할 수 있고 밤의 위협을 말의 주문(표현)으로 쫓아낼 수 있게 된다. 병사들과 함께 그 공포를 말의 주문으로 쫓아낼 수 있음도 시사하고 있다. 여기서 주문(spell)이란 시적 표현을 통한 것임을 추리할 수 있다. 왜냐하면 제3연에서 우리를 휘감은 "멋진 언어의 거미줄"(a cool web of language)이란 표현을 발견할 수 있기 때문이다. 시인에게 이 "멋진 언어의 거미줄"이란 곧바로 이 시를 언급하는 것일 수 있다. "멋진 언어의 거미줄"은 "너무 많은 기쁨이나 너무 많은 두려움"으로부터 도피할 수 있는 공간이 되고 있다. 결국 우리는 성숙하게 되어 변하지 않는 바다의 염분 속에서 그리고 언어의 유창함 가운데서 차갑게 죽어가는 것이다.

우리가 죽게 되면 더 이상 말을 할 수 없다. 즉 혀들이 통제를 잃어

버리게 된다. 어린 시절의 분노에 직면하고 장미와 어두운 하늘과 북소리를 직면하게 되면 우리는 잊었던 전쟁의 트라우마에 빠지게 된다. 그래서 우리는 더 이상 말로 표현할 수 없기에 우리는 틀림없이 분노하게 되고, 그 가운데서 죽게 된다. 4연에서 우리가 혀의 통제권을 잃게 되면 미쳐 죽는다고 언급한다. 그러나 시인은 2연과 3연에서 우리는 '표현능력'(speech)이 있기에 "우리를 휘감는 멋진 언어의 거미줄"이 있기에 화가 났던 날을 진정시킬 수가 있는 것이다. 따라서 시인은 우리의 표현능력을 사용하여 "우리를 휘감는 멋진 언어의 거미줄"인 이 시를 통하여 화내며 죽지 않고 전쟁의 두려움을 떨쳐버릴 수 있음을 역설적으로 보여주고 있다.

4.

그레이브즈의 자전적 작품 『모든 것과의 이별』은 우스꽝스러운 전쟁으로부터 탈출하려는 그레이브즈의 의지가 여과 없이 드러난다. 이에 대해 "그레이브즈의 책이 절제되지 못했다"(Fussell VIII)며 비판한 사순의 의도는 그레이브즈의 문학적 이해에 대한 비판이기 보다는 사순 자신의 고상함(high-mindedness)을 드러내려는 의도였을 것이다. 지난 전쟁과의 단절과 이별을 모색했던 시인 그레이브즈의 의지와 달리, 여전히 전쟁의 먹구름은 도처에서 맴돌고 있었다. 이런 먹구름은 제2차 세계대전에서 그레이브즈 자신의 분신 같은 아들에게 일어나고야 말았다. 본 장의 마지막 인용 시인 「다음 전쟁」("The Next War")에서, 시인은 역사적인 관점으로 볼 때 다가올 전쟁 또한 살육전의 반복이 될 것이라 예견하고 있다(Mundye 26). 이 시는 다른 전쟁시들에 비해 특별히 각운에 잘 맞춰서 작성되었고, 다음 전쟁이 언제든 다시 발발할 수 있다는 개연성을 염두에 둔 그레이브즈의 염려가 내포된 걸작이다. 지면의 제한으로 중간 부분을 생략하고, 첫 부분과 끝부분을 대상으로 분석하고자 한다.

오늘 아버지의 건초에서 활과 화살과
나무창으로 뛰어 오르고 싸우는
너희 기운찬 젊은이들,
왕립 웨일스 보병연대에서 놀며,
이러한 시간들을 행복하게 보낼지라도,
게임이 어떻게 끝나는지 경고 했었는가?

. . . .

또 다른 전쟁이 곧 시작된다,
더 더럽고, 더 영광스러운 전쟁;
그렇다면, 소년들이여, 여러분은 모두 놀이해야 한다;
가장 잔인한 팀만이 이길 것이다.
그러니 악취에 대항하여 코를 잡으라.
그리고 너무 길다고 결코 생각을 멈추지 말지라.
전쟁은 이름을 제외하고는 변하지 않는다;
다음 전쟁은 똑같이 진행됨에 틀림없다,
그리고 이전에 추측되지 못한 새로운 거짓 속임수는
이 전쟁에서 이기고 정당화할 것이다.
황제들이 무대를 활보할 것이며
화려함과 욕심과 분노로 한 번 더;
궁궐의 장관들은 고국에 머물며

마지막 최후까지 싸움을 멈추지 않을 것이다;
백만 명 정도 죽을 것이다.
새로운 끔찍한 고뇌 속에서;
그리고 여기 아이들은 던지거나 찌를 것이고,
쏘고 죽으며, 농담하며 비웃을 것이다.
활과 화살과 나무창으로,
왕립 웰스 보병연대에서 놀면서.

You young friskies who to—day
Jump and fight in Father's hay
With bows and arrows and wooden spears,
Playing at Royal Welch Fusiliers,
Happy though these hours you spend,
Have they warned you how games end?

. . . .

Another War soon gets begun,
A dirtier, a more glorious one;
Then, boys, you'll have to play, all in;
It's the cruellest team will win.
So hold your nose against the stink
And never stop too long to think.
Wars don't change except in name;
The next one must go just the same,
And new foul tricks unguessed before
Will win and justify this War.
Kaisers and Czars will strut the stage
Once more with pomp and greed and rage;

Courtly ministers will stop
At home and fight to the last drop;
By the million men will die
In some new horrible agony;
And children here will thrust and poke,
Shoot and die, and laugh at the joke,
With bows and arrows and wooden spears,
Playing at Royal Welch Fusiliers.

　자신이 죽지 않는 한 전쟁만큼 재미있는 놀이는 없다고 했다. 그래
서 살아있는 인간들은 언제나 전쟁을 즐기는지도 모를 일이다. 「다음
전쟁」("The Next War")은 시인이 특별히 제2차 세계대전을 염두에
두고 이 시를 쓴 것으로 보인다. 사실 제1차 세계대전과 제2차 세계대
전 사이에 스페인 전쟁이 있었지만, 그레이브즈에게 제2차 세계대전
은 가슴 아픈 일이었다. 아들 데이비드(David Graves)가 그레이브즈
자신이 몸담았던 전통에 빛나는 그 영국 왕립 웨일즈 보병연대(the
Royal Welch Fusiliers)원으로 제2차 대전에 참전하게 된다. 그러나 안
타깝게도 데이비드 그레이브즈는 1943년 3월 18일, 웨일즈 보병연대
제1대대 소속으로 버마 전선에서 전사한다(McPhail & Guest 14). 그
레이브즈는 대전에서 한때 죽었다고 알려졌다가 살아났지만, 역시 장
교로 임관한 그의 아들은 머나먼 버마 전선에서 전사하고 말았다. 영
국군의 전통에 따라, 데이비드는 랑군(Rangoon) 기념 묘비에 "전 왕립
웨일즈 보병연대의 로버트 그레이브즈 대위의 아들"(McPhail & Guest
14)이라는 표기와 함께 이름을 남기고 있다.
　이 시 도입부의 "아버지의 건초에서 뛰고 싸우는"(Jump and fight

in Father's hay) 기운찬 젊은이들은 로버트 그레이브즈 자신이 될 수도 있고, 아들 데이비드 그레이브즈가 될 수도 있다는 느낌을 주고 있다. 그런데 "너의 전쟁놀이가 어떻게 끝날지를 경고했던가?"란 질문을 하면서, 비록 제1차 세계대전이 끝났을 지라도 곧 조만간에 이름을 달리한 위선과 허영의 전쟁이 시작될 것임을 강력히 경고하고 있다. 이런 그의 주장은 제2차 세계대전을 염두에 둔 것 같고, 자신의 분신일 수 있는 아들이 희생될 것임을 암시하는 것 같다. 아들의 전사 소식에 크게 충격을 받았지만, 히버더(Dominic Hibberd)의 말처럼 그레이브즈는 1960년대 들어서서까지 전쟁시가 다시 '저항'(Protest) 논쟁에 휩싸이는 것을 원하지 않았다. 1966년에 참전시인 블런던(Edmund Blenden)이 그레이브즈의 전쟁시들을 '가장 기원적'(most original)이라며 그레이브즈에게 전쟁시의 위상을 재고할 것을 촉구했다(Mundye 44). 그러나 그레이브즈는 자신의 전쟁시에 대해 만족하지 못했고, 전쟁시의 위상은 오직 편집자들의 몫으로 남겨두길 바랬다.

그레이브즈는 「다음 전쟁」이란 시를 통해 전쟁의 속성을 구체적으로 밝히고 있다. 즉, 전쟁은 이름만 다를 뿐, 또 다른 그럴듯한 명분을 내세워 다음에도 또 그다음에도 일어나고 진행될 것임을 묘사한다. 앞의 시, 「내가 죽을 때」("When I'm Killed")에서 언급한 것처럼 처참한 전쟁의 실상은 외형적으로 이름만 바꿀 뿐 그 내면은 동일한 것이다. 그래서 시인은 "더 더럽고, 더 영광스러운 전쟁"이란 모순어법으로 아이러니하게 표현하고 있다. 그 어떤 그럴싸한 명분을 내세우더라도 시인에게 전쟁은 가장 잔인할 수밖에 없고 악취를 풍길 뿐이라고 강변한다. 비록 다음 전쟁에서 이기더라도 그것은 거짓 속임수이며, 그 속임수를 정당화하기 위해 더러운 위선을 영광스러운 전쟁이란 미명으로 포장할 뿐임을 주장하는 것이다. "화려함과 욕심, 분노로 한 번 더"(Once more with pomp and greed and rage) 궁궐의 장관들은 "마지막 최후까지 싸울"(fight to the last drop) 것이다. 이처럼 전쟁에서 황제들과 장관들은 후방인 고국에 머물며 끝까지 싸울 것을 주장하지만, 전선의 죄 없는 젊은이들을 명분도 없는 죽음으로 몰아넣게 되는 것이다. 그런데 시인의 눈에는 왕립 웨일즈 보병 대원들로 은유되는 아이들이 한 치 앞도 내다보지 못하면서, 전쟁을 놀이하듯 천진난만하게 재미 삼아 병정놀이하는 것이 안타깝고 아이러니할 뿐이다.

5.

1918년 11월 11일은 제1차 세계대전이 종전을 맞은 지 정확히 100년이 되는 날이다. 대전(the Great War)으로 900만 명 이상의 젊은이들이 희생되었지만, 세월의 흐름 속에 그 아픈 사실마저 희미해지고 있다. 이런 상황에서 인류역사상 가장 참혹했던 제1차 세계대전을 언급한 전쟁시를 통해 모순덩어리 인간의 처참한 삶을 조명하고 논증하는 작업은 필요불가결하다. 이에 본 연구는 피 끓는 젊은이로 당대 젊은이들의 의식과 행동에 기꺼이 동참했던 16인의 영국 전쟁시인 중 하나인 그레이브즈의 전쟁시를 읽고 심층적으로 고찰해 보고자 노력했다. 역설적이지만, 위선과 모순, 두려움, 부조리, 그리고 역설과 아이러니로 가득했던 그의 전쟁시를 통해 당시의 참상과 흔적을 이해하고 각성할 수 있다는 점에서 본 연구의 의미를 두고자 한다.

그레이브즈가 더 중요한 전쟁 시인들의 대열에 오르지 못했다고 한

오 프레이(Paul O'Prey)는 그레이브즈의 전쟁시들을 상대적으로 주변부에 두자고 제안했다. 오 프레이가 밝히는 이런 현상은 전쟁시가 종전(Armistice)과 더불어 일반적으로 몰락하기도 했지만(Mundye 43 재인용), 출중한 작가였던 그레이브즈도 편협하게 전쟁시 전집이나 비평에 크게 관심을 두지 않았기 때문이다. 그럼에도 첫 시집을 출판한 1916년부터 그레이브즈의 출판업자들은 그에게 전쟁 시인이라는 이름을 붙여주었고, 평자들도 그레이브즈를 오웬, 로젠버그와 사순 같은 반열의 전쟁 시인으로 간주하고 있다. 이는 전쟁 시인으로서 그레이브즈의 거듭된 주저함과 겸손에도 불구하고 그가 뼛속까지 전생 시인이었기 때문이다. 나아가 그는 대부분의 작품에서 무의식적으로 전쟁의 흔적을 끊임없이 드러내고 있다. 한때 그레이브즈 자신도 "모든 것 중에 최고의 내기는 전투이다"(The best bet of all is battles)(Fussell VIII 재인용)면서 전쟁과 전투가 배경이 된 작품을 썼음을 밝히고 있다. 그레이브즈는 사람들은 신비스러움이나 남의 은밀한 얘기나 연애담과 스포츠 같은 분야도 읽기를 좋아하지만, 작가로서 자신이 평가하는 최고의 소재나 주제는 역시 전투와 관련된 영웅담, 위선, 그리고 거짓일 수 있다는 점을 분명히 언급하고 있다.

그의 카르투지오(Charterhouse) 기숙사 시절의 시들은 의심의 여지 없이 지옥으로 가는 문에 해당한다. 전쟁 기간이었던 1916년에 출판한 그 시들은 모순, 해결, 두려움, 부조리, 아이러니, 인지, 무지, 그리고 외로움과 조화로움의 애가(elegiac)를 표현하고 있다. 사실 그레이브즈는 그의 전쟁 기간의 흔적들을 『화로 위』(*Over the Brazier*)(1916), 『요정과 보병』(*Fairies and Fusiliers*)(1917), 전쟁 기간의 편지들과 출판되지 못한 그의 1918년 자료들인, 「조각 깃발」("The Patchwork

Flag"), 그리고『모든 것과의 이별』(*Good-Bye to All That*)(1929)과 같은 작품들에서 세밀히 언급했다. 그는 이런 작품들에서 자신의 화신인 퍼소나(persona)를 통해 자신을 병치하고 대체하고자 했다.

로버트 그레이브즈의 충실한 학자 문디(Charles Mundye)가 언급했듯, 그레이브즈를 포함한 전쟁 시인들은 그들의 작품들에 대해 좀처럼 온당한 평가를 받지 못하고 있다. 그러므로 이제 우리는 그레이브즈에게 깊은 고통을 안겨주었던 전쟁이란 주제(subjects)를 그가 의식적으로 회피했더라도 그 주제로부터 결코 자유롭지 못했던 그레이브즈를 제대로 인정해야 한다. 왜냐하면 이제 우리가 전쟁시를 썼던 그 젊은 병사-시인(the young soldier-poet)에게 온전히 관심을 보내야 할 시간이기 때문이다.

인용문헌

박미정. 「시그프리드 써쑨: 전쟁의 비극을 고발하는 시」. 『현대 영·미 전쟁시
　　의 이해』. 서울: L. I. E., 2010, 45－59.

조규택. 「전쟁과 연민: 휘트먼과 오웬의 전쟁시 읽기」. 『영미어문학』 83, 2007,
　　113－134.

＿＿＿. 「제1차 대전기 영국 전쟁시 읽기」. 『영미어문학』 90, 한국영미어문학
　　회, 2009, 89－110.

＿＿＿. 「전쟁 문학을 통해 본 노블레스 오블리주의 전례」. 『군사연구』 125 ,
　　2008, 309－335.

＿＿＿. 「이이작 로젠버그의 전쟁시 읽기」. 『영미어문학』 [한국영미어문학
　　회] 96 (2010): 45－64.

＿＿＿. 「지그프리드 사순(S. Sassoon)의 전쟁시 읽기」. 『영미어문학』 [한국영
　　미어문학회] 115 (2014): 29－49.

최영승. 『영미시의 이해』. 서울: 한신문화사, 1998.

Brooks, Cleanth and Warren, Robert Penn. *Understanding Poetry*. 4th ed. New
　　York: Holt, Reinehart and Winston, 1976.

Campbell, Patrick. *Siegfried Sassoon: A Study of the War Poetry*. Jefferson:
　　McFarland, 1999.

Egremont, Max. *Siegfried Sassoon: A Life*. New York: Farrar, Straus and Giroux,
　　2005.

Ellis, John. *EYE －DEEP IN HELL: Trench Warfare in World War I*. Baltimore:
　　Johns Hopkins UP, 1989.

Ferro, Marc. *The Great War 1914—1918.* Translated from French by Routledge & Kegan Paul 973. New York: Routledge & Kegan Paul Ltd, 1987, 1993.

Fussell, Paul. Ed. *Good—bye to All That.* "Introduction" by Paul Fussell. New York: Anchor Books, 1998. V—XII.

_____. *The Great War and Modern Memory.* New York: Oxford UP, 2000.

Gibson, A. G. G. Ed. *Robert Graves and the Classical Tradition.* "Introduction" by Gibson A. G. G. New York: Oxford UP, 2015. 1—20.

Gilbert, Martin. *The First World War: A Complete History.* New York: Henry Holt & Co., 1994.

Graves, Robert. *Robert Graves War Poems.* Ed. by Charles Mundye. Bridgend, Wales: Seren Books, 2016.

_____. *Good—bye to All That.* Ed. by Paul Fussell. New York: Anchor Books, 1998.

Groom, Winston. *A Storm in Flanders: The Ypres Salient, 1914—1918:Tragedy and Triumph on the Western Front.* New York: Grove Press, 2002.

Hart-Davis, Rupert. Ed. *The War Poems of Siegfried Sassoon.* Arranged and introduced by Rupert Hart—Davis. London: Faber and Faber, 1983.

Horvitch Isaac. "Foreword." *Isaac Rosenberg: Poetry Out of My Head and Heart Unpublished letters & poem versions.* Edited and Introduced by Jean Liddiard. London: Enitharmon P, 2007. 9—14.

Keegan, John. *The Face Of Battle.* New York: The Viking Press, 1976.

Kerr, Douglas. "Introduction." *The Works of Wilfred Owen.* Ed. Wordsworth Editions Ltd. Hertfordshire: Wordsworth Editions Ltd, 1994. vii—xi.

Liddiard, Jean. "Introduction." *Isaac Rosenberg: Selected Poems and Letters.* Edited and Introduced by Jean Liddiard. London: The Enitharmon Press, 2005. 19—39.

Martin, Gilbert. *The First World War: a Complete History.* New York: An Owl

Book of Henry Holt and Company, 1994.

Mayer, G. J. *A World Undone*. New York: Random House, Inc., 2007.

McPhail, Helen and Philip Guest. *On the Trail of the Poets of the Great War: Robert Graves & Siegfried Sassoon*. Barnsley: Pen & Sword, 2001.

Mundye, Charles. Ed. *Robert Graves War Poems*. "Introduction" by Charles Mundye. Bridgend, Wales: Seren Books, 2016. 11—49.

Remarque, Erich Maria. *All Quiet on the Western Front*. 홍성광 역, 『서부전선 이 상 없다』, 열린책들, 2006.

Robbins, Keith. *The First World War*. New York: Oxford University Press, 1993.

Rosenberg, Isaac. *Isaac Rosenberg: Selected Poems and Letters*. Edited and Introduced by Jean Liddiard. London: The Enitharmon Press, 2005.

_____. *Poetry Out of My Head and Heart: Unpublished letters & poem versions*. Edited and Introduced by Jean Liddiard. London: Enitharmon P, 2007.

Sassoon, Siegfried. *The War Poems of Siegfried Sassoon*. New York: Dover Publications, Inc., 2004. Abbreviated WSS.

_____. *Memoirs of an Infantry Officer*. New York: Coward, McCann, Inc., 1930.

Silkin, Jon. *The Penguin Book of First World War Poetry*. London and New York: Penguin Books Ltd., 1996.

Stoessinger, John G. *Why Nations Go To War*. 김종구, 채한국 역, 『전쟁의 원인』. 서울: 국방부전사편찬위원회, 1988.

Toffler, Alvin and Heidi. *War and Anti —War: survival at the dawn of the twenty — first century*. New York: Little, Brown and Company, 1993.

Ward, Candace. "note" in *World War One British Poets*. Candace Ward. New York: Dover Publications, Inc., 1997, iii—iv.

_____. ed. *World War One British Poets*. New York: Dover Publications, Inc., 1997.

Whitman, Walt. *Civil War Poetry and Prose*. Ed. Candace Ward, New York: Dover Publications, Inc., 1995.

_____. *Leaves of Grass*. Ed. Sculley Bradley and Harold W. Blodgett. A

Norton Critical Edition, W. W. Norton & Company, 1973. (*LG*)

Winn, James Anderson. *The Poetry of War*. New York: Cambridge UP, 2008.

http://ko.wikipedia.org/wiki/RMS

https://www.britannica.com/biography/Robert—Graves

https://www.telegraph.co.uk/men/thinking-man/my-father-robert-graves-th
e-war-poet-who-cheated-death.

1차 대전 중 독일군 참호를 점령한 영국군

1차 대전 중 눈 내린 참호에서 경계하는 연합군

1차 대전에서 활약한 연합군 마크4전차

1차 대전 중 참호 작전 후 이동하는 영국군

제3부

비교 전쟁시

Ⅰ. 전쟁과 연민: 휘트먼과 오웬의 전쟁시 읽기

1.

남북전쟁이 끝난 후 14년이 지난 1879년 월트 휘트먼(Walt Whitman)은 희랍 문학 이후 "모든 우수한 문학은 전쟁과 죽음에서 기인한 것처럼 보인다."(Grier 773)고 지적한다. 영국군이 제1차 세계대전에 참전하기 직전 월프레드 오웬(Wilfred Owen)은 프랑스 작가 빅토(Alfred Victor)에게 보낸 편지에서 "만일 어떤 이가 시인이 되는데 절망적이라면, 그의 짐을 꾸리게 하여 병사가 되어 대열에서 행군하게 하라"(qtd Comer 1)고 쓰고 있다.

전쟁과 죽음에 근원을 두고 있는 휘트먼의 문학관이 오늘의 독자들에게 낯설게 느껴질 수도 있지만, 남북전쟁을 민주주의적 이상을 실현하는 수단으로 생각하기도 했던 휘트먼은 민주주의라는 이름으로 오히려 전쟁을 환영하기도 했다(Windham 76). 그러므로 휘트먼에게 남북전쟁은 그가 평생 해결할 수 없는 고뇌에 찬 관심사가 아닐 수 없었다. 휘트먼의 입장과 비교하였을 때, 시인으로서 입문 배경이 자신을 염두에 둔 것 같은 오웬의 언급은 거의 예언이나 다름없다. 제1차 세계대전은 그의 시적 기교를 싹트게 하였기 때문이다. 촉망받는 시인이 되려면 군에 입대해야 한다는 것이 독자들을 당혹하게 할 수도 있지만, 오웬이 살았던 시대 상황은 시적 의미와 경향을 전쟁시와 전쟁 시인들에게서 찾기에 충분하였다.

휘트먼과 오웬 두 시인 모두 전쟁의 참혹성을 직접 눈으로 체험한 것을 자신들의 시를 통해 나타내 보이고 있다. 한 사람은 군 병원에서 다른 한 사람은 최전선에서 지휘하면서 전쟁을 읽고 있다. 그들은 낭만적인 전쟁의 영웅담이 아닌 전쟁의 참혹한 실상을 가감 없이 사실적으로 묘사하고 있다. 휘트먼과 오웬이 당면했던 전쟁은 처절한 자아의 발견이며, 인간이 갖는 두려움을 나름대로 대변하고 있다. 이런 점에서 두 사람은 이전의 시인들이 가졌던 영웅을 묘사하는 서술자로서의 시각과 차이가 있다. 사실 오웬은 전쟁에 대해 어떠한 것도 그려질 수 없으며 어느 연기자도 그것을 연기할 수 없으며, 다만 그것을 묘사하고자 한다면 직접 전선에서 병사들과 함께하는 일뿐임을 역설하고 있다(Kerr Vii). 오웬이 말하는 전쟁은 제1차 세계대전을 주제로 하는 페로(Marc Ferro)의 『위대한 전쟁』(*The Great War* 1914−1918)에서처럼 장기간의 고통스러운 살육이었고("Introduction" xi), 병사들은 자신들의 의무를 다하고자 전쟁에 가담하였지만, 왜 전쟁에 가야만 하는지 알지도 못했다.

『일리아드』(*The Iliad*)를 비롯한 고대 전쟁 시들이 영웅 서사적이었지만, 휘트먼과 오웬은 특정 영웅을 묘사하거나, 부각하는 그런 묘사를 하지 않는다. 근대 전쟁에서 죽음은 만연하고 엄청나다. 또한 개개 병사들의 행위는 상대적으로 점점 무의미하게 되지만, 고대 전쟁의 양상은 사뭇 달랐다. 트로이전쟁에서 잔인한 아킬즈도 아들을 잃은 아버지 프라이엄(Priam)이 자신의 아들을 죽인 인간 백정의 양손에 키스하며, 나와 나이가 같은 그대의 아버지도 사랑하는 아들이 트로이에서 돌아오리라는 것을 날마다 학수고대하고 있소. 그러니 어서 자비를 베풀어 헥토의 시체를 거두게 하라고 애원한다. 이에 아킬즈는 아버지를 생각하게 되고, 마침내 앞에 있는 늙은 노인에게 연민을 불러일으킨다. 둘은 울기 시작하는데, 아킬즈는 그의 아버지와 페트로클러스를 생각하면서, 프라이엄은 헥토를 애도하면서 운다. 고대의 전쟁에서는 특정의 영웅을 주인공으로 하여 주로 그의 죽음을 애도하고 연민의 정을 갖도록 하고 있다.

남북전쟁을 그 기준으로 볼 수 있는 근대의 전쟁은 많은 부분 그 어떤 영웅적인 것도 외면한다. 오히려 개개 병사들의 인간적인 면면을 철저히 드러내 보인다. 죽음에 대한 공포와 인간이 갖는 비굴함과 처참함을 있는 그대로 묘사함으로써 전쟁의 무익성을 대변한다. 전쟁을 정치적인 명분의 수단으로 삼았던 많은 위정자에 반해 휘트먼은 본인이 직접 전선을 둘러보고 즉각 전쟁의 무의미성과 허망함을 깨닫게 된다. 그는 곧바로 병사들을 위한 자원 간호사로서의 임무를 수행하게 된다. 아이러니하게도 휘트먼이 초기에 가졌던 전쟁 옹호의 태도와는 달리 처음부터 군인으로서 전쟁에 참전했던 오웬은 그의 "서문"에서 자신의 작품은 "영웅에 대한 것이 아니며, 영시는 그들에 대해 언급하는 데는 여전히 적합하지 않다."(*CP* 31)고 하면서, 전투에서 우아한 죽음을 찬미하는 영웅 서사적인 묘사를 단연코 거절한다. 오웬은 죽은 자의 망가짐, 참호밖에 놓인 시체들, 세상에서 가장 참혹한 광경을 시에서는 가장 영광스럽다고 하는 것에 환멸을 느끼게 된다. 그는 독일군이나 프랑스군이나 영국군을 모두 그릇된 애국심의 희생물로 인식하였다.1) 오웬은 이들 모두가 진정 친구라는 생각을 하게 된다. 하지만 그는 치열한 전투에서 머리에 부상을 당하며, 구토 · 설사를 하면서도 끝까지 자신의 임무를 수행하였던 군인이었고 부하를 염려하고 보살폈던 형 같은 지휘관이었다. 그는 편지에서 고통 받고있는 병사들에 대한 연민과 전쟁의 비 영웅적 참혹상에 대한 묘사를 서슴없이 밝히고 자신의 작품에서 이를 사실적으로 이행하게 된다. 죄없이 무고하게 죽어가는 동료들에 대한 뜨거운 연민과 전쟁 중에도 편안한 후방의 정객들과 무심한 시민들에 대한 분노는 그의 전쟁시에서 생생하게 묘사되고 있다.

본 연구는 전쟁이라는 소재를 통하여 역설적으로 인간 사랑과 인간의 존엄을 사실적으로 묘사하고 있는 휘트먼과 오웬의 전쟁시를 연민의 입장에서 분석하고자 한다. 서술자의 연민이 아니라, 남북전쟁기의 야전병원과 제1차 세계대전의 서부전선에서 직접 병사들과 생사

---

1) 1916년 7월 1일 Somme전투의 첫날에 대략 6만 명의 사상자 중 1/3에 해당하는 2만 이상의 영국군이 전사하였다(Robbins 56). 4년여 뒤 그 전투의 공식적인 종전 직전 영국군은 419,654명의 사상자 수를 기록하고 있고, 프랑스군의 사상자 수는 거의 20만이었다. 독일군의 사상자 수는 연합군의 수를 초과하는 것으로 보고 있다(Keegan 280). 비록 오웬은 이 전투에 참가하지 않았지만, 그는 다가오는 4월 Ypres Salient에서 공격에 가담했다. 겨우 7000야드를 진격하면서 16만의 영국군이 5일 이내에 전사 또는 부상을 입었다(Fussell 14). 제1차 대전 사상자 수의 전체는 대략 8백만의 전사자가 된다(Dyer 87). 어떤 면에서 오웬은 생존해서 이 진실한 모습을 쓰고자 투쟁하였다. 시체들이 비록 여전히 방심하고, 불명료하지만 부상자나 전사자에 대한 어떤 방법이나 상황도 고려되지 않고 있다. 키건(Keegan)은 연민과 존경의 의미를 엿볼 수 있는 묘사 하나를 하고 있다. "병사들의 다수가 장교들이 보이는 유대감 속에서 진정성을 보았고, 기꺼이 그런 태도 변화에 비위를 맞추었다. 그러나 이런 정서는 정말이지 이상한 교감 속에서 바뀌어 갔다. 지그프리드 사순(Sassoon)은 자신의 삶이 부하들이 내보이는 완벽한 신뢰와 자기 포기로 인해 어떻게 바뀌었는지를 설명했다. 병사들은 도보 행군을 마치고 발을 검사하는 그(새순)를 책상다리를 하고 앉은 채 존경의 눈빛으로 바라보았다"(221 – 222)

를 함께 하면서 쏟아 낸 연민이라는 측면에서 영웅적 서사시에서의 연민이 아닌 진실한 인간애에서 우러나는 연민임을 확인할 수 있다. 연구 범위로는 휘트먼의 전쟁시를 담은 『북소리』(Drum-Taps)와 『오웬의 전쟁시』(The War Poems of Wilfred Owen)가 바탕이 되었다.

2.

오웬의 시를 탐탁하게 생각지 않았던 예이츠(Yeats)는 현대의 전쟁은 시인에게 적합한 주제가 되지 못한다고 하였지만(Comer 294), 휘트먼과 오웬은 그와 같은 단정에 대해 분명히 반대한다. 전쟁이 발발하였을 때 휘트먼은 남북전쟁을 민주주의라는 이름으로 환영하였다(Windham 76). 휘트먼에게 남북전쟁(Civil War)은 휴머니티를 증명하였고, 미국과 현대를 증명하였다(SD 323). 오웬은 자신의 주안점을 경고(warning)에 두고 있음을 서문에서 밝히고 있다(CP 31). 이것은 1918년 그가 다시 참호로 돌아간 주요한 원인이 된다. 서부전선이었던 프랑스 전선으로의 복귀 직전 그는 나의 역할을 수행하면서 나의 강력한 항의를 더 잘 외칠 수 있을 것 같다고 하였다. 그는 전쟁에 항거하기 위해 더 강력한 지위인 중대장으로서 임무를 충실히 수행하여 십자무공훈장을 받지만, 부하들에게는 전쟁에 대한 항거를 언급한다. 전쟁은 그의 모든 우수한 시들의 주제이며, 시인으로서 오웬의 미래는 전쟁에서 살아남는 것이었지만(CP 31), 그는 종전 일주일을 남겨 두고 삼버 운하(Sambre Canal) 도강 작전 중 적의 기관총 공격을 받고 전사한다.

당대의 전통적인 시적 기교를 따르기를 거부한 휘트먼과 오웬은 우선 그 구성원을 뭉치거나 해치는 매듭인 공동체(community) 개념에 관심을 가졌다. 사회에 대한 위험을 공유한 사회가 전쟁의 상처나 죽음으로 위협받거나 파괴 될 때 더욱 위험에 처하게 된다. 휘트먼과 오웬은 독립적이지만 비슷한 특징을 각자의 시에서 공유하고 있다. 비록 휘트먼이 민주주의적 이상의 비전을 구체화한 것으로 전쟁에서 부상 당했거나 전사한 사람들의 시체들을 구체화하고 있음에도 불구하고, 죽음이 제시하는 압도적인 진실성은 자신의 주장을 훼손하고 자신의 신성에 위험을 함유하고 있는 것이다. 전쟁에서 알려지지 않은 무명용사들의 죽음은 휘트먼에게 언어의 절정을 창출하게 한다. 그 절정은 침묵하는 그의 시적 목소리를 위협하거나 은유의 사용을 점점 더 불가능하게 한다.

오웬은 끊임없이 인간의 화신에 있어서 전쟁의 영향을 강조하고 있으며 시인은 초절하여 신이 우주에 내재해야만 하는 것을 강조하는 반면에, 영원불멸의 수사 어구를 거절한다. 이 두 시인은 전쟁에 대해 쓴 자연 시에서 극적인 변형을 모색했을 뿐만 아니라 대체로 20세기 시의 가장 명백한 발전과 절정을 예견하고 있다. 오웬의 전쟁시 가운데 병사들이 치명적인 가스에 노출되어 죽어가는 모습을 영상에서 보는 것보다 더욱 사실적으로 묘사하고 있는 「달콤하고도 합당하도다」("Dulce Et Decorum Est")의 일부를 소개한다. 사순(S. Sassoon)의 영향을 많이 받은 이 시는 전투의 생생한 묘사와 직접화법 같은 폭발적인 표현을 보여준다. 동시에 전쟁의 허무함과 무익성에 대한 오웬의 성난 반응을 거침없이 보여준다(Stallworthy XXXii).

가스! 가스! 빨리, 제군들!—허우적거림의 황홀,
제 때에 그 거추장스런 방독면 쓰기;

내 모든 꿈에서, 어쩔 도리 없이 바라보는 눈앞에서,
그는 토하며, 질식하며, 혼절하며 내게로 비틀거리며 다가온다.

어떤 숨 막힌 꿈속에서, 친구여 당신도 그를
던져 실은 수레 뒤를 따르며, 죄짓기가
역겨워진 악마의 창백한 낯짝 같은
축 처진 얼굴에 히뜩이는 허연 눈을 본다면,
당신이 모든 흔들거리는 순간마다 피를 들을 수 있고
거품이는—더러운 허파들에서 정제하면서 온다면,

친구여, 그대는 차마 그렇게 신바람 나서 말하진 못할 걸세
모종의 절망적인 영광을 열망하는 아이들에게,
그 오래된 거짓말을: 조국을 위해 죽는 것은
달콤하고도 합당하도다.

Gas! Gas! Quick, boys!—An ecstasy of fumbling,
Fitting the clumsy helmets just in time;

In all my dreams, before my helpless sight,
He plunges at me, guttering, choking, drowning.

If in some smothering dreams you too could pace
Behind the wagon that we flung him in,
And watch the white eyes writhing in his face,
His hanging face, like a devil's sick of sin;
If you could hear, at every jolt, the blood

Come gargling from the froth—corrupted lungs,

My friend, you would not tell with such high zest
To children ardent for some desperate glory,
The old Lie: Dulce et decorum est
Pro patria mori. (*CP* 55)

　　최전선의 참호에서 다소 떨어진 후방의 캠프로 가는 도중에 "포탄 (Five-Nines)"이 끊임없이 쏟아진 후, 갑자기 독가스의 살포로 삽시간에 아수라장이 된 전투에서(Brooks and Warren 129) 소대장 오웬은 어떻게 손을 쓸 수 없다. 그저 동생 같은 병사가 죽음으로 허우적거리는 모습을 오웬은 은유적으로 황홀하다고 표현할 수밖에 없는 자신의 처지를 비관한다. 여기서 황홀(ecstasy)은 죽지 않으려는 발버둥으로 나타난 황홀이다. 그것이 얼마나 고통스러웠는지 시인은 꿈속에서 조차 그렇게 죽어간 병사들의 모습을 떠올리게 된다. "토하며, 질식하며, 익사하며 내게로 비틀거리며 다가온다"는 오웬의 표현을 통해 그의 동료 전우에 대한 사랑과 안타까움이 진한 연민으로 승화되고 있음을 알 수 있다. 여기서 연민은 낭만적 애국시 또는 영웅시의 허위를 날카롭게 비판하는 일종의 인지의 원칙이 된다. 이 경우 시는 막연히 상상의 산물이라고 하기 어렵다. 오히려 연민의 산물이다. 또는 연민이 상상의 통상적 차원을 확대, 심화시킨 결과라고 하겠다(이상섭 120).

　　과거 동사와 미래 동사는 정보를 주지만, 현재형 동사는 의미를 준다. 단순 시제가 진실의 시제라면, 그 시제로 시인이 말하는 것이 무엇일지라도 진실에 대한 열쇠가 될 것이다. 휘트먼도 『북소리』에서 이 원칙을 따른다. 오웬은 「달콤하고도 합당하도다」에서 단순 현재형 동사만을 사용하여 "He plunges at me"라고 한다. pace(l. 17), watch(l. 19), hear(l. 21), come(l. 22) 등도 진실을 언급하는 현재형 동사들이다. 오웬은 진실로 있는 그대로의 현실을 묘사하는 것이다. 시인의 눈앞에서 부하 병사들은 토하며, 질식하며, 익사하며, 비틀거리며 다가온다. 오웬은 로마 시인 호라티우스(Horace)의 『송시』(*Ode*, III. ii. 13)에서 잘 알려진 라틴어 문장을 제목으로 붙인다. 영어로 옮기면 "조국을 위해 죽는 것은 달콤하고도 합당하도다."(It is sweet and meet to die for one's country)가 되며 군인의 순국을 찬양하고 있다(Stallworthy 29-30). 영국군을 묘사한 1차 대전 때의 3류 시인들도 그 비슷한 애국시를 썼던 것 같지만, 오웬은 독가스에 속이 썩어 죽어가는 병사를 보면서 결코 "달콤하고도 합당하도다"란 억지소리를 할 수 없었다. 그는 시를 쓴 것이 아니라 연민을 쓴 것이고 연민이야말로 그가 쓸 수 있는 시였다. 죽어가는 병사들의 모습에서 악마의 죄지은 얼굴을 떠올리게 하는 고통을 보면서 용감히 조국을 위해 죽었다는 오래된 거짓을 정당화 할 수만은 없는 것이다.

> 그처럼 건장하게 자란, 완전한-감각-아직도 따스한-
> 팔다리와 허리가 너무나 굳어 움직일 수 없는가?
> 이 꼴이 되려고 흙덩이는 크게 자랐는가?
> -오 얼빠진 햇빛으로 하여금 대지의 잠을
> 도대체 깨우려 한 것은 무엇이었는가?

> Are limbs, so dear-achieved, are sides,
> Full-nerved-still warm-too hard to stir?
> Was it for this the clay grew tall?
> -O what made fatuous sunbeams toil

To break earth's sleep at all? (*CP* 58)

위 인용 시는 오웬의 「허망」("Futility")이라는 시의 두 번째 연의 끝 부분이다. 제목이 시사하듯, 이 시는 전투를 치룬 이후의 처참한 모습을 통해 전쟁의 허무함과 무익함에서 전쟁의 연민을 강하게 느끼게 한다. 흙으로 인간을 만들었다는 기독교적인 배경과 햇빛을 받아 흙에서 생명을 얻어 사람으로 성장하였다는 고전적 자연관도 엿볼 수 있다. 생명의 덧없음에 대한 연민을 통해 사람이 죽으면 다시 흙으로 돌아가는 것이 인지상정이지만, 이렇게 허무하게 진흙으로 돌아가야 한다는 것을 오웬은 순순히 받아들이려 하지 않는다. 전쟁으로 인해 너무도 쉽게 진흙으로 환원되는 전우의 허망한 죽음을 통해 오웬은 인간에 대한 연민을 강하게 가지지 않을 수 없다. 이어지는 오웬의 「광경」("The Show")은 예이츠의 시행을 직접 인용함으로써 자신의 연민의 시를 좀 더 객관화하고 있다.

> 우리는 꿈속에서 영생에 빠졌고
> 세상사로 흐릿해진 거울에 입김을 불어서,
> 곧 상아빛 손으로 닦아내고 한숨짓는다.
>
> —W. B. 예이츠

> 내 혼이 죽음과 더불어 어떤 높은 데서 내려다보았다,
> 어떻게, 왜 거기 올라갔는지는 모른다,
>
> ⋯⋯⋯
>
> 이 길게 뻗은 벌레들은 어둠의 마지막 찌꺼기에서 기어 나와,
> 새벽을 등지고 보이지 않는 구멍으로 사라져 갔다.

We have fallen in the dreams the ever—living
Breathe on the tarnished mirror of the world,
And then smooth out with ivory hands and sigh.

—W. B. Yeats

My soul looked down from a vague height with Death,
As unremembering how I rose or why,

. . . .

From gloom's last dregs these long—strung creatures crept,
And vanished out of dawn down hidden holes. (*CP* 50)

노벨상을 받은 20세기 최고의 영국 시인으로 추앙받는 예이츠는 오웬의 시를 "온통 피투성이 흙투성이에다 빨아먹던 엿가락 투성이"(all blood, dirt and sucked sugar stick)"(Brooks and Warren 130)라면서 옥스퍼드 판 시집에 오웬의 시를 단 한 편도 싣지 않았다. 예이츠의 이런 평가가 정당한가에 대한 논란에 앞서, 예이츠의 태도와는 달리 오웬은 자신의 시 「광경」의 서두에 예이츠의 장편 극시(dramatic poetry) 「환영의 바다」("The Shadowy Waters")에서 3행을 인용한다. 「광경」은 예이츠의 인용 시에서 나타난 "세상사로 흐릿해진 거울에 입김을 불어서, 곧 상아빛 손으로 닦아내고 한숨짓고는 꿈속에서 영생에 빠져 휴식을 즐긴다"는 것처럼 다소 어두운 광경을 연출한다. 예이츠가 말한 상아빛(ivory) 손은 삶의 무게로 인해 피곤에 지친 손이다. 결코 충만한 생명력을 가진 젊은 군인들의 손이나 아름다운 소년의 손으로 보기는 어렵다. 오히려 전쟁터의 살육의 장면에서 죽어가는 병사들의 누렇게 변해가는 힘없는 손의 모습이다. 이런 어두운 예이츠의 극시를 인용한 것은 오웬이 예이츠 시를 꼼꼼히 읽었다는 반증이며, 동시에 그가 예이츠를 존중하였음을 알 수 있게 한다. 이 시는 "내 영혼이 바라 보았다"로 시작한다. 마치 고대 서사시에서 볼 수 있는 비전의 시 형식을 취하고 있다. 그래서 그는 높은 곳에서 내려다보는 태도로 "나는 보았노라"처럼 시작한다. 현대전은 대규모 부대의 진격보다는 분대나 소대 단위로 참호전이나 돌격전 또는 게릴라전과 같은 비정규전 형태를 취한다. 위의 시는 진지를 따라 발 여럿 달린 벌레가 기어가다가 서로 물고 뜯는 것 같은 모양이다. "이 길게 뻗은 벌레들은 어둠의 마지막 찌꺼기에서 기어 나와, 새벽을 등지고 보이지 않는 구멍으로 사라져 갔다"에서 볼 수 있는 모습은 결국 구멍 같은 참호에서 공격을 하거나 퇴각을 하면서 어느새 하나 둘 죽어 보이지 않는 병사들의 모습을 마치 사라져 가는 벌레처럼 직유로 묘사하고 있다. 오웬 자신도 결국 이런 병사들과 마찬가지로 종전 일주일을 남겨두고 "그리고 막—부서진 머리, 나의 머리를 보여주었다"(And the fresh-severed head of it, my head.)(l. 29)라는 이 시의 마지막 행처럼, 마치 자신의 죽음을 예언이라도 하듯이 병사들에 대한 연민을 자신에 대한 연민으로 승화시킨다.

> 죽기도 전에 혈관 속에 차가운 피가 흐르는
> 사람들은 행복하도다.

> Happy are men who yet before they are killed
> Can let their veins run cold. (*CP* 37)

> 그러나 대포 소리에도 멀쩡한 멍청이들에겐 저주 있으라,

그들은 돌 같은 자들이니;
마지막 바다와 불운한 별의 순간을 앞두고도;
연민과 인간 속에서 애통해할 수 있는 모든 것에,
그들은 스스로의 선택으로 면제자가 되었다.

But cursed are dullards whom no cannon stuns,
That they should be as stones;
By choice they made themselves immune
To pity and whatever moans in man
Before the last sea and the hapless stars; (*CP* 38)

위 인용 시구는 「무감각」("Insensibility")이라는 시의 첫 편과 마지막 편으로, 특별히 '연민'(pity)이라는 단어를 시에서 직접 언급하고 있다. 죽기 전에 혈관 속에 차가운 피가 흐르는 사람이 행복하다는 역설적인 시작은 오히려 처참한 죽음의 모습을 극대화하고 있는 전쟁에 대한 연민이다. 처참한 모습에서 무감각할 수 있다는 것은 이미 죽음을 초탈한 이의 모습에서나 찾을 수 있는 반어적인 여유라고 할 수 있다. 마지막 연에서 돌 같은 자들에게 저주 있으라고 한 것도 결국 피비릿내 나는 전쟁을 수도 없이 목격하였기에 이제 더 이상의 동요나 놀람이 없는 완전 무감각의 상태를 보인다. 오웬은 이런 병사들의 모습에서 차마 인간으로서의 죽음의 순간인 "마지막 바다와 불운한 별의 순간을" 맞이하면서도 무감각해 버리는 그들의 선택을 보고서 역설적으로 무한한 연민을 느끼지 않을 수 없음을 밝히고 있다.

오웬은 그의 대표 시 「이상한 만남」("Strange Meeting")에서 이미 전쟁의 연민을 언급하고 있다. 그는 말 못 할 진실을 알고 있기에 전쟁의 연민, 전쟁이 엮어내는 연민을 언급할 것임을 천명하고 있다. 오웬이 '연민'이라는 단어를 반복하여 사용하고 있는 시를 예로 보자.

그게 이제는 죽어야 하거든, 미처 말 못 한 진실,
전쟁의 연민, 전쟁이 짜내는 진실한 연민을.
이제 사람들은 우리가 망친 것을 가지고 만족하든가,
아니면, 불만스러워 피가 끓어올라 쏟아지리라.
......
아낌없이 내 영혼 쏟아 놓았으리라.
그러나 상처를 통해서 전쟁의 시궁창에 넣으려는 것은 아니었지.
상처 없는 이마들에서도 피가 흘렀지.
친구여, 나는 당신이 죽인 바로 그 적군이오.
어둠 속에서 당신을 알아보았지: 어제 날
찔러 죽일 때 그렇게 낯을 찌푸렸었소.
난 피했지만 내 두 손은 싫어져 얼어붙었소.
이제 같이 잠이나 잡시다. . . . ."

Which must die now. I mean the truth untold,
The pity of war, the pity war distilled.
Now men will go content with what we spoiled,
Or, discontent, boil bloody, and be spilled.
......
I would have poured my spirit without stint
But not through wounds; not on the cess of war.
Foreheads of men have bled where no wounds were.
I am the enemy you killed, my friend.
I knew you in this dark: for so you frowned
Yesterday through me as you jabbed and killed.
I parried; but my hands were loath and cold.
Let us sleep now. . . . ." (*CP* 35 — 6)

오웬은 프랑스 에따쁠(E'taples) 전선에서 한 스코틀랜드 병사의 죽음을 목격하며 자신이 전쟁에서 살아남을 수 있을지에 의문을 제기하면서, 1917년이 저물어 갈 무렵 어머니에게 편지를 쓰고 있었다. "에따쁠에서는 절망도 공포도 아닌 공포 이상의 무시무시함이 있습니다. 마치 죽은 토끼의 모습과도 같습니다. 그것은 어떤 그림으로도, 어떤 연극으로도 그려낼 수 없는 것으로 유일한 한 가지 묘사 방법은 전선으로 가서 그곳의 참가자들과 함께하는 일뿐입니다."(Kerr vii). 이런 오웬의 심리상태는 이후 「죽을 젊은이들을 위한 송가」("Anthem For Doomed Youth")라는 시에서 "소떼처럼 죽어가는 이들"(these who die as cattle)(l. 1)로 구체적으로 묘사된다. 최전선에서 본인의 목격을 통해 오웬은 사자(死者)에 대한 처절한 연민을 간직하는데 「이상한 만남」에서 연민의 감정이입은 마침내 극적으로 일어난다. 한때 서로가 죽이는 원수였지만, 죽음을 통해 두 화자는 마침내 하나가 된다. 역설적으로 죽임을 당한 것까지도 용서할 수 있는 화해의 순간을 "친구여, 나는 네가 죽였던 바로 그 적군이다. 이제 같이 잠이나 잡시다"(l. 40)라며 승화시키고 있다.

3.

휘트먼의 시도 오웬의 시와 유사한 상황을 묘사하고 있다. 「화해」("Reconciliation")에서 "나의 적이 죽고 나만큼이나 성스러운 사람이 죽는다"(For my enemy is dead, a man divine as myself is dead)(l. 4))라며 그 성스러운 죽은 병사에게 다가가 기꺼이 입을 맞춤으로 오웬의

「이상한 만남」에서 일어난 감정이입과 비슷한 극적인 화해를 묘사하고 있다. 휘트먼은 오웬이 언급한 자신을 죽인 바로 그 적을 언급하지는 않았지만, 넓은 의미에서 서로 죽여야만 했던 적을 이제는 벗으로 함께 해야 할 대상으로 보고 있다. 휘트먼의 「화해」는 제1차 세계대전의 전쟁시를 다루고 있는 『펭귄 판 제1차 대전 전쟁시』에서 실킨(Jon Silkin)이 인용한 발문 시로서도 유명하다("Introduction" 15)[2].

> 그 무엇보다도, 아름다운 하늘같은 말,
> 전쟁과 그 모든 살육의 행위가 조만간 완전히 사라진다는 말은
>   아름답구나.
> 또한 죽음과 밤이라는 두 자매의 손들이, 더러워진 이 세상의 땅을
>   쉼 없이 부드러이 되풀이 씻어 준다는 말은 아름답구나;
> 나의 적은 죽었고, 나만큼이나 성스러운 사람은 죽었다,
> 나는 창백한 얼굴로 조용히 관속에 누워있는 그를 본다—나는 기꺼이
> 다가가, 몸을 구부리고 관속의 창백한 얼굴에 가볍게 나의 입술을
>   댄다.

> Word over all, beautiful as the sky,
> Beautiful that war and all its deeds of carnage must in time
>   be utterly lost,
> That the hands of the sisters Death and Night incessantly
>   softly wash again, and ever again, this soil'd world;
> For my enemy is dead, a man divine as myself is dead,
> I look where he lies white—faced and still in the coffin—I draw near,

---

2) 실킨은 이 책(*The Penguin Book of First World War Poetry*)의 1979년, 1981년 그리고 1996년까지의 편집자였으며, 수록한 시인과 작품에 대한 평론 형식의 긴 소개 ("Introduction")를 싣고 있다(pp. 15~77).

Bend down and touch lightly with my lips the white face in
the coffin. (*LG* 321)

전쟁시인 오웬의 시가 휘트먼의 「화해」라는 시에서 영감을 얻었을
수 있음은 당연하다. 특히 오웬이 언급하고 있는 이상한 만남은 남북
전쟁에서의 남군과 북군으로서 적을, 1차 대전에서는 연합군(영국군)
과 독일군이라는 적으로 패러디하였다고 볼 수 있을 것이다. 조용히
누워있는 관속의 창백한 적의 얼굴에 기꺼이 몸을 구부리고 입술에 작
별 인사를 함으로써 극적인 화해를 이룬다. 이런 휘트먼의 감정이입은
그의 또 다른 연민의 시 「그녀의 죽음을 응시하며 수심에 잠기다」
("Pensive on Her Dead Gazing")에서 "찢겨진 육체에 절망"(Desperate on
the torn bodies)하였지만, 이제는 "남부 또는 북부의—나의 젊은이들의
육신을 흡수하고 그들의 고귀하고 고귀한 피를 흡수하고"(South or
North—my young men's bodies absorb and their precious precious blood)
(l. 11)처럼 모든 것을 받아들여서 마침내 화해와 용서를 창출한다.

휘트먼의 화해와 용서를 통한 연민이 전쟁 발발 초기에도 존재한
것은 아니다. 남북전쟁을 정치적인 신념에서 자신이 지지한 링컨의
민주주의적 이상을 실현하는 수단으로 생각하였던 휘트먼은 오히려
민주주의라는 이름으로 전쟁을 환영하기도 하였다. 그는 「오 먼저 서
곡을 위한 노래」("First O Song for A Prelude")같은 시에서 전쟁에 대
한 열렬한 환영의 인사로 시작하고 있다(Windham 76).

전쟁! 무장한 후손들이 전진하고 있다! 기꺼이 전투에 임하고,
후퇴란 없다;
전쟁! 그것이 몇 주, 몇 달, 또는 몇 년이 되던, 무장한 후손들이
기꺼이 전장으로 나아간다.

맨하타 하나의―행진―그리고 오, 그것을 제대로 노래하리라!
그것은 오, 병영에서 하나의 남자다운 삶을 위하여.

War! an arm'd race is advancing! the welcome for battle,
    no turning away;
War! be it weeks, months, or years, an arm'd race is advancing
    to welcome it.

Mannahtta a-march―and it's O to sing it well!
It's O for a manly life in the camp. (*LG* 281―2)

위의 시구는 휘트먼의 초기 전쟁에 대한 태도를 여실히 보여준다.
휘트먼은 이상적인 민주주의를 환영했고, 정치적으로는 링컨을 지지
하였다. 그러므로 그에게 있어서 초기의 남북전쟁은 환영과 찬미의
대상이었다. 이 시에서는 어떤 연민의 정서도 찾아볼 수 없다. 오직 전
투에 임하는 출정과 행진, 남성다움의 강한 승리만을 바랄 뿐이다. 전
쟁을 환영하는 것이 부조리하지만(Windham 76), 그는 민주주의적 이
상을 실현하는 도구로 받아들였다(Windham 77). 아이러니하게도 이
것은 이후 휘트먼에게 철저히 전쟁의 연민을 가지게 하는 단초가 된다.
    휘트먼의 연민의 시는 그의 전쟁시집 『북소리』에서 잘 묘사되고 있
다. 이와 같은 상황은 생생한 전쟁터를 묘사하고 있는 「하룻밤 전쟁터
에서 경험한 묘한 밤샘」("Vigil Strange I kept on the Field One Night")
에서 두드러지게 나타난다. 휘트먼은 프레드릭스버그에서 보냈던 엄
숙한 크리스마스 날의 분위기를 직접 반영하고 있다. 어떤 행에서도
축제 분위기는 찾아볼 수 없으며, 다만 전우와 아들 같은 이의 죽음에
대한 안타까움과 그로 인한 진한 연민이 묻어 있음을 확인할 수 있다.

하룻밤 전쟁터에서 경험한 묘한 밤샘 간호;

그날 너 내 아들 같은 나의 전우가 내 곁에서 쓰러졌을 때,

내가 보낸 단 한 번의 시선에 다정한 너의 눈길은 내가 결코 잊지 못할

　　모습으로 되돌아 왔었지,

네가 땅에 쓰러져 누워 있을 때 오 소년아, 나의 손을 잡았던 그대

　　손의 감촉,

그런데도 전쟁터로 나는 진군을 했네, 그 승패 없는 경쟁의 전쟁터,

늦은 밤 다시 그곳으로 돌아와 교대하여 내 임무를 수행할 때,

사랑하는 나의 전우여 너무도 싸늘해진 그대의 주검을 발견했네,

　　입맞춤에 응답하던 너의 몸을 발견했네, (이승에서는 다시없을 응답)

담요를 잘 접어서 조심조심 머리 위로부터 발밑까지 덮어씌워선,

그곳에서 때마침 떠오르는 태양의 열기에 젖어서, 조잡하게 판 그의

　　무덤 속에 내 아들을 내려놓았지,

그리곤 그가 쓰러졌던 곳에 그를 묻었지.

Vigil strange I kept on the field one night;

When you my son and my comrade dropt at my side that day,

One look I but gave which your dear eyes return'd with a look I

　　shall never forget,

One touch of your hand to mine O boy, reach'd up as you lay

　　on the ground,

Then onward I sped in the battle, the even—contested battle,

Till late in the night reliev'd to the place at last again I made

　　my way,

Found you in death so cold dear comrade, found your body son

　　of responding kisses, (never again on earth responding,)

Folded the blanket well, tucking it carefully over head and

　　carefully under feet,

And there and then and bathed by rising sun, my son in his

grave, in his rude—dug grave I deposited,
And buried him where he fell. (*LG* 303)

아들 같은 젊은이의 주검을 보고 통곡할 수 없고, 눈물 한 방울조차
도 흘릴 수 없고, 한마디의 말조차도 할 수 없이 긴 침묵의 시간이 흐
를 뿐이라는 휘트먼의 고뇌는 그가 초판본에서 그토록 자신만만하게
보여주었던 자아의 모습과는 너무나 다른 엄숙한 느낌이다. 동료 전
우와 아들 같은 어린 병사들을 한 번 힐끔 보았을 뿐인데, 주검을 지키
는 밤샘 간호 동안 그들의 다정한 생전의 모습을 잊을 수가 없게 된다.
휘트먼이 할 수 있는 일은 침묵 가운데 사랑스런 아들 같은 전우를 위
한 간호를 수행함으로써 그들에 대한 사랑의 연민을 대신할 수밖에
없음을 안타까워한다(조규택 264 – 5).

휘트먼이 팔마우스(Falmouth) 쪽의 야전병원에서 직접 경험했던
또 다른 시 「흐리고 어둑한 새벽녘 진지의 한 광경」("A Sight in Camp
in the Daybreak Gray and Dime")도 전쟁의 비참함을 언급함과 동시
에 강한 연민의 정을 나타내고 있다. 날씨는 혹독하게 추웠고, 12월이
었으며 강변은 짙은 안개로 인해 프레드릭스버그(Fredericksburgh)를
도하 하려고 이용된 거룻배 부교의 건설이 늦어진 상황 속에서 야전
병원의 부상병들이 밤에 죽어 시체가 되는 참혹성을 피력하고 있다
(Loving 82). 그러면서도 휘트먼은 죽은 병사의 모습에서 선한 구원자
의 이미지를 생각한다.

이상히도 나는 걸음을 멈추고 말없이 선다,
그리곤 가벼운 손가락으로 제일 가까이 있는 첫 번째 군인의
  얼굴에서 담요를 살짝 벗겨 본다,

나이 들어 머리는 백발이고, 눈언저리 살은 말끔히 빠지고,
　　무시무시하게 늙은 당신은 누구인가?
나의 정다운 전우 당신은 누구인가?
그리곤 나는 두 번째 군인에게로 걸음을 옮긴다―그리고 너는
　　누구인가?
나의 아들과 같이 그리운, 꽃피는 홍안의 아리따운 너는 누구인가?
그리곤 세 번째 군인―어리지도 늙지도 않은 얼굴, 아름다운
　　상아빛같이 펴이나 조용한 얼굴;
젊은이여, 나는 너를 알 것 같다―이 얼굴은 예수의 얼굴 바로
　　그것이라고 나는 생각한다,
죽어서 성스런 만인의 형제, 그리고 그가 다시 여기에 누워 있구나,

Curious I halt and silent stand,
Then with light fingers I from the face of the nearest the first
　　just lift the blanket;
Who are you elderly man so gaunt and grim, with well―gray'd
　　hair, and fresh all sunken about the eyes?
Who are you my dear comrade?
Then to the second I step―and who are you my child
　　and darling?
Who are you sweet boy with cheeks yet blooming?
Then to the third―a face nor child nor old, very calm, as
　　of beautiful yellow―white ivory;
Young man I think I know you―I think this face is the face
　　of the Christ himself,
Dead and divine and brother of all, and here again he lies. (*LG* 306―7)

이 시에서처럼 휘트먼은 야전병원 텐트 바깥에 드러누워 있던 부상

자들을 목격하였고, 워싱턴으로 출발하기 이틀 전 이른 아침 산책을 하던 중, 아우 조지 대위의 제 51 뉴욕연대와 다른 연대의 전사자들을 위해 무덤을 파고 있는 병사들을 발견하게 된다. 휘트먼은 1862년 12월 26일 "죽음은 이곳에선 아무것도 아니다"(Death is nothing here)(Grier 508)라고 자신의 노트에 기록하고 있다. 계속되는 휘트먼의 기록은 다음과 같다. "여러분이 이른 아침 여러분의 텐트에서 나와 세수하려할 때, 여러분의 앞에서 들것에 실려 형태도 없이 축 늘어진 대상물, 즉 시체 위에 회뿌연 군용담요가 드리워져 있는 것을 보았을 것이다. 이 시체는 다름 아닌 간밤에 야전 병동 텐트에서 죽었던 연대의 한 부상당한 병사의 것이었다"(Loving 82). 이 기록은 위 인용시에 대한 휘트먼의 자세한 설명으로, 전투 이후의 야전 병동에서 볼 수 있는 거의 절망에 가까운 상황을 묘사함과 동시에 한없는 연민과 애통함을 보여준다. 휘트먼은 시의 첫 도입에서는 약간의 거리를 두고 병영의 모습을 있는 그대로 사실적으로 묘사한다. 두 번째 단락부터는 훨씬 적극적으로 가까이 다가가 간호사, 동료, 전우, 그리고 어른으로서 아이에 대해 가질 수 있는 연민의 정을 가진다. 즉 타자에 대한 연민의 범위를 넓혀 가고 있다(조규택 267－8).

링컨에 대한 휘트먼의 연민과 애정은 그가 최고 지도자로서 링컨 대통령을 존경하였기에 한층 더 애틋하였다. 휘트먼은 남북전쟁 기간 동안 이따금 링컨의 지쳐 있는 모습을 보며 이미 강한 연민과 애정을 느끼게 된다. 이는 링컨이 암살되었을 때 주체할 수 없는 슬픔과 안타까움으로 인해 더욱 강력한 연민으로 나타난다. 휘트먼은 링컨에 대한 슬픈 마음을 「지난번 라일락이 앞뜰에 피었을 때」("When Lilacs Last in the Dooryard Bloom'd")에서 구슬프게 나타내고 있다.

지난번 라일락이 앞뜰에 피었을 때,

그리고 밤에 서쪽 하늘에 큰 별이 때 아니게 떨어졌을 때,

나는 슬펐다, 그리고 언제나 돌아오는 봄마다 슬퍼하리라.

해마다 돌아오는 봄은, 내게 분명한 세 가지 것을 가져온다,

영원히 꽃피는 라일락과 서쪽 하늘로 떨어지는 별과,

그리고 내가 사랑하는 그 사람에 대한 생각을.

오 서쪽으로 떨어진 강력한 별이여!

오 밤의 그림자―오 암울하고도 눈물겨운 밤이여!

오 사라진 강력한 별―오 그 별을 가리는 암흑이여!

오 나를 무력케 하는 잔인한 손―오 의지할 데 없는 나의 영혼이여!

오 무정히 에워싸는 구름은 나의 영혼을 구속하는구나.

When lilacs last in the dooryard bloom'd,

And the great star early droop'd in the western sky in the night,

I mourn'd, and yet shall mourn with ever—returning spring.

Ever—returning spring, trinity sure to me you bring,

Lilac blooming perennial and drooping star in the west,

And thought of him I love.

O powerful western fallen star!

O shades of night—O moody, tearful night!

O great star disappear'd—O the black murk that hides the star!

O cruel hands that hold me powerless—O helpless soul of me!

O harsh surrounding cloud that will not free my soul. (*LG* 328—9)

라일락이 앞뜰에 피었을 때 서쪽 밤하늘에 큰 별이 떨어진다는 첫 두 행만 보아도 큰일이 일어났음을 직감할 수 있다. 이처럼 그의 시는 독자들이 직감적으로 느낄 정도로 쉽고 평이하게 쓰는 경우가 많다. 그러면서도 그는 존경하는 인물에 대해 "나는 슬펐다, 그리고 언제나

돌아오는 봄이면 슬퍼하리라"고 단순하고 직설적으로 표현하고 있다. 또한 시인의 슬픔이 일시적이지 않고 해마다 지속적으로 계속될 것임을 나타내고 있으며, 링컨에 대한 연민과 사랑이 지속적으로 일어나는 현상임을 이해할 수 있다.

휘트먼은『북소리』를 완성하기 위해 브루클린(Brooklyn)의 집에 머물 때, 링컨의 암살 소식을 듣게 된다. 링컨은 휘트먼의 깊은 사랑을 차지했을 뿐만 아니라 "민주주의의 고귀한 이상이었고 그의 신념과 철학을 정당화해 준 전형적인 사람이었기에"(Bazalgette 196), 그에게 링컨의 사망소식은 엄청난 충격이었다. 시인은 그를 존경했을 뿐만 아니라 신뢰했다. 휘트먼이 워싱턴의 내무성에서 근무하는 동안 거리에서 대통령의 마차를 보기도 했고 백악관의 만찬장에서도 보았다. 링컨의 얼굴은 위대한 영적 지도자로서 강력한 매력을 내뿜었는데 어떤 그림도 그런 장엄함을 그려내지 못했다. 휘트먼의 링컨에 대한 슬픔의 기억은 결코 시인의 마음에서 떠날 수 없었다.

> 나는 그대를 위한 나의 노래를 그친다,
> 서쪽을 향하여 그대와 대화를 나누면서, 서쪽에 있는 너를 바라
>   보던 시선을 거둔다,
> 오, 밤에 은빛 얼굴로 빛나던 전우여.
>
> 그러나 밤에서 되찾은 것은 그것이 무엇이든 모두 간직하리라,
> 그 노래, 그 회갈색 새의 기묘한 노래를,
> 그리고 거기에 잘 맞는 노래, 내 영혼 속에 일어난 메아리,
> 비통에 찬 얼굴을 한 빛나고 지는 그 별과 함께,
> 새의 부르는 소리에 가까이 다가와 나의 손을 잡는 그 사람들과
>   더불어,

나의 전우들과, 한 중간에 있는 나, 그리고 내가 그토록 사랑한
    죽은 이를 위하여 그들의 추억을 언제까지나 간직하고,
나의 시대와 이 땅 안에서 제일 다정하고 제일 총명한 영혼들을
    위하여ー그리고 이것을 그리운 그를 위하여,
저기 향기로운 나무들과 어둡고 침침한 히말라야 시이다 속에,
라일락과 별과 새가 내 영혼의 노래와 얽혀 있다.

I cease from my song for thee,
From my gaze on thee in the west, fronting the west,
    communing with thee,
O comrade lustrous with silver face in the night.

Yet each to keep and all, retrievements out of the night,
The song, the wondrous chant of the gray-brown bird,
And the tallying chant, the echo arous'd in my soul,
With the lustrous and drooping star with the countenance full
    of woe,
With the holders holding my hand nearing the call of the bird,
Comrades mine and I in the midst, and their memory ever
    to keep, for the dead I loved so well,
For the sweetest, wisest soul of all my days and lands ー
    and this for his dear sake,
Lilac and star and bird twined with the chant of my soul,
There in the fragrant pines and the cedars dusk and dim. (*LG* 337)

이 시는 죽은 대통령에 대한 휘트먼의 슬픔을 극적으로 묘사하고
있다. 매년 피어나는 라일락은 삶과 죽음의 연속을 상징적으로 나타
내고 있다. 링컨의 죽음은 삶과 죽음의 연속으로서 고려되어 진다. 휘

트먼의 자부심에 찬 자아는 죽음 의식을 목격하면서 전우들과 국가의 영웅들에 대해 타자 지향적인 연민으로 변화하고 승화하게 된다. 그의 전우들에 대한 찬미를 통해 휘트먼은 자신의 노래를 멈추고, 영웅을 위해 침묵을 지킨다. 휘트먼의 영혼은 라일락과 별과 새와 더불어 그가 사랑한 죽은 사람을 위해 영원한 연민을 실현하는 자아의 모습을 나타낸다. 시인의 슬프고 장엄한 찬가를 통해 연민의 정을 공유할 수 있게 된다. 4월 14일 이후 1865년 중반까지 두서너 달 동안이나 그의 『북소리』는 출판되지 못했다. 이는 시인 휘트먼이 죽은 영웅에 대한 깊은 연민의 애가를 신성하게 생각하였기 때문일 것이다.

4.

휘트먼과 오웬 두 시인 모두 전쟁의 참혹성을 직접 눈으로 체험하였던 것을 그들의 시에 영상처럼 나타내 보인다. 한 사람은 병영의 군병원에서 봉사하였고, 다른 한 사람은 최전선에서 지휘하면서 전쟁을 경험하였다. 그들은 낭만주의적인 전쟁의 영웅담이 아닌 전쟁의 참혹한 실상을 가감 없이 사실적으로 묘사한다. 오웬의 전쟁은 처절한 자아의 발견이며 인간이 갖고 있는 두려움을 제대로 대변하고 있다. 휘트먼 또한 남북전쟁 초기 시에서 보였던 자기중심적인 태도와 남북전쟁 이전에 나타난 자신에 찬 신비로운 느낌의 자아는 희미해졌고, 오히려 동료나 전우들의 필요성을 인식하게 된다. 전쟁을 겪으면서 휘트먼은 종전과는 차원이 다른 인간애와 연민의 정을 느낀다. 이런 점에서 두 사람은 여타의 시인들이 가졌던 전쟁에 대한 영웅적인 시각과 차이가 있다. 오웬은 전쟁에 대해 어떠한 것도 그려질 수 없으며 어느 연기자도 그것을 연기할 수 없으며, 다만 그것을 묘사하고자 한다면 직접 전선에서 병사들과 함께 하는 일뿐임을 역설하고 있다. 휘트먼 또한 "진정한 전쟁은 책 속에서는 결코 느낄 수 없다"(*SD* 80)고 하였다. 상상력이나 문학을 통해 전달되는 그 이상의 전쟁을 자신이 직접 목격하고 경험했기 때문에 휘트먼은 전쟁에서 드러난 인간의 모든 것을 진실하고 사실적으로 언급하고자 하였다. 그의 『북소리』는 "나의 책과 전쟁은 하나다"(*LG* 5)라고 한 그의 시행에 대한 실천의 장으로 태동하였다고 할 수 있다.

가설적인 분류로 보면 휘트먼과 오웬 두 사람은 관찰자와 교사로 간주 될 수 있지만, 두 시인 모두 전쟁에 대한 교훈을 주고자 한다. 남북전쟁을 통한 휘트먼의 경험은 전쟁 이전에 가졌던 휘트먼의 사고를 바꾸게 한 계기가 된다. 이와 같은 현상은 휘트먼이 전쟁의 참혹한 실상을 관찰하고 체험했기 때문이다. 전쟁 이후 휘트먼은 타자에 대한 깊은 연민으로 나아가게 된다. 이런 관점의 궁극적인 결과는 그가 그토록 존경한 링컨 대통령의 암살을 슬퍼한 시에서 한층 더 높은 단계로 승화된다. 결국 『풀잎』의 초기 판들에서 대두된 자기중심의 자아는 『북소리』에서 끝없는 연민으로 승화되어, 마침내 용서와 화합을 이루어 낸다. 오웬은 진정한 시인은 진실해야만 한다고 역설하며, 자신의 주제는 전쟁이며 전쟁의 연민이고, 시인이 할 수 있는 것은 경고하는 것이라고 한다. 즉 전쟁의 진실을 나타냄으로써 전쟁의 연민을 표현하고 인류에게 끊임없이 경고하는 것, 이것이 오웬의 연민의 시가 전달하는 메시지이다. 오웬의 화자는 독자와 함께하여 책임, 죄 그리고 손실도 공유한다. 오웬은 자신의 편지에서처럼 결국 전선으로 돌아갔고 대전 종식 일주일 전, 1918년 11월 4일 25세의 청년 장교로서 전사한다.

휘트먼과 마찬가지로 전쟁기간 동안 오웬도 대부분 자신의 어머니에게 편지를 쓴다. 두 시인이 쓴 편지 내용으로도 그들의 주제를 가늠할 수 있다. 오웬의 작품 대부분은 그의 생애 마지막 한해의 것으로 주로 전쟁과 관련된 것으로 스스로도 자신의 주제는 전쟁과 전쟁에 대한 연민이며, 시인이 할 수 있는 일은 경고하는 것이라고 한다. 오웬의 이 말은 진정한 시인이 갖추어야 할 의무를 지적한 것으로, 시인은 진실해야 한다는 것이다. 사람들에게 전쟁에서 겪었던 것을 사실적으로 전달해야 한다는 것을 대변하고 있다. 그러기에 그는 진정 전쟁에선 용감한 장교로서 최후의 순간을 맞았던 진실한 군인이었다. 그러므로 그를 통해 한 시인의 진실한 시를 엿 볼 수 있게 된다.

휘트먼과 오웬 두 시인의 만남을 통해 진실한 전쟁시의 구체적인 묘사를 이해할 수 있었다. 휘트먼이 주로 야전병원에서 병사들을 돌보며 연민을 가졌다면, 오웬은 일선의 차폐벽과 참호에서 병사들과 생사를 함께 하면서 엮어낸 연민이었다. 휘트먼의 시와 링컨에 대한 비가에서 나타난 연민은 오웬의 「허망」과 「이상한 만남」 등으로 이어져 동료 전우에 대해 좀 더 진실한 연민으로 승화되고 있음을 확인할 수 있었다. 휘트먼의 「화해」에 비해 오웬의 「이상한 만남」에서 연민의 감정이입은 보다 극적으로 일어난다. 한때 원수지간이었지만, 죽음을 통해 양 화자는 마침내 하나가 된다. 결국 전쟁이라는 소재를 통해 역설적으로 인간 사랑과 인간의 존엄을 사실적으로 묘사하고 있는 휘트먼과 오웬의 전쟁시에 나타난 연민을 이해할 수 있다. 나아가 서술자의 연민이거나 영웅서사시에서의 연민이 아니라, 인간애에 근원을 둔 보다 진실한 연민임을 확인할 수 있었다.

II. 휘트먼과 이순신: 노블리세 오블리제의 실천

1. 들어가는 말

노블리세 오블리제(noblesse oblige)란 고귀한 신분(명예)만큼 의무를 다해야 한다는 지도층의 도덕상의 의무와 책임 의식을 강조한 말이다. 서구사회 상류층의 의식과 행동을 지배해 온 이 정신은 귀족이나 고위층의 인사들이 전쟁에 참여하는 전통으로 더욱 확고해졌다.

서양은 노블리세 오블리제 정신을 밑거름으로 건전한 시민 사회로 나아가게 되었다. 이러한 정신은 19세기 미국 시인 휘트먼(W. Whitman)에게도 잘 나타난다. 그는 남북전쟁이 일어나자 사회의 정신적 지도자라 할 수 있는 시인으로서 전쟁을 회피하거나 위험에서 벗어나기보다는 자원간호사와 종군 통신원으로서 자신의 소임을 다한다. 부상병을 치료하는 사람으로서 휘트먼은 원기 왕성한 건강을 해치게 되지만, 그의 역할은 영웅적인 행위였으며(Kwon 148), 노블리세 오블리제의 실천이었다.

서양에 노블리세 오블리제와 같은 선비정신이 우리에게도 있다. 우리의 선비는 학식과 인품을 갖추고 책임을 충실히 수행한 덕망 있는 집단이었다. 일찍이 충무공 이순신(Yi, Sun-shin)이 여기에 속한다. 영웅적인 사명을 완수했던 이순신은 일본의 침략에 맞서 유비무환(有備無患) 하였고, 적이 침입하자 조금도 당황하지 않고 노블리세 오블리제 정신을 발휘한다. 더구나 전쟁 중 조정의 지원이 거의 전무한 상황에서도, 불평하거나 좌절하기보다는 맡은바 직분을 충실히 수행하여 나라를 위기로부터 구하게 된다. 이는 그의 한결같은 노블리세 오블리제 정신이 바탕이 되었기에 가능한 일이었다.

이에 필자는 시대적으로 16세기와 19세기라는 차이와 공간적으로 아시아대륙의 한국과 아메리카대륙의 미국이란 차이를 인정하면서도 이순신과 휘트먼이 모두 전쟁을 맞아 회피하거나 도망하지 않고 그들이 노블리세 오블리제를 실천하고 있음에 착안하여 기술하고자 한다. 다만 본 장에서 언급하는 것은 시인이었던 휘트먼의 『북소리』와 명장이었던 이순신의 『난중일기』에서 보여주는 노블리세 오블리제를 직접 비교하기보다는 각각의 영역을 인정하여 두드러진 특징을 기술하고 있음을 밝힌다.

2. 이순신의 『난중일기』에 나타난 노블리세 오블리제

이순신은 자신의 책임의 중대함을 일찍이 인지하였다. 그가 전라좌도수군절도사(全羅左道水軍節度使)가 되었을 때, 가장 먼저 한 것은 왜적의 침략에 대비하여 각 진과 포에 주둔한 수군 기지를 점검하고 정비하는 일이었다. 그는 공무에 철저했으며 동시에 공정하였다. 이순신은 병서를 읽으며 항상 풍부한 지식과 덕성을 쌓았으며 동헌에 나가 자주 활쏘기를 하는 등 군인으로서의 본분을 게을리하지 않았다. 그는 군기에도 추상같았다. 아끼는 부하라도 명에 그릇된 행동을 하였을 때는 철저하게 응징하였다. 이는 그가 평소 처사에 합리적이며 법규를 준수함으로써 가능한 일이었다. 따라서 이순신은 위기에 처했을 때 부하로부터 신뢰와 존경을 받아 역경을 승리로 바꿀 수 있었다.

이순신이 제2차 백의종군에서 1597년 다시 삼도수군통제사(三道水軍統制使)가 되었지만, 원균의 대파로 조선의 수군은 거의 전멸 상태였다. 불행 중 다행히도 경상좌수사 배설의 도주로 판옥 전선 12척과 타고 있던 일백이십여 명만이 남아 있었다.[1] 1597년 8월 16일 이른 아침에 이순신은 정찰 보낸 군관으로부터 "수도 없이 많은 적선이 곧바로 우리 쪽으로 달려옵니다(Countless enemy ships are advancing straight forward to us)."(Jho 197)라는 급박한 보고를 듣게 된다. 그러나 이순신은 이미 전날 꿈에서 자신이 대승하리란 확신을 갖고 의연한 모습으로 병사들에게 자신감을 피력한다.

> 병법에 이르길 반드시 죽을 각오를 하면 산다고 하였다. 또 한 사람이 길목을 잘 지키면 천명도 두렵 게 할 수 있다는 말이 있다. 이 말은 모두 지금의 우리를 두고 하는 말이다. 너희 여러 장령들이 조금이라도 군령(軍令)을 어기면 군율대로 시행해서 작은 일이라 할지라도 용서하지 않겠다.

> It is said in strategy that the one who makes up his mind to die, always remains alive. And if a man safeguards only the gate well, the thousands

---

1) 『이순신의 두 얼굴』에 의하면 선조는 선무공신 1등급 3명에 이순신, 권율과 함께 노블리세 오블리제를 이행하지 못했던 원균을 포함하였고, 배설은 탈영죄로 참수 당한다. (678 – 679)

of the enemy are made to shrink, they say. All these words are well applied to us in this emergency. If you violate the rules of discipline, whatever trifle it may be, you shall never be free from the punishment. (Jho 196—7)

이순신의 추상같은 명이 느껴진다. 하지만 12척으로 133척의 적을 맞아 싸우게 되었을 때 조선 수군은 두려워하고 있었다. 실제 명량해전에서 적의 위용에 겁먹은 조선 수군함대의 두려움을 깨뜨리기 위해 이순신은 직접 대장선을 이끌고 적 함대의 심장부를 향해 천자·지자포를 쏘며 돌격한다. 이는 가장 대표적인 노블리세 오블리제의 표본이 된다. 뒤에서 지휘하고 독려해도 될 상황이 아님을 깨달은 이순신 제독은 솔선수범하는 모습을 보인다. 다만 멀리서 이를 보고 나서지 않고 있는 안위2)를 비롯한 휘하의 장수들이 지휘관의 솔선수범과 군법을 의식하여 죽을힘을 다해 싸워 마침내 적을 대파하게 된다(Jho 199). 이런 지휘관의 솔선수범은 곧 고귀한 자의 의무를 잘 보여줌으로써 마침내 전투를 승리로 이끌게 된다.

우리 속담에 "지성이면 감천"이라고 하듯 이순신은 몸소 이와 같은 경우를 체험한다. 그는 꿈속에서 신(神)이 나타나 자신에게 예견하는 것을 듣게 된다. 이순신은 자신의 『난중일기』에 꿈에서 예견된 것을 적고 있다. "지난밤, 신이 꿈에 나타나서 가르쳐 주시기를 이렇게 하면 크게 이기고, 저렇게 하면 패하게 된다고 하였다"(Last night in my

---

2) 이순신의 『亂中日記』에 따르면 나는 배 위에 서서 직접 안위를 불러 "안위야, 군법에 죽고 싶으냐? 군법에 죽고 싶으냐? 도망간다고 어디 가서 살 것이냐?" 하였다. 그러자 안위도 황급히 적선 속으로 뛰어들었다. 또 김응함을 불러 "너는 중군으로서 멀리 피하고 대장을 구원하지 않으니 죄를 어찌 면할 것이냐? 처형하고 싶지만 전세가 급하므로 우선 공을 세우게 하겠다." 하였다. (386)

dream, a god appeared to tell me this would bring a great victory to me, and that, a defeat)(Jho 197). 그는 무엇에 골몰하면 하늘도 도와준다는 것을 스스로 터득하는 경우가 있었으며, 사실 이순신은 이따금 점을 치곤 하였음을 일기에서 밝히고 있다. 이 경우에도 하늘이 그의 간절한 기원에 보답한 것이다.

이순신이 자신의 일기에서 하늘의 은혜가 자신을 승리로 이끌었다고 하였지만, 그의 승리는 운에 의한 것이 아니라 그의 철저한 사전 전략과 전술에 근거한다고 할 수 있다. 또한 조류와 해협의 자연적 특성에 관한 지식을 잘 이용하였기 때문이기도 하였다(Jho 201). 12척으로 133척을 물리친 명량해전의 승리는 수군만의 승리가 아니었다. 이는 조선의 승리였다. 왜냐하면 명량에서 참패한 일본은 수륙병진으로 침입하려는 자신들의 계획을 수정할 수밖에 없었고, 이는 결국 7년 전쟁의 종지부를 찍는 이순신의 결정적인 승리였기 때문이다(Jho 201). 이순신은 오늘날의 상황에서 보든 임진왜란이나 정묘재란과 같은 상황에서 보든 훌륭한 노블리세 오블리제의 표상이 아닐 수 없다. 이순신은 아주 어려운 상황에서도 23전 23승이란 믿기지 않을 신화(myth) 같은 기록을 세웠다.

이 신화는 훗날 일본해군의 전설적인 인물로 일컬어지는 도고 헤이하치로(1847−1934)가 어느 기자의 질문에 대한 답변에서도 증명되고 있다. 러·일 전쟁에서 대한해협을 통과하던 러시아의 발틱 함대를 전멸시켜 일본해군의 영웅이 된 도고 헤이하치로 제독은 어느 기자의 질문에 답하여 나를 영국의 넬슨3)과 비교하는 것은 이해가 되지만,

---

3) 넬슨 (1785 − 1805)은 영국의 해군 제독으로 스페인의 무적함대를 비슷한 함대 세력으로 싸워 이겼다. 이후로 영국이 해상권을 장악하게 되며 해가 지지 않는 나라로 거듭나게 된다.

나를 이순신과 비교하는 것은 어림도 없으며 있을 수도 없다. 나는 이순신 제독에 비하면 한 낱 하사관 정도밖에 되지 못한다고 하였다.

적대국의 해군 영웅조차도 존경하는 이순신은 조국을 사랑하는 수군 장수로서의 심경을 표현함과 동시에 고귀한 사람으로서 의무를 피력하는 시들을 지어 스스로 자신의 울적한 심정을 달래기도 하였다.

한산섬 달 밝은 밤에
수루에 홀로 앉아
큰 칼 옆에 차고
깊은 시름 하는 차에
어디서 일성호가는
남의 애를 끊나니!

By moonlight I sit all alone
In the lookout on Hahnsan Isle.
My sword is on my thigh,
I am submerged in deep despair.
From somewhere the shrill note of a pipe
Will it sever my heartstrings! (Jho 244)

이순신의 시중에서 가장 널리 알려져 있는 시이다. 이 시는 이순신이 백척간두에 있는 나라를 염려하고 고뇌하면서도 자신이 해야 할 의무를 다하려는 의지가 얼마나 간절한가를 피력하고 있다. "수루에 홀로 앉아"[4]에서 처럼 이런 의지로 충무공은 7년간의 긴 전쟁 동안

---

4) 이순신은 운주당 이라는 건물을 지어 거기서 주로 군무를 보았다. "수루에 홀로 앉아"는 한산도의 운주당을 의미하고 있는 듯하다.

진중을 거의 벗어난 일이 없었으며, 항상 몸가짐을 단정히 하고 아내를 비롯하여 거의 모든 여인들을 멀리 하였다. 그가 나라의 치욕을 씻을 걱정을 하고 있는 모습이 6행으로 된 이 짧은 시 곳곳에서 진지하고도 애잔하게 느껴진다. 이는 애오라지 나라와 겨레를 생각하는 수군최고 지휘관으로서 자신의 의무이행을 다하고자 노심초사하는 이순신 제독의 고뇌를 엿보게 한다. 이러한 이순신의 나라와 겨레에 대한 사랑은 다음의 시에서도 이어진다.

> 한 바다에 가을 빛 저물었는데
> 찬바람에 놀란 기러기 높이 떴구나.
> 가슴에 근심 가득하여 잠 못 드는 밤
> 새벽달 창 너머로 칼과 활을 비추네.

> The autumn day sinks beyond the sea,
> A skein of geese crosses the high cold sky.
> I toss and turn through a night of distress:
> The waning moon shines like a sword or a bow. (Jho 245)

깊어가는 가을밤에서 시작한 나라 위한 근심과 걱정이 새벽이 될 때까지 이순신을 잠들지 못하게 하고 있다. 칼과 활은 은유적으로 이순신의 지속적인 유비무환 정신을 나타냄과 동시에 나라를 구해야 한다는 장수로서의 자신의 의무이행을 잠시도 소홀히 하지 않음을 나타낸다. 이순신은 자신의 한결같은 우국충정의 노블리세 오블리제를 이와 같은 문학성이 돋보이는 시에서도 일관되게 나타내고 있다.

임의 수레 서쪽으로 멀리 가시고
왕자들 북쪽에서 위태한 몸.
나라를 근심하는 외로운 신하:
장수들은 공로를 세울 때로다.
바다에 맹세함에 용이 느끼고
산에 맹세함에 초목이 아네:
이 원수 모조리 무찌른다면
내 한 몸 이제 죽는다 사양 하리오.

King's Waggon withdraws far from the West Gate,
The princes threaten in the Northern lands.
A lonely subject worried for his country:
Now is the time for worriers to win their spurs.
I swear to the sea, and the dragons are moved,
I swear to the mountains, and the forests understand:
These enemies must be utterly destroyed
Though I die, there will be no regrets. (Jho 245)

참으로 이순신의 비장함이 서려있는 시이다. "나라를 근심하는 외로운 신하"에서 자신의 처지를 너무나 솔직하게 표현하면서도 죽음을 무릅쓰고라도 자신이 해야 할 의무를 다하겠다는 노블리세 오블리제를 보여주고 있다. 당시 조선 조정은 심한 당쟁으로 국익을 생각하기보다는 당파의 이익을 우선하는 태도로 일관하였다. 이순신은 당쟁의 피해자로 조정과 고위층으로부터 항상 견제와 모함을 받았으며, 끝내 감옥에 투옥되고 모든 관직을 삭탈 당하기도 하였다. 하지만 이순신의 위대함은 임금과 윗사람의 오해에도 실망하지 않고 궁극적으로는 나라를 근심하고 나라를 지켜내는 일로 일관하고 있다는 점이다.

이와 함께 이순신은 죽은 군졸들을 위해 제문을 짓는다. 그는 냉정하였지만 자애로운 지휘관이었다. 다음은 1595년에 이순신이 죽은 군졸들을 제사하는 글(祭死亡軍卒文)이다(조성도 267).

윗사람을 따르고 상관을 섬겨
너희들은 직책을 다 하였건만,
부하를 위로하고 사랑하는 일
나는 그런 덕이 모자랐도다.
그대 혼들을 한 자리에 부르노니
여기에 차린 제물 받으시라.

By following and attending your commander,
You have done your duties, but
To console and love my men,
I am short of virtue.
I invoke your spirits to gather, for
Here are offerings for you . . . . . (Jho 245)

이순신은 싸움에 임할 때면 냉정하였고 추상같은 명령을 내렸다. 명을 어기는 자는 군법으로 엄하게 다스렸다. 하지만 그는 전투가 끝나면 온화한 어버이같은 따뜻한 품성을 지닌 지휘관이었다. 아들 면이 왜군에 의해 죽었을 때 그는 아무도 모르게 통곡으로 밤잠을 이루지 못하곤 하였다. 마찬가지로 죽은 부하들을 향한 그의 마음 또한 그와 마찬가지였을 것이다. 부하들을 위하는 마음이야말로 상관으로서 반드시 가져야할 자애로운 의무일 것이다.

서애 유성룡은 자신의 『징비록』5)에서 이순신을 다음과 같이 언급하고 있다. "그는 말과 웃음이 적었고, 용모는 단정하였으며 항상 마음과 몸을 닦아 선비와 같았다. 그러나 속으로는 담력과 용기가 뛰어 났으며 자신의 몸을 돌보지 않고 나라를 위해 목숨을 바친 행동 또한 평소 그의 뜻이 드러난 것이었다. 통제사 이순신은 군중에서 갑옷을 벗는 일이 결코 없었다"(215). 유성룡의 지적처럼 자신의 몸을 돌보지 않고 나라를 위해 목숨 받친 이순신이야말로 노블리세 오블리제 정신이 얼마나 투철하였는가를 보여준다.

유성룡은 이순신에 관한 또 다른 일화를 소개한다. 견내량에서 적과 대치하고 있을 때였다. 달빛이 밝은 밤, 배들은 모두 닻을 내리고 있었다. 갑옷을 입은 채 북을 베고 누워있던 이순신은 갑자기 일어나더니 장수들을 부르고 술을 내오도록 하였다. 술 한 잔을 마신 그가 장수들을 향해 말했다. "오늘 밤 달이 밝구나. 간교한 적들이라 꼭 달이 없는 날만 골라 공격해 왔는데, 달이 밝은 오늘도 기습해 올 것 같으니 경계를 엄중히 하라."(216) 그러곤 나팔을 불어 모든 배의 닻을 올리게 했다. 또한 척후선에 전령을 띄워 보니 척후병들이 모두 잠들어 있었으므로 그들을 깨워 기습에 대비토록 했다. 그런데 얼마 후 척후가 달려와 왜적의 기습을 알리는 것이었다. 달은 서산에 걸려 있었으며, 산의 그림자가 바다를 비쳐 어두웠는데, 그 어둠 속에서 수많은 적선이 몰려오고 있었다. 그 순간 이순신이 명령을 내리자 우리 군사들이 대포를 쏘면서 공격을 개시했다. 왜적들 또한 조총을 쏘며 대항하자 총알이 비 오듯 쏟아졌다. 그러나 우리 군사의 공격을 당해내지 못한 적은 결국 후퇴하고 말았다. 이런 일을 겪고 난 장수들은 이순신을 귀

---

5) 『懲毖錄』은 임진왜란 전후 상황을 연구하는데 귀중한 자료로 『난중일기』와 함께 높이 평가되고 있다. 징비란 미리 경계하여 후환을 경계한다는 뜻이다.

신 장군이라고 생각했다.

일단 유사시 그가 보여 준 치밀한 준비, 즉 정보탐색과 평가를 통한 최종 결심에서 행동에 이르기까지 이순신은 현대를 살아가는 우리에게 노블리세 오블리제를 몸소 실천한 선각자 임이 분명하다.

3. 휘트먼의 『북소리』에 나타난 노블리세 오블리제

미국 시인 휘트먼은 남북전쟁이 발발하였을 때 이미 유명한 시인이었고 병역 의무와는 무관하였지만, 전쟁이 발발하자 42세의 나이로 자원간호사로서 인간에 대한 사랑을 실천한다. 휘트먼은 "시인의 자질은 나라가 시인을 흡수하듯, 시인이 애정으로 나라를 끌어안는 것이다."(Kwon 146) 라고 하였다. 휘트먼은 자신의 말처럼 시인으로서 자신의 나라를 고난 속에 내버려둘 수는 없었다. 이런 소신으로 휘트먼은 부상병이나 전사자들을 위해 자신의 몸을 돌보지 않고 자원 간호사로서의 임무에 충실 하느라 병을 얻기도 하였다.

휘트먼은 당대의 유명한 미국 작가들을 통틀어 그 자신의 임무에 가장 충실하였다. 그는 호손(Hawthorne)이 결혼한 뒤 글을 쓰지 않았고, 멜빌(Melville)이 대중들의 외면에 절필하였던 것과 달리 끝까지 자신의 시작을 고수하였다. 제임스(James)는 그의 역할을 수행하였지만, 휘트먼과는 비교가 되지 못할 정도로 풍족하였고 교육받았으며 사회적으로 유리한 입장에 있었다. 그러므로 휘트먼이야 말로 진정 시인으로서의 의무인 시작을 포기하지 않았던 것이다(Kwon 150). 이와 같은 그의 의식은 전쟁 기간에도 명백하게 나타난다. 휘트먼은 전쟁이 발발하자 거의 모든 미국 작가들이 전쟁을 회피한 것과는 달리 스스로 국가를 위해 자신이 해야 할 일을 찾아 나선다. 그러기에 『북소리』(Drum-Taps)는 휘트먼의 종군으로 태동한 작품으로서 정신적으로나 도덕적으로 사회지도층이라 할 수 있는 시인 휘트먼이 노블리세 오블리제를 실천하고 있음을 잘 보여준다.

휘트먼은 부상을 입은 동생을 찾아 나서면서 처음으로 남북전쟁의 처참한 실상을 알게 된다. 그는 워싱턴을 떠나 버지니아 최전선으로 가서 조지(George)[6]를 찾았지만, 그의 부상이 그다지 심각하지 않다는 것을 알게 된다. 다만 휘트먼은 그곳에서 부상당한 병사들과 죽어가는 병사들이 들끓고 있음을 목격하게 된다. 휘트먼은 9일후 워싱턴으로 돌아와, 자신의 어머니께 "무엇이든지 할 수 있는 일을 알아보기 위해"(Ward iii) 워싱턴에 남겠다는 내용의 편지를 쓴다.

사랑하고, 사랑하는 어머니께
19일 금요일에 즉시 제51 뉴욕지원단의 주둔지에 잘 도착했으며, 조지가 무사하다는 것도 알려드립니다. 곡절 끝에 저는 결국 프레로 여단에 이르게 되었고, 병영에 도착한 후에 아무 문제없이 금요일 오후까지 보냈습니다. 거기서 처음 사랑하는 아우 조지를 만나 그가 건강하며 잘 지내고 있다는 것을 알았을 때, 어머니는 저의 작은 걱정과 어려움이 아주 사소한 일이었다고 생각해도 좋습니다. 그것들은 하찮은 것에 불과합니다. 그리고 저는 병영에서 보여주는 여러 모습의 현장 한가운데에서 8–9일 동안 지내고 있기에, 병영의 모든 현실적인 것을 습득했으며, 훌륭한 수십만의 병사들이 살아가는 방법을 깨달았습니다. 병영에서

---

6) 휘트먼의 동생으로, 10살 아래이고 제51 뉴욕지원단에 지원했었다. 그는 1862년 12월 버지니아의 프레드릭스버그 전투에서 부상한 것으로 보도되었고, 이에 브루클린의 휘트먼은 12월 16일 전선으로 떠났다.

제일 먼저 보았던 것은 레이시 하우스 병원 앞의 나무 아래에 있던 발, 팔, 다리, 등의 더미였습니다.. . . . . . 저는 당분간 여기에 머물 것이고, 적어도 여기서 어떤 형태로든 제가 고용되거나, 제가 가진 어떤 행운을 사용할 수 있다면 충분히 여기에 머물 수 있을 것 같습니다. 물론 현재 로서 저는 한곳에 정착되어 있지 못하고 있습니다. 사랑하는 나의 어머 니. 월트로부터. (조규택 202-3)

Dear, Dear Mother—Friday the 19th inst. I succeeded in reaching the camp of the 51st New York, and found George alive and well.—so by degrees I worked my way to Ferrero's brigade which I found Friday afternoon without much trouble after I got in camp. When I found dear brother George, and found that he was alive and well, O you may imagine how trifling all my little cares and difficulties seemed—they vanished into nothing. And now that I have lived for eight or nine days amid such scenes as the camps furnish, and had a practical part in it all, and realize the way that hundreds of thousands of good men are now living. One of the first things that met my eyes in camp was a heap of feet, arms, legs, etc., under a tree in front of a hospital, the Lacy house.. . . . . . I will stay here for the present, at any rate long enough to see if I can get any employment at anything, and shall write what luck I have. Of course I am unsettled at present. Dear mother, my love. Walt.

1862년 12월 29일 월요일, 워싱턴에서 사랑하는 어머니께 보내는 휘트먼의 편지다. 휘트먼은 아우 조지의 부상을 염려하여 최전선을 찾았지만, 아우의 부상은 심각하지 않았다. 하지만 그는 곧바로 귀향 하지 않고 산더미처럼 쌓여가는 시체와 부상병들을 위해 자신이 무엇 인가를 해야 한다는 결심을 한다. 동시에 휘트먼은 스스로 군사들의 생활상에 적응하기 위해 노력하는 적극적인 태도를 보여 자신이 담당

해야 할 의무를 성실히 수행해나갈 군은 의지를 나타내 보이고 있다.

휘트먼은 남북전쟁 초기에 위풍당당한 시를 발표하였고 전쟁에 동참하자고 소리 높여 외쳤다. 하지만 자신의 눈으로 직접 최전선의 참상을 목격한 이후 휘트먼은 전쟁터에서 자원간호사로서 자신의 소임을 다하려고 한다. 이런 휘트먼의 의식은 시인으로서 자신의 임무를 소홀히 한 초기 자신의 행위에 대한 속죄임과 동시에 그의 국가에 대한 책임 의식에서 출발하였다고 본다. 그가 밝힌바 있는 시인의 자질은 시인이 국가에 대해 애정을 가질 때 비로소 그 빛이 발하기 때문일 것이다. 이와 같은 국가에 대한 애정은 병사들에 대한 애정으로 환원되어 다음의 인용에서처럼 남북전쟁이 지속되었던 4년 동안 일관되게 묻어난다.

포토맥의 군부대에 있는 야전병원들을 방문하기 시작했다. 전쟁 이후로 병원으로 이용되고 있는 라파한녁의 강둑에 벽돌로 지어진 큰 저택에서 낮 시간의 대부분을 보냈는데, 지금은 그 저택이 최악의 경우에 봉착한 것처럼 보인다. 모든 부상자들은 심각한 상태였고, 아주 끔찍했으며, 낡은 옷을 입고 있는 사람들은 지저분했고 피투성이였다. 부상자 중 몇 명은 남부군 병사들과 장교들인 포로들이었다. 미시시피 출신의 어느 장교는 다리에 총상을 심하게 입었다...... 나는 얼마동안 그와 이야기를 나누다가 그가 내게 종이를 요구해서 가져다주었다. (3개월 후 워싱턴에서, 절단된 다리로 잘 지내고 있는 그를 보았다.) 나는 아래, 위층에 있는 방들을 두루 돌아다녔다. 그 사람들 중 몇 명은 죽어가고 있었다. 내가 그들을 방문해서 해 줄 수 있는 것은 아무것도 없었지만, 그들의 고향집과 어머니, 그리고 다른 환자들에게 편지를 써 주었다. 또 서너 명과 이야기를 나누었는데 그들은 이야기하는 것을 아주 좋아하고, 또 필요로 하는 것 같았다. (조규택 156-7)

Began my visits among the Camps Hospitals in the Army of the Potomac. Spent a good part of the day in a large brick mansion, on the banks of the Rappahannock, used as a Hospital since the battle. All the wounds pretty bad, some frightful, the men in their old clothes, unclean and bloody. Some of the wounded are rebel soldiers and officers, prisoners. One, a Mississippian— a captain— hit badly in leg,....... I talk'd with some time; he ask'd me for papers, which I gave him. (I saw him three months afterward in Washington, with his leg amputated, doing well) I went through the rooms, downstairs and up. Some of the men were dying. I had nothing to give at that visit, but wrote a few letters to folks home, mothers, &c. Also talk'd to there or four, who seem'd most susceptible to it, and needing it.

"1862년 12월 21일 버지니아 팔마우스, 프레드릭스버그 맞은편.—"이라고 표시된 글이다. 휘트먼은 야전 병동에서 적극적으로 간호행위를 하고 있다. 휘트먼이 부상자들의 고향집과 그들의 어머니나 가족에게 편지를 써 주는 행위는 당시의 부상당한 젊은 병사들에게는 많은 위안이 되었을 것이다. "또 서 너명과 이야기를 나누었는데 그들은 이야기하는 것을 아주 좋아하고, 또 필요로 하는 것 같았다."에서 볼 수 있듯, 휘트먼은 아주 사소한 것부터 시작하여 부상병들을 위한 것이라면 무엇이든 하려고 한다. 그의 온화하고 인자한 어버이 같은 손길은 수많은 병사들에게 공감을 얻어 찬사를 유발하게 된다. 휘트먼은 아우가 북군이었고 자신도 링컨의 정치 이념을 지지하는 북군에 속하였지만, 남군에 대한 적대감을 나타내기보다는 같은 미국인으로서 차별 없이 보호하고 치료하는 자세를 보여준다. 그러므로 휘트먼을 대하는 병사들 중에는 그에게 다가가 우호적인 모습을 보여주기도 하고 어떤 병사는 아버지에게 안기는 아들과 같은 모습을 보여주기도 하였다. 이런 모습은 그의 건강을 헤쳐가면서도 부상병을 치료해주는 휘트먼의 평소 행위에 대한 감사의 표시였을 것이다.

휘트먼은 『북소리』에서 "그 포병의 환상"과 같은 몇 편의 시를 통해 노블리세 오블리제를 언급한다. 연대를 지휘하는 장교는 아직 젊었으나 자신의 임무를 수행하기 위해 연대의 선봉에 위치에서 돌격하고 있다. 가장 먼저 탄환의 표적이 될 수도 있지만 젊은 연대장은 자신의 노블리세 오블리제를 수행하여 부하들의 돌격행위를 유도한다. 전장에서 볼 수 있는 흔치않는 모습에서 휘트먼은 지휘관의 솔선하는 역할을 언급함으로써 노블리세 오블리제를 피력하고자 하였을 것이다. 젊은 지휘관이 보여주는 솔선하는 모습은 읽는 이로 하여 숙연함과 감동을 자아내게 한다.

> 나는 다른 쪽에서 연대가 돌진하는 함성 소리를 듣는다, (이번엔 그
> 젊은 연대장이 칼을 휘두르며 자신이 선두에서 지휘한다,)
> 적의 일제 사격으로 벌어진 틈새를 본다, (재빨리 메워진다, 지체함이
> 없이,)

> Elsewhere I hear the cry of a regiment charging,(the young colonel
> leads himself this time with brandish'd sword,)
> I see the gaps cut by the enemy's volleys, (quickly fill'd up, no delay)
> (*LG* 317)

위 인용은 남북전쟁 당시 북군 제20 메인주 보병연대를 지휘했던 체임벌린(Joshua L. Chamverlain)[7] 대령이 이전 전투에서 입은 발의 부상에도 불구하고 게티스버그의 리틀 라운드 탑(Little Round Top)

진지를 사수한 장면을 언급하고 있다. 남군의 거듭된 공격으로 체임벌린 연대 병력의 대다수가 전사 또는 부상한 가운데 탄약마저 떨어지자, 부하 장교들이 거듭 후퇴를 건의한다. 하지만 그는 이에 아랑곳하지 않는다. 자신의 연대가 의무를 소홀히 하여 도망친다면 게티스버그 전투의 측면이 붕괴되어 북군 전체가 위기에 처하기 때문이다. 마침내 그는 부하들에게 총검을 착검하고 적을 향하여 돌격하라고 명령한다. 동시에 자신 또한 칼을 뽑아들고 다가오는 적을 향하여 돌진한다. 이 모습을 목격한 적은 당황하여 총알이 장전된 총을 내던지고 도망간다. 자기에게 주어진 의무를 다하는 체임벌린의 행동으로 십분도 안 되어 탄약도 없는 그의 연대는 남군의 엘라바마 15 연대와 47 연대의 400여 명을 생포한다. 이 공로로 체임벌린은 미국 최고의 훈장인 의회명예 훈장을 받는다.

한 사람의 결단이 전투의 승패를 좌우하는 좋은 본보기로 이순신이 명량해전에서 단 12척으로 133척의 왜군을 격퇴시킨 승리와 같은 상황을 재현하는 듯하다. 체임벌린과 이순신이 지휘관으로서 자신들의 의무를 충실히 수행하는 모습은 곧바로 노블리세 오블리제의 실천임을 확인할 수 있다. 특이하게도 23전 23승이란 신화를 남긴 이순신의 경우처럼 체임벌린 대령도 남북전쟁 동안 23번의 전투에 참가하여 수많은 공을 세운다.

---

7) 조수아 로렌스 체임벌린은 메인(Maine)주 부루어(Brewer)에서 태어났다. 그는 보드윈(Bowdwin) 대학을 졸업 했으며 모교에서 수사학을 가르쳤고 남북전쟁이 일어나자 34세로 제20 메인주 의용병 보병연대 중령으로 참전하였다. 프레드릭스버그, 엔티넘 전투 등에 참전했으며 첸슬러빌 전투에서 대령으로 승진했다. 1865년 제1사단의 제1여단을 지휘했으며, 이후 링컨 대통령이 소장으로 진급 시켰다. 그랜트 장군의 명령을 받아 리(Lee) 장군의 항복을 받으면서 상부의 명령도 없이 남군의 무장을 해제시키지 않아 남군의 명예를 존중하는 태도를 보였다. 전쟁 후 고향의 보드윈 대학 총장과 메인주 주지사를 역임했다.

또한 휘트먼은 "부상병을 치료하는 자"란 시를 통해 자신이 직접 수행하고 있는 노블리세 오블리제를 언급하기도 한다.

보조원이 내 뒤 옆에 서서 수술용 쟁반과 들통을 들고 있는 동안,
나는 관통된 어깨를 치료하고, 총상을 입은 발을 치료하고,
끊임없는 고통에다 고약한 탈저정(脫疽疔)에 걸린 병사를 씻는데,
너무나 구역질이 나고, 너무나 불쾌하다.
나는 충실하고, 나는 포기하지 않네,
골절된 넓적 다리와, 무릎과, 복부에 총상 입은 군인들,
이런 군인들과 아니 이보다 더 많은 사람들을 나는 침착한 손놀림으로
　　치료한다,
　　(하지만 내 깊은 가슴속엔 하나의 타오르는 불꽃인 정열이 있네.)

I dress the perforated shoulder, the foot with the bullet－wound,
Cleanse the one with a gnawing and putrid gangrene, so sickening, so
　　offensive,
While the attendant stands behind aside me holding the tray and pail.
I am faithful, I do not give out,
The fractur'd thigh, the knee, the wound in the abdomen,
These and more I dress with impassive hand, (yet deep in my breast
　　a fire, a burning flame.) (LG 311)

휘트먼은 자신이 간호업무를 수행함에 있어 최선을 다하고 있음을 언급하면서 노블리세 오블리제를 나타내 보이고 있다. 결코 쉽지 않는 총상 입은 병사의 수술 후 처치를 감당하는 휘트먼의 행위에서 그의 사명감을 느낄 수 있다. 환자에 대해 그가 포기하지 않고 충실히 치료하는 행위는 자신의 책무를 다하려는 휘트먼의 남다른 노블리세 오

블리제 정신으로 가능하였을 것이다.

7월 22일 오후. 나는 154 뉴욕연대 G 중대의 만성 설사와 심한 부상까지 입은 오스카 F. 월버와 오랜 시간을 보냈다. 그는 나에게 신약성서를 읽어달라고 요청하였다. 나는 승낙했고, 그에게 내가 무엇을 읽어줄 것인가를 물어보았다. 그가 말하기를 "당신이 골라주십시오"라고 말했다. 나는 복음 전도자들의 초기서 중 한 권을 꺼내 펼쳐 보았다. 그리고 예수의 후기시대와 십자가에 못 박히는 장면을 그리고 있는 장을 읽어주었다. 그 허약하고 쇠약한 젊은이는 나에게 또한 어떻게 예수가 다시 부활하는지 다음 장을 읽어달라고 요청하였다. 나는 매우 쇠약한 오스카를 위해 아주 천천히 읽어주었다. 그것이 그의 눈에 눈물이 고이기 전까지 그를 매우 기쁘게 하였다. . . . . . 그의 상처는 매우 악화되었고 많은 고름을 짜냈다. 그런다음의 설사는 그를 지치게 만들었고 나는 심지어 그가 죽음과 같은 상태에 있다고 느꼈다. 그는 매우 남자답고 매력적으로 행동했다. 내가 떠날 때 즈음 그에게 준 입맞춤은 그가 4배로 돌려주었다. 그는 나에게 그의 어머니의 주소를—뉴욕주 카달라우그스 군 알레가니 우체국의 셸리 D. 월버 부인—주었다. 나는 그에게 몇 가지 질문을 하였다. 그는 간단하게 설명했는데 며칠 뒤에 죽었다. (조규택 169)

This afternoon, July 22, I have spent a long time with Oscar F. Wilber, Company G, One Hundred and Fifty—fourth New York, low with chronic diarrhoea, and a bad wound also. He ask'd me to read to him a chapter in the New Testament. I complied, and ask'd him what I should read. He said: "Make your own choice." I open'd at the close of one of the first books of the Evangelists, and read the chapters describing the latter hours of Christ, and the scenes at the crucifixion. The poor, wasted young man ask'd me to read the following chapter also, how Christ rose again. I read very slowly, for Oscar was feeble. . . . . . . The wound was very bad; it discharg'd much. Then the diarrhoea had prostrated him, and I felt that he was even then the same as dying. He behaved very manly and affectionate. The kiss I gave him as I was about leaving he return'd fourfold. He gave me his mother's address, Mrs. Sally D. Wilber, Alleghany Post—office, Cattaraugus County, N. Y. I had several such interviews with him. He died a few days after the one just described.

　"어느 뉴욕 출신의 병사ㅡ"라는 부제가 붙은 인용문이다. 이 글에서도 휘트먼은 부상병들을 위해 자신이 할 수 있는 일을 찾아 스스로 노력한다. 그는 브루클린의 집에서 가족과 편하게 지낼 수도 있었고, 뉴욕의 번화가에서 친구들과 술집을 배회할 수도 있었지만, 자신의 도움을 필요로 하는 군인들의 곁을 지키게 된다. 이와 같은 의식은 당시 많은 사회지도층 인사들이 실천하지 못하는 용기 있는 모습으로 자신의 임무를 다하려는 휘트먼의 노블리세 오블리제이다. 러빙 (Loving)의 지적처럼 휘트먼은 자신의 시적 자아를 『북소리』에서 현저히 이타적 자아로 제현하고 있는 것이다(81). 이타적 자아는 나보다는 상대를 이롭게 한다는 개념이 선행되어야 하므로 이런 의식은 자신의 임무를 성실히 수행하겠다는 휘트먼의 노블리세 오블리제의 발현이라 할 수 있다. 하지만 그의 보살핌과 애정에도 불구하고 어린 병사는 죽고 만다. 이런 일이 흔하게 일어났음을 휘트먼은 그의 시나 산문에서 일일이 언급하고 있다. 휘트먼의 거듭된 노블리세 오블리제는 정말 사소하고 작은 것부터 시작하였지만 그가 수행한 임무가 얼마나 컸는지는 다음에 인용하는 "3년을 요약하다.ㅡ"에서 명확하게 언급되고 있다.

병원과 야영지와 전투지에서의 지난 3년 동안, 나는 600군데 이상을 방문하거나 돌아다니고 가보았다. 나의 추정으로 볼 때, 필요한 시기에 얼마간이었지만 정신과 몸을 지탱해주는 사람으로서 80,000에서 100,000명의 부상자와 병든 병사들을 돌보았다. 이런 방문들은 한 시간 또는 두 시간에서 하루 종일, 또는 밤까지 다양하였다. 친절함을 가진 채 또는 위험한 상황에서 나는 항상 밤새 지켜보았다. 때때로 나는 병원에서 나의 막사를 배당받고는 연속하여 며칠 밤을 자면서 지켜보았다. 그 3년 동안 나는 최고의 특권과 만족을 생각하게 된다. (모든 그들의 열띤 감흥과 신체적 손실과 슬픈 모습과 함께 한) 그리고 물론, 나의 인생에서 그 과정은 가장 깊은 교훈이자 추억이다. 나는 나의 신앙 안에서 모든 것을 이해하고, 나를 찾는 이라면 북부든 남부든 어느누구도 무시하지 않았다. 내가 뉴잉글랜드 출신, 뉴욕 출신과 뉴저지 출신, 그리고 펜실베니아 출신에서 미시간, 위스콘신, 오하이오, 인디아나, 일리노이즈, 그리고 모든 서부 주 출신의 수 천 명의 부상자와 병든 병사들과 함께 하는 동안, 나는 북부 남부를 가리지 않고, 예외 없이 모든 주의 출신들과 함께 하였다. 나는 경계 주들, 특히 메릴랜드와 버지니아출신의 많은 병사들과 함께 했다. 그리고 나는 1862년에서 1865년까지 그 소름끼치는 해 동안, 연방을 지지한 남부인들 중, 특별히 테네시인들에게 상상했던 것보다 훨씬 더 많이 할애하였음을 깨달았다. 나는 우리 환자들 중 많은 남부군의 장교들과 병사들과 함께했고, 그들에게 항상 내가 가졌던 것을 주었으며, 그리고 나는 어떠한 사람이든 같은 식으로 그들을 위로하려고 노력하였다. 나는 군의 지도자들 중 한 사람으로 간주되었고, 실제로 항상 그들과 가까이에 있는 나 자신을 발견했다. 흑인 병사들, 부상자나 병든 병사들 사이에서, 그리고 전쟁 중 북군 편으로 도망친 흑인 노예 캠프에서, 나는 또한 그들의 이웃으로 언제든지 할 일을 하였고, 내가 그들을 위해 할 수 있는 것을 다했다. (조규택 192-3)

During my past three years in Hospital, camp or field, I made over 600 visits or tours, and went, as I estimate, among from 80,000 to 100,000 of the wounded and sick, as sustainer of spirit and body in some degree, in time of need. There visits varied from an hour or two, to all day or night; for with dear or critical cases I always watch'd all night. Sometimes I took up my quarters in the Hospital, and slept or watch'd there several nights in succession. Those three years I consider the greatest privilege and satisfaction, (with all their feverish excitements and physical deprivations and lamentable sights,) and, of course, the most profound lesson and reminiscence, of my life. I can say that in my ministerings I comprehended all, whoever came in my way, Northern or Southern, and slighted none. While I was with wounded and sick in thousands of cases from the New England States, and from New York, New Jersey, and Pennsylvania, and from Michigan, Wisconsin, Ohio, Indiana, Illinois, and all the Western States, I was with more or less from all the States, North and South, without exception. I was with many from the Border States, especially from Maryland and virginia, and found, during those lurid years 1862— 65, far more Union Southerners, especially Tennesseans, than is supposed. I was with many rebel officers and men among our wounded, and gave them always what I had, and tried to cheer them the same as any. I was among the army teamsters considerably, and, indeed, always found myself drawn to them. Among the black soldiers, wounded or sick, and in the contraband camps. I also took my way whenever in their neighborhood, and did what I could for them.

위 인용은 휘트먼의 노블리세 오블리제를 이해하는데 가장 훌륭한 자료일 것이다. 이 인용문은 이순신이 『난중일기』를 기록하여 자신의 입장을 적극 대변하듯, 휘트먼도 전쟁 동안 자신이 수행한 노블리세 오블리제를 차분히 회상하며 작성한 것이다. 그러므로 이는 휘트먼의 노블리세 오블리제를 이해할 수 있는 자료로 많은 도움이 될 것이다. 전쟁 발발 후 1년 이상 동안 휘트먼은 전쟁을 독려하고 참전을 선동하였다. 하지만 1년이 지나 동생을 찾아 나서며 자신이 직접 최전선의 참상을 목격한 뒤로 그는 온화한 어버이와 같은 마음과 의젓한 형의 마음으로 모든 병사에게 자신이 할 수 있는 도움을 주려고 한다. 그는 3년 동안 수많은 병원과 병영에서 헤아릴 수 없는 병사들을 위문하고 편지를 써주는 등, 일일이 열거할 수 없을 정도의 수많은 도움을 주었다. 특히 그는 북부와 남부를 가리지 않고 그의 손길을 필요로하는 병사라면 언제든 한결같은 태도로 간호하였다. 심한 인종차별의 대상으로 남북전쟁의 발발을 야기한 흑인들에게도 동등한 대우를 하였다. 이런 여러 가지 경우를 통해 볼 때 휘트먼은 일찍이 평등의식을 소유한 선각자였으며, 동시에 자신의 맡은 책임과 의무에 충실한 노블리세 오블리제를 실천하는 인물이었음이 틀림없다. 휘트먼이 병사들을 위해 자신의 모든 역량을 아낌없이 주고 베푸는 광경은 오늘날 그가 미국에서 가장 존경받는 시인으로 평가 받는데 큰 역할을 하였다고 볼 수 있다.

4. 나가는 말

휘트먼과 이순신은 자신들에게 가해진 여러 번의 모함과 오해를 불식시키고 오늘날 세계사에 길이 남는 위대한 인물이 되었다. 이순신은 430년 전 한국이 일본의 침략을 받았을 때 반대파의 모함으로 백의종군과 죽음직전까지 가는 불운을 겪으면서도, 최후까지 수군 최고 지휘관으로서 불굴의 신념과 의지로 나라를 지켜냈다. 오늘날 이순신이 한국인에게 가장 존경받고 사랑받는 위인이 된 것은 그의 한결같은 노블리세 오블리제의 실천 때문이었을 것이다. 그는 패색이 짙은 해전에서 "죽고자 하면 살고 살고자 하면 죽는다(必死卽生 必生卽死)."라는 소신으로 싸움에 나아가 적을 물리쳐 승리하였다.

휘트먼도 그의 시집이 외설스럽다는 많은 적대자들의 끊임없는 편견과 멸시를 받아 공무에서 해직당하기도 했다. 하지만 휘트먼은 시인으로서의 자신의 임무를 결코 포기하지 않았으며, 『풀잎』을 무려 아홉 번이나 개정하면서 시인으로서의 소임을 완수했다. 또한 남북전쟁이 발발하자 스스로 자원간호사로서 국가의 난국에 동참하여 부상병을 치료하고 위문하는 등 나라의 정신적인 지도자인 시인으로서 노블리세 오블리제를 실천하였다. 그리하여 휘트먼은 오늘날 미국인들로부터 가장 존중받고 인정받는 시인으로서 평가되고 있다. 이는 모두 자신의 임무에 충실하였던 두 사람의 공통된 업적으로 오늘날 더 높이 평가되고 있는 것이다.

인류 역사는 수많은 재난과 전쟁의 연속이었다. 특히 전쟁은 명분에 상관없이 시·공을 초월하여 일어나고 있다. 이런 전쟁을 겪으면서 가장 고통을 받는 계층은 결국 일반시민이나 백성들이었다. 그들은 군졸이나 의병으로 참전 또는 동원되어 수많은 희생을 겪었다. 반면 일부 사회지도층은 그들의 특권이나 신분을 이용하여 전쟁을 회피하거나 도주하였다. 그럼에도 여전히 많은 지도층이나 지식인들은 자신들이 누린 명예에 합당한 의무를 기꺼이 이행하면서 리더로서의 역할을 이행한다.

이에 본 연구는 역사상 노블리세 오블리제를 실천하는데 표상이 되었던 충무공 이순신 제독과 미국 시인 월트 휘트먼을 연구의 대상으로 삼았다. 다만 그들을 직접 비교하기보다 각자의 영역에서 기술하고 있다. 두 사람이 시대적인 배경과 공간적인 배경이 다르고 아울러 군인과 시인이었던 점이 직접 비교하기에는 쉽지 않은 일이었기 때문이다. 그럼에도 본 연구는 사회 지도자로서 두 사람이 공통으로 가진 노블리세 오블리제의 정신을 의미 있게 기술하려고 노력했다.

III. 모윤숙의 서사적 전쟁시와 오웬의 사실적 전쟁시 비교

1. 서론

 식민치하에서부터 조국과 민족의 독립과 염원을 담은 시를 발표했던 모윤숙(Youn Sook Moh)은 남북분단 상황에서 반공을 지지하는 선봉에 선다. 모윤숙은 1950년 6·25 전쟁이 발발하자 피난지나 전선에서 겪은 고뇌 찬 경험을 바탕으로 조국애를 나타낸 애국시를 발표한다. 대표적 전쟁 서사시「국군은 죽어서 말한다」("What a Fallen Soldier Says")를 비롯한 대부분의 서사적 전쟁시는 전사하였거나 참전한 퍼소나(persona)를 영웅화 하거나 미화하여 비장함을 느끼게 한다. 1951년 출판한『풍랑』역시 피난의 참상과 승전의식을 고취하는 애국시를 담은 시집이다.

 제1차 세계대전 때의 영국 전쟁시인 윌프레드 오웬(Wilfred Owen)은 "교만의 양"(the Ram of Pride)(*CP* 42)에서 엿볼 수 있듯, 전쟁에 가담한 유럽 각국의 정치지도자들이 정치적 야욕을 버리지 못하고 자식과도 같은 죄 없는 무수한 유럽의 젊은이들을 방어벽과 참호에서 죽게 만든 상황을 신랄하게 비판하거나 풍자하고 있다. 오웬은 처음부터 최전선에서 전쟁의 참상을 목격하게 되고, 거기서 자신의 시적 기교를 형성하게 된다. 그의 시적 의미와 경향이 참담한 전쟁에서 기인하였기에 오웬의 시는 영웅 서사적인 그 어떤 미화나 찬사도 거부하게 된다. 전쟁의 참상을 자기 눈으로 목격하고 체험한 시인으로서 오웬은 진솔한 의무감을 가졌기에 시인으로서 경고에 주안점을 둔다고 서문에서 밝히고 있다(CP 31). 이것은 1918년 그가 다시 참호로 돌아간 주요한 원인이 된다. 그는 전쟁에 대해 어떠한 것도 그려질 수 없으며 어느 연기자도 그것을 연기할 수 없으며, 다만 그것을 묘사하고자 한다면 직접 전선에서 병사들과 함께 하는 일 뿐임을 역설하고 있다(Kerr Vii). 이는 "진정한 시인들은 진실해야만 한다"(CP 31)는 오웬의 주장과 일치하며, 이 말은 시인의 의무는 진실해야만 한다는 것이다. 사람들에게 전쟁에서 겪었던 인간의 가장 인간다움을 사실적으로 자연스럽게 전달해야 한다는 것을 대변하고 있다.

모윤숙은 치열한 역사의식 없이 편리한 애국적 민족주의를 표방하며 시류에 쉽게 편승한 것에 대한 비난을 받기도 하지만, 격변기 민족의 아픔인 6·25 전쟁을 겪으며 강한 어머니와 종군작가로 국민 계몽적인 선상에서 영웅적이면서도 서사적인 전쟁시를 노래한 시인이다. 그녀는 전쟁을 시의 소재로 삼았고, 대동아 전쟁 때에는 참전을 고무하는 시를 썼으며, 70년대 이후에는 분단된 조국의 통일을 염원하는 서사 시집에서 임진왜란과 삼국통일 과정의 전쟁을 소재로 삼았다. 그런 점에서 모윤숙은 초기부터 마지막 서사 시집에 이르기까지 전쟁을 소재로 많은 시를 썼다고 할 수 있다(송영순 「전쟁과 여성의식」 9).

오웬은 시집 서문에서 "자신의 작품은 영웅에 대한 것이 아니며, 영시는 그들에 대해 언급하는 데는 여전히 적합하지 않다."(CP 31)고 하면서, 전투에서 우아한 죽음을 찬미하는 영웅 서사적인 묘사를 단연코 거부한다. 오웬은 죽은 자의 망가짐, 참호 밖에 놓인 시체들, 세상에서 가장 참혹한 광경을 시작품에서는 가장 영광스럽다고 하는 것에 환멸을 느끼게 된다. 그는 국가를 넘어 병사들이 비 영웅적 정치놀음에서 벗어나 모두가 진정한 벗임을 깨닫고, 오히려 국가를 위해 죽은 병사들을 그릇된 애국심의 희생자로 고발하기도 한다. 그는 「이상한 만남」("Strange Meeting")에서 "친구여, 나는 당신이 죽인 바로 그 적군이다(I am the enemy you killed, my friend)"(CP 36)라며 적군과 아군의 거리감보다는 같은 희생자로 결국 화해하는 벗의 모습을 연출한다. 그는 전쟁으로 가려진 애매한 영웅주의를 철저히 배격하고 인간애를 담은 시들을 사실적으로 묘사하고 있다.

이 글은 전쟁이라는 동일한 소재를 사용한 모윤숙과 오웬의 시를 비교 · 분석의 대상으로 한다. 모윤숙의 시가 지니는 서사적 전쟁시와 오웬의 사실적 전쟁시에서 느껴지는 어조와 의미가 어떻게 다른지도 비교한다. 모윤숙의 서사적 전쟁시 「국군은 죽어서 말한다」에서는 영웅적 퍼소나의 비장한 조국애와 승전의식을 확인할 수 있으며, 오웬의 「허망」("Futility") 같은 사실적 전쟁시는 정치 논리에 희생된 수많은 영혼에 대한 참상과 애매한 영웅주의를 서부전선에서 병사들과 죽음을 공유한 주인공 화자의 눈으로 비판하는 시이다. 결국 모윤숙의 영웅적이고 낭만적인 비장함을 나타내는 서사적 전쟁시보다 오웬의 사실적 전쟁시에서 묘사되는 퍼소나에게서 더 강한 연민과 휴머니티를 확인할 수 있을 것이다.

2. 모윤숙의 서사적 전쟁시와 오웬의 사실적 전쟁시

총 12연 89행으로 되어있는 「국군은 죽어서 말한다」에서, 모윤숙은 시의 제목 밑에 "나는 광주 산곡을 헤매다가 문득 혼자 죽어 넘어진 국군을 만났다."라고 쓰고 있다. 또한 시가 끝나는 곳에 "1950년 8월 그믐 광주(廣州) 산곡(山谷)에서"라고 부연하고 있다. 그녀는 전쟁 초기에 피난 대열에 합류하지 못하다가 뒤늦게 서울을 빠져나와 경기도 광주 산골짜기에서 죽어있는 국군 소위의 주검을 보고 영감을 얻어 소나무 가지를 꺾어 땅 위에 시를 적었다. 이 시가 바로 「국군은 죽어서 말한다」이다. 송영순이 인용한 『회상의 창가』(1968)에서 모윤숙은 "소위야 나는 듣노라, 네가 주고 간 마지막 말을! 소위야 어리고 귀여운 소위야, 내가 만약에라도 살아나는 기적이 생기거든 잊지 않고 네게서 지금 들은 말을 그대로 원고지에 옮기어 주마"라고 썼던 시이다(『모윤숙 시 연구』 146 재인용). 이 시는 관찰자인 시적 자아 '나'와 주검의 시적 자아인 '나'의 관계가 현실의 공간성과 추상성으로 나누어진다. 즉 1~2연과 11~12연은 관찰자 시점인 1인칭 서술이며, 3~10연은 죽은 소위의 시점인 1인칭 독백의 서술이다. 그러므로 나레이터는 국군의 죽음을 지켜본 시적 자아인 시인으로서 여성 화자라면, 유언을 남기는 소위는 남성 화자로 어조가 달라진다(「서사지향성 연구」 44-46).

산 옆 외딴 골짜기에
혼자 누워 있는 국군을 본다.
아무 말, 아무 움직임 없이
하늘을 향해 눈을 감은 국군을 본다.

누런 유니포옴 햇빛에 반짝이는 어깨의 표지
그대는 자랑스런 대한민국의 소위였구나
가슴에선 아직도 더운 피가 뿜어 나온다
장미 냄새보다 더 짙은 피의 향기여!
엎드려 그 젊은 죽음을 통곡하며
듣노라! 그대가 주고 간 마지막 말을……

나는 죽었노라 스물다섯 젊은 나이에
대한민국의 아들로 숨을 마치었노라
질식하는 구름과 원수가 밀어오는 조국의 산맥을 지키다가
드디어 숨지었노라.

원수와 싸우기에 한번도 비겁하지 않았노라
그보다도 내 핏속엔 더 강한 대한의 혼이 소리쳐
달리었노라 산과 골짜기, 무덤과 가시숲을
이순신같이 나폴레옹같이 시이저같이
조국의 위험을 막기 위해 밤낮으로 앞으로 앞으로
진격! 진격! (모윤숙 63－64)

In a solitary mountain valley
I see a lone soldier lying,
wordless, motionless,
his eyes closed skyward.

In khaki uniform, ensigns sunlit on the shoulders,
he is the pride of the Republic of Korea, second lieutenant.
Blood is still gushing out of his heart;
it smells more pungent than roses!
I lean over him to lament his youthful death

and listen to what he has last to say.....

I have died! young at the age of five and twenty,
gone as a son of the Republic of Korea.
I have fallen in a brave fight to defend the mountains of
country against the enemy invading like stormy clouds.

I have never been a coward before the enemy.
Oh, no. At the call of a great inner voice in me
I dashed over mountains and valleys,
thorny bushes and mounds of the dead.
Like Admiral Yi Sun−shin, like Napoleon, like Caesar,
I advanced day and night to save the nation from disaster,
attack! attack! (*RE* 269−270)

「국군은 죽어서 말한다」는 우선 역설적인 제목에서 강한 메시지를
읽을 수 있다. 죽은 사람은 말할 수가 없는데도 마치 유언을 하는듯한
퍼소나를 통해 오히려 경건함 또는 조국애 같은 것이 느껴진다. 또한
고대 서사시에서 볼 수 있는 비전의 시 형식을 취하고 있다. "왔노라,
보았노라, 이겼노라" 같은 서사적인 분위기로 "나는 보았노라"처럼
모윤숙도 "나는 듣노라!/ 나는 숨지었노라./ 비겁하지 않았노라./ 뻗어
가고 싶었노라."라고 한다. 그리고 "이순신같이, 나폴레옹같이 시이
저같이 . . . 앞으로 앞으로 진격! 진격!" 이라는 어조는 전형적인 서사
시의 유형이다. 이런 어조는 시의 정수라고 할 수 있는 고도의 압축이
나 상징과 은유의 모습보다는 풍부한 상상, 강렬한 느낌 등을 유발하
여 애국심을 발동케 한다. 이는 남북전쟁 초기 휘트먼의 시작 태도와

흡사하다. 휘트먼은 개전 후 1년 동안 전쟁의 당위성과 참전을 독려하는(조규택 235) 자신의 시에서 영웅 서사적 입장을 고수한다. 남북전쟁을 정치적인 신념에서 자신이 지지한 링컨의 민주주의적 이상을 실현하는 수단으로 생각했던 휘트먼은 오히려 민주주의라는 이름으로 전쟁을 환영하기도 했다. 그는 「오 먼저 서곡을 위한 노래」("First O Song for A Prelude")같은 시에서 전쟁에 대한 열렬한 환영의 인사로 시작하고 있다(Windham 76).

> 전쟁! 무장한 후손들이 전진하고 있다! 기꺼이 전투에 임하고,
> 　　후퇴란 없다;
> 전쟁! 그것이 몇 주, 몇 달, 또는 몇 년이 되던, 무장한 후손들이 기꺼이
> 　　전장으로 나아간다.
> 맨하탄 하나의―행진―그리고 오, 그것을 제대로 노래하리라!
> 그것은 오, 병영에서 하나의 남자다운 삶을 위하여.

> War! an arm'd race is advancing! the welcome for battle, no turning
> 　　away;
> War! be it weeks, months, or years, an arm'd race is advancing to
> 　　welcome it.
> Mannahtta a―march ― and it's O to sing it well!
> It's O for a manly life in the camp. (*LG* 281―2)

위에 인용한 휘트먼의 남북전쟁 초기 시의 "전쟁! 무장한 후손들이 전진하고 있다! / 후퇴란 없다 / 제대로 노래하리라! / 행진" 같은 어조는 강렬한 느낌을 유발하여 애국심을 발동케 한다는 의미에서 모윤숙의 "앞으로 앞으로 진격! 진격!" 이라는 분위기와 거의 같은 느낌이다.

오직 전투에 임하는 출정과 행진, 남성다움의 강한 승리만을 바랄 뿐이다. 이런 관점은 오웬의 사실적인 시에서 느껴지는 어조와는 달리 매우 격정적이다. 아마도 시인으로서 모윤숙은 민중계몽에 대한 강한 책무를 갖고 있었기 때문일 것이다. 하지만 죽음에 직면한 참전 군인들의 입장에서 본다면, 아이러닉하게도 죽음을 선동하는 것 같은 비현실적인 전쟁 독려시라는 인상을 준다. 모윤숙의 이런 태도는 시종 그녀의 시작에 근간을 이루고 있다. 모윤숙의 이런 대중 계몽에 대한 신념은 일찍이 춘원 이광수의 영향에서 비롯되었다. 춘원은 모윤숙의 시를 읽고 칭찬과 함께 "시인은 민중의 선생이요 지도자여야 한다"는 견해를 밝힌다. 이에 모윤숙은 작가는 민족의 지도자나 사도와 같아야 한다고 인식하게 된다. 이광수는 모윤숙의 서사시를 태동하게 한 근원적인 역할을 하게 되는데 다음의 인용은 그 좋은 예가 될 수 있다. "인류라든지 사회를 향상하게 할 작품을 써야 하지 않아요. 그러라면 먼저 작가의 교양 정도가 높아야 하지 않아요. 작가의 성격이 선화하고 미화하기 전에야 어찌 대중의 양심을 움직일 작품이 나올 수 있을까요"(「전쟁과 여성의식」 12 재인용).

모윤숙은 격정적인 어조로 "조국이여! 동포여! 내 사랑하는 소녀여!"라는 돈호법을 쓰고 있고, 종결형 어미에서 "—노라"형으로 영탄법을 쓰고 있다. 오웬도 이와 유사한 형식을 로마 시인 호라티우스(Horace)의 송시(Ode)에서 빌려와 자신의 시 「달콤하고도 합당하도다」("Dulce Et Decorum Est")에 적용하고 있다. 이를 영어로 옮기면 "조국을 위해 죽는 것은 달콤하고도 합당 하도다(It is sweet and fitting to die for the fatherland)"가 되며 군인의 순국을 찬양하고 있다(Brooks and Warren 129). 다만 모윤숙의 시적 분위기가 당부하고 호소하는 목소리로 경건한 분위기를 유지하는데 반해, 오웬의 시는 낭만적 애국시 또는 영웅시의 허위를 날카롭게 비판하는 일종의 인지의 차원이 된다. 이 경우 시는 막연히 상상의 산물이라고 하기 어렵다. 오웬은 독가스에 속이 썩어 죽어가는 병사를 보면서 결코 "달콤하고도 합당하도다"란 억지소리를 할 수 없다. 죽어가는 병사들의 모습에서 악마의 죄지은 얼굴을 떠올리게 하는 고통을 보면서 용감히 조국을 위해 죽었다는 오래된 거짓을 정당화할 수만은 없는 것이다.

> 내 모든 꿈에서, 어쩔 도리 없이 바라보는 눈앞에서,
> 그는 토하며, 질식하며, 혼절하며 내게로 비틀거리며 다가온다.
> 친구여, 그대는 차마 그렇게 신바람 나서 말하진 못할 걸세
> 모종의 절망적인 영광을 열망하는 아이들에게,
> 그 오래된 거짓말을: 조국을 위해 죽는 것은
> 달콤하고도 합당하도다.

> In all my dreams, before my helpless sight,
> He plunges at me, guttering, choking, drowning.
> My friend, you would not tell with such high zest
> To children ardent for some desperate glory,
> The old Lie: Dulce et decorum est
> Pro patria mori. (*WO* 24)

인용 시 앞부분의 내용을 먼저 언급하면 다음과 같다. 영국군의 한 분견대가 최전선의 참호에서 다소 떨어진 후방의 캠프로 이동하는 도중에 포탄이 끊임없이 쏟아진다. 그런데 갑자기 독일군의 독가스 공격으로 삽시간에 아수라장이 된 분견대 행렬에서(Brooks and Warren

129) 미처 방독면을 쓰지 못한 병사에 대해 소대장 오웬은 어떻게 손을 쓸 수 없다. 시인은 꿈속에서조차 독가스로 죽어간 병사의 모습을 떠올리게 된다. "토하며, 질식하며, 혼절해가며 내게로 비틀거리며 다가온다"는 오웬의 표현을 통해 그의 동료 전우에 대한 사랑과 안타까움이 오롯이 연민으로 승화되고 있음을 알 수 있다.

비록 문선영이 "모윤숙의『풍랑』은 전쟁의 상황을 구체화하기도 하지만, 무엇보다 시적 화자의 서정적 어조로써 전쟁을 내면화 하는 데 바쳐져 있다.『풍랑』이 각별한 이유는 전쟁기 체험을 다양한 방식으로 형상화한 데 있다.『풍랑』의「서문」에서 서사적인 입장보다는 한 사람의 시인으로서 가지는 고통과 서정성과 시인의 창조적 자아를 조화롭게 나타내고 있다."(「내면의식 연구」244)라며 긍정적으로 평하지만, 모윤숙의 애국적 서사시「국군은 죽어서 말한다」는 생경한 장면 묘사나 적과 동지가 분명한 이분법적 사고에 기인한 반공사상에 골몰한 것처럼 철저히 관찰자 또는 서술자로서의 입장을 고수하는 시이다. 그녀는「국군은 죽어서 말한다」에서의 여성 화자와 유사한 강한 여성과 강한 어머니의 모습의 시를 연이어 발표한다.「국군은 죽어서 말한다」가 대한민국의 아들이란 제3 자의 주검을 통해 애국심을 고취하였다면, 아들이 적을 쳐부수고 무사히 돌아오도록 기원하는「어머니의 기도」("Mother's Prayer")는 아직은 살아 있는 아들을 통해 나라에 충성하고 조국애를 염원하고 발현시키는 강한 어머니상을 보이고 있다. 이런 모윤숙의 전쟁시는 많은 부분 "나라를 위하여 죽는 것은 달콤하고도 합당하도다"같은 호머의 서사적인 시적 톤에 가깝다. 고대 서사시에서나 느낄 수 있는 관찰자나 서술자의 입장에서 여전히 모윤숙의 시는 머물고 있는 것이다. 이는 그녀의 애국시가 서사

적이거나 서사 지향성을 다분히 갖고 있기 때문이다. 어떤 어머니인
들 진정 자신의 아들이 생사를 장담할 수 없는 전쟁터에 나가는 상황
에서 이렇게 초연할 수 있을까. 「어머니의 기도」는 1950년 포항지구
에서 어느 학도병의 수첩에 적힌 "상추쌈과 이가 시리도록 차가운 냉
수를 한없이 들이켜고 싶습니다. 어머니가 빨아준 백옥 같은 내복을
다시 입을 수 있다면…. 아! 놈들이 다가오고 있습니다. 다시 또 쓰겠
습니다."[8]며 서둘러 맺은 메모를 읽으면서는 쉽게 공감이 일어나지
않는다. 모윤숙의 「어머니의 기도」는 여전히 남북전쟁 초기 휘트먼
의 전쟁 독려시의 행태를 벗어나지 못하고 있음을 이해할 수 있다. 나
아가 그녀의 서사시적 어조는 전쟁의 소용돌이에서 오히려 좀 더 확
고해지고 있다.

노을이 잔물지는 나뭇가지에
어린 새가 엄마 찾아 날아들면
어머니는 매무새를 단정히 하고
산 위 조그만 교회 안에 촛불을 켠다

적은 바람이 성서를 날리고
그리로 들리는
멀리서 오는 병사의 발자욱 소리들!
아들은 어느 산맥을 지금 넘나보다

---

8) 1950년 8월 경북 포항지구에서 학도병전사자 47명 중, 한 명의 피에 젖은 수첩에서
발견한 것이다. 한국전쟁 중 16~18세의 꽃다운 청춘들이 5만이나 직접 전투에 참
가해 7,000명이나 전사했다. 박종화는 「전몰학도병에」라는 비가에서 "붉은 마귀들!
평화로운 이 강산을 침범했을 때 / 씩씩하고 어린 학도 의용대! / 부르지 않았건만 모
여 들었네 / 찬란하다 내 나라 소년의 의기 / 서릿빛 무지개 되어 이 땅 청산마다 길
이 꽂혔네"(2007년 4월 26일 조선일보 「만물상」)라고 쓰고 있다.

쌓인 눈길을 헤엄쳐
폭풍의 채찍을 맞으며
적의 땅에 달리고 있나보다
애달픈 어머니의 뜨거운 눈엔
피 흘리는 아들의 십자가가 보인다

주여!
이기고 돌아오게 하옵소서
이기고 돌아오게 하옵소서.

Little birds wing nestward;
trees spangle in the evening glow.
Carefully adjusting her dress
mother lights a candle in the hilltop church.

Pages of the Bible flutter in the breeze.
Footsteps of soldier sound far out.
Is it her own son passing a ridge
braving the snowdrifts?
In the thick of the raging storms
he might be charing into the enemy territory
In her vision wet with hot tears
her son comes out, bleeding.

Lord!
bring him back in victory,
bring him back in victory. (*RE* 361−2)

16행으로 구성되어있는 이 시는 전선에 보낸 아들의 무사함을 기도하는 시이다. 개인적인 정으로 인한 어머니의 사랑보다 더 높은, 나라를 위한 애국심을 그리고 있다. 죽음을 각오하고 전쟁터에 나간 아들의 모습과 그 모습을 지키기 위하여 간절한 기도를 올리는 어머니의 사랑이 이중적으로 겹치어 조국에 대한 사랑을 깊이 있게 그려 놓고 있다(『모윤숙의 시세계』 148-9). 이 시는 「국군은 죽어서 말한다」에서 보다는 좀 더 자애로운 어머니의 모습으로 조국애를 표현하고 있다. 그러므로 이 시의 주제는 자식의 안전을 염려하는 모성애와 기도로 압축할 수 있다. 아들이 살아서 돌아올 수 있게 간절히 기도하며, 이는 결국 조국이 승리하기를 바라는 강한 여성과 강한 어머니의 염원이 된다. 이런 어머니는 전선의 아들이 종국에는 희생의 존재로 죽을 수 있다는 것을 기꺼이 받아들이겠다는 대국적 조국애로서 서사시의 전형을 잘 따르고 있다. 이런 모윤숙의 서사적 분위기는 『풍랑』전체에 농후하다고 할 수 있다.

모윤숙의 서사시적 분위기는 오웬이 한 스코틀랜드 병사의 죽음을 목격하며 1917년이 저물어 갈 무렵 어머니에게 보낸 편지의 내용과 대조를 이룬다. "에따쁠(E'taples)에서는 절망도 공포도 아닌 공포 이상의 무시무시함이 있습니다. 마치 죽은 토끼의 모습과도 같습니다. 그것은 어떤 그림으로도, 어떤 연극으로도 그려낼 수 없는 것으로 유일한 한 가지 묘사 방법은 전선으로 가서 그곳의 참가자들과 함께하는 일뿐입니다."(Kerr vii) 이런 오웬의 심리상태는 자신이 전쟁에서 살아남을 수 있을지에 의문을 제기하면서, 이후 「죽을 젊은이들을 위한 성가」("Anthem For Doomed Youth")라는 시에서 "소 떼처럼 죽어가는 이들(these who die as cattle)"(l. 1)로 구체적으로 묘사된다. 최전선에서 본인의 목격을 통해 오웬은 사자(死者)에 대한 처절한 전우애를 간직하는데 「이상한 만남」에서 이런 전우애는 마침내 극적으로 일어난다. 죽음을 통해 아군과 적군이었던 두 화자는 하나가 된다. 역설적으로 죽임을 당한 것 까지도 용서를 할 수 있는 화해의 순간을 "친구여, 나는 네가 죽였던 바로 그 적군이오. 이제 같이 잠이나 잡시다.(I am the enemy you killed, my friend. Let us sleep now)"(l. 40)라며 승화시키고 있다. 여기서 조국애와 승리, 그리고 이기고 돌아오라는 서사시적 분위기는 그 어디에서도 찾아볼 수 없다. 오직 두려움과 공포와 연민만이 존재할 뿐이다.

전쟁의 연민, 전쟁이 짜내는 진실한 연민을.
이제 사람들은 우리가 망친 것을 가지고 만족하든가,
아니면, 불만스러워 피가 끓어올라 쏟아지리라.

친구여, 나는 당신이 죽인 바로 그 적군이오.
어둠 속에서 당신을 알아보았지: 어제 날
찔러 죽일 때 그렇게 낯을 찌푸렸었소.
난 피했지만 내 두 손은 귀찮고 싫어져 얼어붙었소.
이제 같이 잠이나 잡시다. . . . .

The pity of war, the pity war distilled.
Now men will go content with what we spoiled,
Or, discontent, boil bloody, and be spilled.

I am the enemy you killed, my friend.
I knew you in this dark: for so you frowned
Yesterday through me as you jabbed and killed.

I parried; but my hands were loath and cold.

Let us sleep now. . . . .(WO 74-5)

오웬의 또 다른 사실적인 전쟁시 「노인과 젊은이의 우화」("The Parable of the Old Man and the Young")를 통해 전쟁의 두려움과 공포에 대한 구체적인 풍자와 알레고리를 이해할 수 있다. 전쟁터에 본인이 직접 참전한 당사자 아들로서 그리고 주인공 화자로서 오웬의 목소리는 모윤숙의 서사시에 나타난 관찰자나 서술자로서 전쟁을 인식하였던 어머니와는 사뭇 다르다. 당사자 아들로서의 1인칭 주인공 퍼소나 오웬은 비인간적인 전쟁의 비정함에서 오는 추악함과 그릇된 조국애와 같은 것이 얼마나 허황한 것인지를 폭로하고 있다.

그래서 에이브람은 일어나서, 장작을 쪼개고는 갔다,

불씨를 갖고 갔다, 그리고 칼도,

그들이 함께 있게 되었을 때,

장자인 이삭은 말했다, 아버님,

준비물들을 보세요, 불과 쇠판을,

하지만 번제에 쓸 양은 어디 있습니까?

그러자 에이브람은 젊은이들을 혁대와 탄띠로 묶어 버렸다,

그리고는 거기다 차폐벽과 참호를 만들었다.

그리고 자기 아들을 살해하려고 칼을 뻗쳐 들었다.

그때 보라! 하늘로부터 천사가 그를 불렀다,

말하길, 그 애를 향해 너의 손으로 내려 찌르지 말라,

그에게 어떤 일도 하지 말아라. 보아라,

산양 한 마리가, 덤불숲에 자기 뿔이 묶여 잡혀 있으니;

그 대신에 그 교만의 양을 제물로 바치라.

그러나 노인은 그렇게 하지 않으려 했고, 아들을 살해하고는,

유럽인구의 절반을 살해해 버렸다, 하나씩 하나씩.

So Abram rose, and clave the wood, and went,
And took the fire with him, and a knife.
And as they sojourned both of them together,
Isaac the first－born spake and said, My Father,
Behold the preparations, fire and iron,
But where the lamb for this burnt offering?
Then Abram bound the youth with belts and straps,
And builded parapets and trenches there,
And stretched forth the knife to slay his son.
When lo! an angel called him out of heaven,
Saying, Lay not thy hand upon the lad,
Neither do anything to him. Behold,
A ram, caught in a thicket by its horns;
Offer the Ram of Pride instead of him.
But the old man would not so, but slew his son,
And half the seed of Europe, one by one. (*WO* 15)

이 시는 우리가 알고 있는 구약성서의 에이브람(Abraham)과 이삭
(Isaac)의 이야기를 바탕으로 한 패러디(parody)이며 알레고리(allegory)
라고 할 수 있다. 그런데 이 시에서는 성경 속에서의 내용과 다르게 노
인이 된 에이브람이 자식을 혁대와 탄띠(belts and straps)로 묶어서 죽
이고 유럽 인구의 절반을 죽이게 된다. 로빈스(Robbins)에 따르면
1916년 7월 1일 솜(Somme) 전투의 첫날에 2만 이상의 영국군이 전사
하였고, 4만 이상의 병사들이 부상을 당했다(56). 제1차 대전의 공식
적인 종전 직전 영국군은 419,654명의 사상자수를 기록하고 있다

(Keegan 280). 그러니까 제1차 세계대전 때의 전쟁 시인인 오웬은 교만의 양(the Ram of Pride)으로 암시되고 있는 전쟁에 가담한 유럽 각국의 정치지도자들이 정치적 야욕을 버리지 못하고, 자식과도 같은 죄 없는 무수한 유럽의 젊은이들을 차폐벽(parapets)과 참호(trenches)에서 죽게 만든 상황9)을 신랄하게 풍자하고 있다.

여기서 주의할 점은 오웬이 쓰고 있는 시어와 표현들이다. 나무를 쪼갠다는 의미로 쓴 "clave"나 말한다는 의미의 "spake"와 같은 어휘들을 포함하여, "they sojourned both of them together"와 같은 표현들은 모두가 그가 살던 그 시대의 표현이 아니다. 인용한 성서의 내용에 현실감을 주기 위해서 시의 배경이 되고 있는 성경의 시대를 연상시켜 줄 수 있는 시어의 선택이 그에게는 필요했던 것이다. 18세기 이후부터는 목재를 팰 때, "clave"라는 어휘보다는 "split"이라는 말을 써 왔다. 또한 전쟁과 관련이 있는 "parapets"나 "trenches"같은 어휘들이 쓰이고 있는 기능과 "the old man"과 "the Ram of Pride"와 같은 어구의 의미는 이 시에서 대단히 중요한 구실을 하고 있다. 이 시에서는 표면적 의미보다는 함축적인 이면적 의미가 더 중요하다. 따라서 사전적 의미인 외연보다는 상징적이고 암시적 의미인 내포가 시의 의미를 결정한다(최영승 69). 이런 어휘와 시어들은 오웬이 의도적으로 전쟁의 사실성을 강조하기 위해 자신이 처한 상황을 1인칭 주인공 화자로서 사실적으로 묘사한 다음의 시와 맥을 같이 하고 있다.

> 그처럼 건장하게 자란, 완전한―감각―아직도 따스한―
> 팔다리와 허리가 너무나 굳어 움직일 수 없는가?

---

9) 오웬은 1917년 4월 프랑스 Ypres Salient에서 공격에 가담했다. 겨우 7000 야드를 진격하면서 16만의 영국군이 5일 이내에 전사 또는 부상을 입었다(Fussell 14).

이 꼴이 되려고 흙덩이는 크게 자랐는가?
— 오 얼빠진 햇빛으로 하여금 대지의 잠을
도대체 깨우려 한 것은 무엇이었는가?

Are limbs, so dear—achieved, are sides,
Full—nerved—still warm—too hard to stir?
Was it for this the clay grew tall?
—O what made fatuous sunbeams toil
To break earth's sleep at all? (*WO* 31)

위의 인용은 「허망」("Futility")이라는 시의 두 번째 연의 끝부분이다. 제목이 시사하듯, 이 시는 전투를 치른 다음의 처참한 형상을 통해 전쟁의 허무함과 무익함에서 전쟁의 얼빠진 모습을 강하게 느끼게 한다. "그처럼 힘겹게 자란, 완전한—감각—아직도 따스한— / 팔다리와 허리가 너무나 굳어 움직일 수 없는가?"라는 시행들은 모윤숙의 「국군은 죽어서 말한다」에서 "아무 말, 아무 움직임 없이 / 하늘을 향해 눈을 감은 국군을 본다"라는 시행들과 유사한 느낌을 갖게 하면서도 좀 더 사실적으로 표현하고 있다. "허망"이라는 제목이 암시하듯 인간의 신체와 존엄에 대한 기대감보다는 처절한 주검을 있는 그대로 묘사하고 있다. 인간의 인간에 대한 안타까움과 고통을 감내하기가 어려운 부분을 실감 나고도 솔직하게 고백하고 있다. 오웬은 흙으로 인간을 만들었다는 기독교적인 배경을 받아들이지만, 생명이 이렇게도 허무하게 진흙으로 돌아가야 한다는 것을 순순히 받아들이려 하지 않는다. 전쟁으로 인해 너무도 쉽게 진흙으로 환원되는 전우의 허망한 죽음을 통해 오웬은 인간에 대한 비애를 강하게 가지지 않을 수 없었다.

오웬의 거듭되는 사실주의적 전쟁시와는 달리 모윤숙은 서사적 특성을 살려 비록 비참한 주검일지라도 가능한 우회적으로 순화하여 표현하고 있다. 참혹한 느낌보다는 죽은 자의 거룩한 행적을 낭만적 애국주의로 승화하여 영웅적 모습으로 묘사하는 것이다. 다시 그녀의 서사적 전쟁시「국군은 죽어서 말한다」를 통하여 이와 같은 애국적 서사시의 특성을 이해할 수 있다.「국군은 죽어서 말한다」는 조국과 동포의 행복을 위해 '내'가 기꺼이 희생한다는 대승적 자아와 승리가 작품의 주제가 된다. 따라서 조국이 위급한 때에, 생명을 초개같이 여기고 국가를 위하여 용감히 싸우다 죽은 한 국군의 말을 통하여 가장 실감 있고 감동력이 넘치는 시편을 이루고 있다. 한 국군 소위의 죽음을 목격하고 그가 동포와 국군에게 남기는 당부의 말을 시인이 듣는 형식을 취함으로써 감동과 설득의 효과를 높인다. 이는 전쟁 의욕 고취와 적개심 유발을 통하여 승전의식을 고양하려는 적극적인 참여의식을 표출하는 서사시의 전형이다. 한 국군이 숨을 거두면서 남기는 당부의 말을 시로 승화시킨 이 부분은 처연함과 함께 조국애의 아픔이 진하게 느껴진다. 따라서 감동적이고 애국적인 국군의 주검과 그가 남긴 유언을 통해 묘사하고 있는 이 시는 모윤숙의 대표적인 서사시이다.

나는 자랑스런 내 어머니 조국을 위해 싸웠고
내 조국을 위해 또한 영광스레 숨지었노니
여기 내 몸 누운 곳 이름 모를 골짜기에
밤이슬 내리는 풀숲에 아무도 모르게 우는
나이팅게일의 영원한 짝이 되었노라.

바람이여! 저 이름 모를 새들이여!
그대들이 지나는 어느 길 위에서나
고생하는 내 나라의 동포를 만나거든
부디 일러다오, 나를 위해 울지 말고 조국을 위해 울어 달라고
저 가볍게 나는 봄 나라 새여
내 사랑하는 소녀를 만나거든
나를 그리워 울지 말고 거룩한 조국을 위해
울어 달라 일러다오

조국이여! 동포여! 내 사랑하는 소녀여!
나는 그대들의 행복을 위해 간다
내가 못 이룬 소원 물리치지 못한 원수
나를 위해 내 청춘을 위해 물리쳐다오. (모윤숙 65-6)

I fought with pride for the country dear as my mother
and died a honorable death for the nation.
Fallen dead in this obscure valley,
I shall keep an eternal company with those nightingales
that weep in the dew—laden grass at night.

O wind! You nameless birds!
When you meet my poor countrymen,
give these words of mine that I ask them
to weep not for me but for the fatherland.
Birds, winging freely from the spring land,
when you meet my beloved girl by any chance
go and tell her to weep not over my death
but for the glory of the motherland.

O my country, my countrymen, my sweet girl!

I go now for your happiness,

leaving you with my wishes unfulfilled,

Defeat the enemy once and for all and

comfort my spirit and make up for my lost youth. (*RE* 271−2)

앞에서도 언급한 바 있지만, 모윤숙은 전쟁을 피해 경기도 광주로 피신하였다가 골짜기 어느 곳에서 혼자 죽어 누운 국군 소위를 목격하고 자신과 죽은 소위를 화자로 하여, 조국을 위해 죽고 죽어서도 행복할 조국만을 기다리는 자 즉, 관념적인 조국애를 폭포수 쏟듯 거듭 설명하며 감정을 억제하지 못하고 있다(황재군 310). "나는 자랑스런 내 어머니 조국을 위해 싸웠고 / 내 조국을 위해 또한 영광스레 숨지었노니" 같은 표현은 황재군의 지적처럼 조국애에 대한 죽은 화자의 억제하지 못한 감정을 잘 나타내고 있다. 동시에 '조국', '영광', '숨지었노니'를 비롯하여 '되었노라'와 같은 영탄적인 어휘 또한 서사적인 느낌을 잘 보여주고 있다. 계속되는 "−이여!"와 같은 돈호법과 "내 나라의 동포를 만나거든 / 나를 위해 울지 말고 조국을 위해 울어 달라고"하는 시행들에서 주검의 시적 자아인 '나'의 조국에 대한 비장함은 곧바로 서사시 주인공의 전형으로 승화된다. 그러므로 이 시는 그녀가 초기시에서 보여주었던 정열과 낭만의 열정이 시적 성숙을 이루면서 성공한 애국시라고 할 수 있다(『모윤숙 시 연구』 64). 특히 「국군은 죽어서 말한다」는 모윤숙의 낭만주의와 애국주의가 완전하게 융합을 이룬 가장 모윤숙적인 작품으로, 낭만적 애국주의의 한 절정이라고 할 수 있다. 즉 한 전몰 용사의 주검을 통해서 불타는 듯한 시인의 애국심을 매우 감동적으로 표출하고 있다. 이런 경향의 시는 특히 "서사적·장편적이어서"(황재군 303) 모윤숙의 서사시를 이해하는 데 도움이 된다.

3. 결론

모윤숙은 일찍이 조국의 독립과 민족 긍지를 부르짖는 계몽시를 발표한 시인이지만, 자신의 일관되지 못한 역사의식으로 비난을 받기도 하였다. 그녀는 격변기 민족의 아픔인 6·25 전쟁을 겪으며 강한 어머니와 종군작가로서 영웅적이면서도 서사적인 전쟁시를 노래한 시인이다. 모윤숙은 전쟁을 시의 소재로 삼아 초기부터 마지막 서사 시집에 이르기까지 많은 전쟁시를 썼다. 「국군은 죽어서 말한다」는 총 12연으로 중년기에 이른 모윤숙의 대표작으로 꼽을 만큼 시적 완성도를 보여주는 작품이다. 함축미와 상징 등은 부족하지만 서사적인 어조와 사실적인 상상력을 발휘하여 쓴 가장 모윤숙다운 면모를 보여준 시이다. 이는 그녀가 초기시에서 보여주었던 정열과 낭만의 열정이 시적 성숙을 이루면서 성공한 애국시로 태동하게 된 경우이다. 「국군은 죽어서 말한다」는 6·25 전란으로 조국이 초토화되었던 격변의 혼란과 아픔을 배경으로 하고 있다. 이 시는 모윤숙의 낭만주의와 애국주의가 완전하게 융합을 이룬 작품으로 낭만적 애국주의의 한 절정이라고 할 수 있다. 즉 한 전몰 용사의 주검을 통해서 모윤숙은 그 화자를 영웅화하거나 미화하여 고대 서사시의 주인공처럼 장중하게 표출하고 있다.

이와 달리, 처음부터 전선에서 전쟁의 참상을 뼈저리게 체험·목격하고 인지했던 영국의 전쟁 시인 오웬은 자신의 의무인 전쟁에 대한 경고와 무익성을 끊임없이 고발하고 피력한다. 오웬은 가스에 노출되어 허우적대며 죽어가는 한 병사의 모습을 영상보다 더욱 사실적으로 묘사하고 있는 「달콤하고도 합당하도다」("Dulce Et Decorum Est")를 비롯하여, 「허망」("Futility")과 「노인과 젊은이의 우화」("The Parable of the Old Man and the Young") 같은 전쟁시에서 처참한 모습을 사실적으로 묘사한다. 즉, 전쟁의 부당함과 잔인함과 비인간적인 모습을 여과없이 일관되게 외친다. 그는 전쟁영웅이 얼마나 허울뿐인 가식에 바탕을 둔 비인간적이고 정치적인 놀음인지를 제1차 세계대전의 서부전선에서 뼈저리게 인식한다. 오웬의 전쟁시는 그가 전사 직전까지 전선에서 겪은 것을 토대로 작성한 시로 매우 사실적으로 묘사되고 있다. 그는 낭만적인 전쟁의 영웅담이 아닌 전쟁의 참혹한 실상을 사실적으로 묘사한다. 즉 오웬의 전쟁은 처절한 자기 자신의 발견이며 인간이 갖고 있는 두려움을 제대로 대변하고 있다. 그는 가장 참혹한 광경을 시작품에서는 가장 영광스럽다고 하는 것에 환멸을 느끼게 된다. 전쟁은 그의 모든 우수한 시들의 주제이며 시인으로서 오웬의 미래는 전쟁에서 살아남는 것이었지만(CP 23), 그는 1918년 11월 4일 종전 일주일을 남겨두고 중대장으로서 삼버 운하(Sambre Canal) 도강 작전을 지휘하다 적의 기관총 공격을 받고 25세의 젊은 나이로 전사한다.

모윤숙의 서사시 「국군은 죽어서 말한다」는 죽은 한 국군 소위가 동포와 국군에게 남기는 당부의 말을 시인이 듣는 형식을 취함으로써 감동과 설득의 효과를 높이는 데 기여하고 있다. 이와 같은 시작법은 전쟁 의욕 고취와 적개심 유발을 통하여 승전의식을 고양하려는 적극적인 참여의식을 표출하는 서사시의 전형이다. 「국군은 죽어서 말한다」는 선동하여 전쟁 의식을 고취 시키는 남북전쟁 초기의 휘트먼의 시와 호머의 고대 영웅서사시의 형식을 취하고 있다. 이런 전쟁시는 화자가 직접 전쟁의 현장에서 전투를 경험하거나 체험하지 않았기에 가능하다고 할 수 있다. 이처럼 서사적인 어조로 전쟁영웅을 묘사한다는 점은 정치 논리에 희생된 많은 영혼에 대한 참상을 비판하는 오웬의 사실적 전쟁의 묘사나 접근과는 큰 대조를 보인다. 즉 오웬처럼 1인칭 주인공 화자로서 전쟁의 참혹함을 직접 목격하였고, 그 참상을 경험한 참전 시인의 사실적인 연민 같은 것을 느끼게 하지는 못한다.

결국 오웬의 사실적 전쟁시와 모윤숙의 서사적 전쟁 영웅시를 비교할 때, 오웬의 전쟁시가 인간 본질에 근거한 휴머니티를 더욱더 강하게 표출하고 있음을 확인할 수 있다.

인용문헌

김태훈.『이순신의 두 얼굴』. 서울: 창해, 2004.

모윤숙.『국군은 죽어서 말한다』. 서울: 중앙출판공사, 1983.

문갑식.「만물상」『조선일보』, 2007. 4. 26. 서울. 2007.

송영순.『모윤숙 시 연구』. 서울: 국학자료원. 1997.

_____.『모윤숙의 서사지향성 연구』. 서울: 푸른 사상사. 2005.

_____.「모윤숙의 시에 나타난 전쟁과 여성의식」.『한국여성문학학회』. 2003,
　　　　7-31.

_____.「1950년대 전쟁기시의 내면의식 연구-모윤숙의『풍랑』을 대상으로
　　　　-」.『한국문학논총』제35집. 2003, 229-248.

유성룡.『징비록』. 김흥식 옮김, 서울: 서해문집, 2003.

이민웅.『임진왜란 해전사』. 서울: 청어람미디어, 2004.

이순신.『난중일기』. 송찬섭 옮김, 서울: 서해문집, 2004.

이상섭.「윌프레드 오웬: 연민의 시」.『현대 영미시 연구』. 김종길 편. 서울: 민
　　　　음사, 1986, 105-129.

조규택.「휘트먼의『북소리』-이타적 자아 이미지-」.『북소리』. 조규택 역.
　　　　서울: 학문사, 2005, 254-283.

_____.「휘트먼과 이순신: 노블리세 오블리제의 실천」.『동서비교문학저널』
　　　　제13호, 2005, 219-240.

조성도.『충무공 이순신』. 서울: 한국자유교육협회, 1973.

최영승.『영미시의 이해』. 서울: 한신문화사, 1998.

황재군.「모윤숙 시 연구」.『국어교육』(59/60). 1987, 283-317.

휘트먼, 월트.『북소리』. 조규택 옮김, 서울: 학문사, 2005.

Kwon, Eui moo, ed. *Understanding American Poetry*. Daegu: Taeil Publishing Co. 2000.

Bazalgette, Leon. "Hymns of the War and of Lincoln." *Walt Whitman: The Man And His Work*. Translated from the French by Ellen FitzGerald. New York: Cooper Square Publishers, 1970. 193－201.

Brooks, Cleanth and Warren, Robert Penn. *Understanding Poetry*. 4th ed. New York: Holt, Reinehart and Winston, 1976.

Comer, Keith V. "Strange meeting: Walt Whitman, Wilfred Owen and poetry of war." Diss., U. of Oregon, 1992.

Dyer, Gwynne. *War*. New York: Crown, 1985.

Ferro, Marc. *The Great War* 1914－1918. Translated from French by Routledge & Kegan Paul. New York: Routledge, 1987, 1993.

Fussell, Paul. *The Great War and Modern Memory*. New York: Oxford UP, 1975, 2000.

Jho, Snug－do. *YI SUN －SHIN: A National Hero of Korea*. Chinhae: Choongmoo －kong Society, Naval Academy, 1984.

Keegan, John. *The Face of Battle*. New York: Viking P, 1976.

Kerr, Douglas. "Introduction." *The Works of Wilfred Owen*. Ed. Wordsworth Editions Ltd. Hertfordshire: Wordsworth Editions Ltd, 1994. vii－xi.

Loving, Jerome. "Caresser of Life: Walt Whitman and the Civil War." in Special Double Issue: Whitman and the Civil War, *Walt Whitman Quarterly Review* 15 (Fall, 1997/Winter, 1998): 67－86.

Moh, Youn Sook. *Wren's Elegy*. Translated by Peter Hyun, Chang soo Ko and Jaihiun Joyce Kim. New York: Larchwood Publication Ltd, 1980. Abbreviated RE.

Owen, Wilfred. *The Works of Wilfred Owen* Ed. Wordsworth Editions Ltd, Hertfordshire: Wordsworth Editions Ltd, 1994. Abbreviated WO.

_____. *The Collected Poems of Wilfred Owen* Ed. C. Day Lewis. New York: New Directions Book, 1965. Abbreviated CP.

_____. *Selected Letters,* Eds. John Bell. Oxford: Oxford UP, 1985.

Robbins, Keith. *The First World War.* New York: Oxford UP, 1984.

Silkin, Jon. *The Penguin Book of First World War Poetry.* London and New York: Penguin, 1981, 1996.

Stallworthy, Jon. *The War Poems of Wilfred Owen.* London: Chatto & Windus, 1994.

Ward, Candace. "note" in *Civil War Poetry and Prose.* Ed. Candace Ward. New York: Dover, 1995. iii—iv

Whitman, Walt. *Leaves of Grass.* Ed. Sculley Bradley and Harold W. Blodgett. A Norton Critical Edition. New York: W. W. Norton & Company, 1973. Abbreviated *LG.*

_____. *Notebooks and Unpublished Prose Manuscripts, Volume II: Washington.* Ed. Edward F. Grier. New York: New York UP, 1984.

_____. *Civil War Poetry and Prose.* Ed. Candace Ward, New York: Dover Publications, Inc., 1995

_____. *Specimen Days & Collect.* New York: Dover, 1995. Abbreviated SD

_____. *Leaves of Grass.* Ed. Sculley Bradley and Harold W. Blodgett. A Norton Critical Edition. New York: W. W. Norton, 1973. abbreviated LG

Windham, Lisa Lynne. "The Battlefield of deconstruction: Contemporary interpretive strategies and the Civil War poetry of Melville and Whitman." Diss., U of Houston—Clear Lake, 1990.

한산도 대첩과 판옥선

1918년 11월, 오웬 대위가 작전 지휘 중 전사한 삼버레(Sambre) 운하

남북전쟁 당시 북군의 기병대

미 육군 7사단의 한미 장병들

부록

\<Appendix\>

Appendix

<Abstracts>

Reading and Appreciating Modern British and American War Poetry

I am honored to dedicate this book to those who all served in the military, and my late father, Nae-hwan Cho(Korean Augmentation Troops to United States Army, KATUSA) who served as an Army Sergeant.

Kyu-taek Cho

(Keimyung College University)

<Part 1>

1. A Reading of Walt Whitman's Ocean Battles in Civil War Poetry

The purpose of this paper is to explore Walt Whitman's poems related to the ocean and the Civil War(1861−65). Especially this paper describes the wreck of the C. S. S. Alabama, a Confederate ship which was sunk during the desperate years of the Civil War and illuminates how Whitman reveals his poetic imagination in his own poems connected to the ocean battles. He says that one theme for ever-enduring poets is War and the genius of poets is the making of perfect soldiers. His ocean poems reveal the heroic chant of all intrepid Sailors, and also harmony and reconciliation between the dead and the living in the sea and between the North and the South after the Civil War. Ocean or sea battles on water were less known to people than the battles on land. Therefore, we can understand Whitman's war poems better by analyzing his poems related to ocean battles.

■ Key Words: Whitman, the Civil War, Ocean battles, the heroes on water, reconciliation

2. A Re-reading of Walt Whitman's Civil War Poetry

Walt Whitman writes that the entire work revolves around the four years war, and claims that the "Drum-Taps" cluster of *Leaves of Grass* is pivotal to the rest of the text. Though Whitman had viewed himself as a poet-prophet in the prewar, during the war years he came to see himself as a kind of poet-historian. I suggested that his ultimate purpose of the Civil War poems is to mention war itself and his war poems and the war are one. But during and after the Civil War, his war poems reveal harmony and reconciliation between the victory and the defeat and also between the North and the South. Whitman's Civil War poems show the process of recovery of humanitarian love and forgiveness and reconciliation between the dead and the living. After the carnage of the Civil War, Whitman wished for the reunification and prosperity of his own country.

■ Key words: Walt Whitman, poet-historian, the Civil War, *Drum-Taps*, reconciliation

3. The Altruistic Self in Walt Whitman's *Drum-Taps*

This paper is to research the altruistic self in Walt Whitman's Civil War poetry and prose. Whitman wrote, "The real war will never get in the books" in his prose. From the Civil War, he described the war fought by miserable, individual soldiers, as well as heroic scenes. Whitman refers to each soldier's harsh and wretched situation based on his personal observations of field hospitals and camps.

In this situation, Whitman's prideful self changed significantly from a self-centered view to a selfless view. The Civil War throughly provides Whitman with the discovery of selfless self. It means that Whitman's altruistic self develops more universal ideals, so the Civil War was the fountain where Whitman realized altruism. After the Civil War, his altruistic self as seen in his poetry demonstrates his developed and matured view of self. That is to say, Whitman's self-centeredness moves to a selfless altruistic self.

Therefore, this thesis is to identify Whitman's *Drum-Taps* into three categories: the self-centered self of prewar and early war, selfless self during the Civil War, and transcendental self after the assassination of President Lincoln and in the spirit of the dead soldiers. By suffering the Civil War, Whitman found divinity in the crucified sons of God instead of the resurrected self as God's son, and he found the symbol of eternal and transcendental self. Whitman formed his altruistic self which felt pity and sympathy toward others through such a harsh war. Finally, Whitman demonstrated his newfound altruism in his poetic works.

■ Key Words: Altruistic self, Whitman, *Drum-Taps*, hospitals and camps, the Civil War

<Part 2>

4. World War I and British War Poetry

This study aims to analyze and criticize British war poetry written during World War I. By the time the Armistice was signed on November 11, 1918, more than nine million soldiers and five million civilians had been killed. Most British war poets who participated in the Great War were killed on the western front in Europe. They included Rupert Brooke, Charles Hamilton Sorley, Wilfred Owen, Siegfried Sassoon, and Issac Rosenberg etc. It is thought that the British war poetry reveals the poets' patriotism, incredulity, outrage, pity and anti-war attitude through World War I.

As mentioned above, I tried to demonstrate the following contents in my study: the cause of World War I, horror, disgust, anger of World War I, and anti-war sentiments and pity caused by World War I. I also indicated that many war poets described the hypocrisy of war and at the same time the uselessness and futility through their anti-war conscience, in reality though they took part in the battle fields according to the calling from their country. Ironically most soldiers who were in World War I recognized their service as great at first, but later they individually criticized the lying of their government and statesmen during the Great War.

Some poets and soldiers welcomed their service in the beginning of the war, but later they recognized and criticized their service more severely after participating in World War I. Nevertheless, I would strongly suggest that we should learn and follow the spirit of most British war poets and soldiers who were ready to sacrifice their lives, and sometimes gave up their desires and pleasures for their country.

■ Key Words: World War I, British War Poetry, patriotism, incredulity, anger, hypocrisy, pity of war

5. A Reading on Siegfried Sassoon's War Poetry

This paper is to introduce and explore Siegfried Sassoon's satiric war poems condemning the war. In the earlier years of the war, Sassoon himself served valiantly and the Military Cross for his bravery was awarded to him. But his war poems were transformed into anti-war attitude in his later works. No man who took part in the First World War completely shook off the experience. Some men who had never killed before killed without remorse. That is indeed one savage image of war. As the war continued, Sassoon came to the conclusion that it was being needlessly prolonged. Sassoon declared that he had entered the war believing it was "defence and liberation"; but he recognized it as a war of "aggression and conquest." Because of this, he became a pacifist poet. Sassoon's war poetry is not subtle or complex, its power derives from its strength of feeling and sheer force of indignation. Perhaps his satire and irony made his war poems successful. But one of his later poems, "Reconciliation" shows harmony and reconciliation between German soldiers and English soldiers. His war poems are thought to be in the traditional English satirical poetry as well as first-rate anti-war poetry. In conclusion, I can recognize that Sassoon's anti-war poems had been transformed into a subtler form of pro-war propaganda and some of the very people Sassoon condemned celebrated his war poems.

■ Key Words: S. Sassoon, the First World War, pacifist poet, anti-war poems, satire and irony

6. A Reading on Isaac Rosenberg's War Poetry

This paper attempts to introduce Isaac Rosenberg's war poetry written during the First World War. Rosenberg reveals the reality of war through his own war experience and his participation on the Western Front.

In order to understand his war poetry, I introduced Rosenberg's early childhood and educational background. He was the son of poor Jewish immigrant in Bristol, England. He was interested in painting and particularly good at writing poetry. As soon as World War I broke out, he returned to England from South Africa and enlisted as a soldier, as most young people did. As opposed to most war poets, Rosenberg was not an officer but a simple soldier.

In this paper, I classified Rosenberg's war poetry in three periods; the early period, the middle period, and the last period. In his early period, Rosenberg watched the war with an objective attitude as a mere observer writing his poems based on his experiences as a soldier. In the middle period, he viewed the war as a severe, horrific and disgusting immortal darkness through his famous poems from the trench. In the last period, he revealed his transcendental view toward the war and also accepted his religious attitude from the war poems.

By reading Rosenberg's war poetry, I was able to grasp his own unique style toward war poetry, where he showed his introvert and shy personality based on his biographical background. This paper reveals that Rosenberg's unique personality accounts for the difference between his war poetry and other's war poetry.

■ Key words: Isaac Rosenberg, war poet, World War I, trench, immortal darkness, war poetry

7. A Reading of the War Poet, Robert Graves's War Poetry

This paper aims to explore and depict Robert Graves's war poetry of World War I, which he used to condemn the falsehoods and propaganda that led millions of young European soldiers to their deaths. In 1909 Graves was sent to Charterhouse and he left the school at the end of July 1914. Two weeks later he joined the Royal Welch Fusiliers and moved to the front line like the Battle of Loos and Somme in France as an infantry officer. At first, Graves was gallant and brave facing the enemy in battles like S. Sassoon and W. Owen, but he soon came to recognize that it was being unnecessarily prolonged as the Great War continued. Graves's attitude towards the war became increasingly negative after many assaults and killings in the battles such as the everlasting trench war at Mamets Wood. After the Great War, Graves and Sassoon survived and they continuously demonstrated the unheroic war from the perspective of someone who was traumatized by terrible scenes and horrors of it. The analysis area of my article is focused on the R. Graves's early war poems in Fairies and Fusiliers. I also demonstrates that the war poet, R. Graves described ironically the horror, disgust, anger, irony, and satire of the war and at the same time the futility and hypocrisy through his anti-war poetry although he was still a war poet.

■ Key words: Robert Graves, Word War I, futility, hypocrisy, trauma, irony, *Fairies and Fusiliers*

<Part 3>

8. War and Pity: Walt Whitman and Wilfred Owen's War Poetry

This thesis intends to research the war and pity depicted in Walt Whitman and Wilfred Owen's truthful War Poetry set in the Civil War and the First World War.

Whitman refers to each soldier's miserable and wretched condition as well as honourable scenes based on his first personal observations of field hospitals and camps during the Civil War. The Civil War was the background in which Whitman felt pity toward the severely wounded soldiers. Through suffering the Civil War and the assassination of President Lincoln, Whitman formed his pity which is evident in his realistic war poetry.

Like Whitman, Wilfred Owen wrote about his strong feelings of pity and the reality of war in his war poetry during the First World War.

Because Owen witnessed the death of his soldiers, who died like cattle choked by the lethal gas, he denied any heroic scenes, and instead indicated the realistic, dreadful and terrible description. He was not so much an observer as a comrade with his soldiers on the Western Front Lines.

From World War I, Owen describes the war fought by scared, individual soldiers as well as the unheroic war situation based on his first personal view in the parapets and trenches. The First World War throughly provides Owen with the discovery of intense pity and the harsh reality of war. It means that Owen's eternal and truthful pity is the core of his humanity toward his comrades in his war poetry.

Finally, Whitman and Owen demonstrated their truthful pity toward soldiers and comrades in their poetic works through their experiences of the brutal severity of war.

■ Key words: Whitman, Owen, realistic war poetry, first personal view, truthful pity, humanity

9. Noblesse Oblige in Whitman's *Drum-Taps* and Admiral Yi, Sun-shin's *Nan Joong Diary**

Noblesse Oblige (noble obligation) is the duty that noble man has according to his noble position when war takes place. Whitman and Admiral Yi, Sun-shin did their noblesse oblige toward their countries during war. Yi, Sun-shin, who was the great hero of Korea, demonstrated his noblesse oblige as the commander-in-chief during the seven years of war caused by the Japanese invasion. Walt Whitman also showed his noblesse oblige toward wounded soldiers during the American Civil War.

Of all the American writers during the Civil War, only Whitman kept and maintained his noblesse oblige based on his experience in field hospital and camps. Most of American writers avoided and escaped from the war, making various excuses. But Whitman demonstrated his noblesse oblige instead of avoiding the war. The Civil War thoroughly provided Whitman with the discovery of the spirit of noblesse oblige. He accomplished his duty toward his soldiers as a spiritual leader. He succeeded in his noblesse oblige through his daily tasks. He sat beside the weak and sick, and wrote letters to their mothers, who received no news from their sons for months. He did not neglect anyone and treated his wounded soldiers kindly. Whitman, who had a spirit of noblesse oblige, went forth at once to nurse and console many wounded soldiers.

Similarly, Yi was ready to sacrifice his life, and he gave up his individual pleasures for his country. He always kept in his mind that noble man should work hard, helping each other in the performance of duty and responsibility. In the midst of battles, he never took a safe position in the rear, while controlling operations against the enemy. His supervision of his men at the head of the fleet always led his fleet to victories. Therefore, these victories are based on his noblesse oblige.

In conclusion, I would strongly suggest that we should learn and follow the spirit of noblesse oblige demonstrated by the performance of duty and responsibility of Whitman and Yi, Sun-shin.

*Diary during the seven years of war

■ Key words: noblesse oblige, Whitman, Admiral Yi, Sun shin, war, duty and responsibility

10. A study of comparative analysis between Moh's epic war poetry and W. Owen's realistic war poetry

This paper intends to compare and analyse the difference between Moh's epic war poetry and Owen's realistic war poetry.

Moh, Youn-sook wrote most of her epic war poetry as a first person observer and narrator noticing the misery of the Korean war in 1950. Especially, Moh's representative epic poem, "What a fallen soldier says" shows the republic of Korea's young officer's romantic and heroic attitude who died fighting the enemy in the early period of the Korean war. Moh speaks to the second lieutenant that he is the pride of the Republic of Korea and the second lieutenant also talks to her about his heroic death as a first person persona. Moh demonstrates that the dead young officer is a typical hero of epic poetry like admiral Yi, Soon-shin,

Napoleon and Caesear for his brave fight to defend the mountains of the country against the enemy invading like stormy clouds. He has never been a coward before the enemy.

Wilfred Owen wrote about his strong feeling of pity and reality of war in his war poetry during the First World War. He denied any heroic description, and instead writes about the realistic, terrible and miserable scenes because he is not simply an observer but a comrade with his soldiers on the Western Front Lines. Owen witnessed the death of his soldiers, who die like cattle choked by gas and he recognizes "The Old Lie: Dulce et decorum est/ Pro patria mori"(It is sweet and fitting to die for the fatherland) and suggests "let us sleep now" to his enemy in the end. From World War I, Owen describes the war fought by dejected, individual soldiers as well as the unheroic war situation. Owen also refers to each soldier's harsh and wretched situation based on his first person protagonist view in the frontier. The First World War throughly provides Owen with the discovery of the pity and harsh reality of the war. It means that Owen's pity is the center of his humanity toward comrades in his war poetry.

In conclusion, Owen's realistic war poetry is more pitiful and humane than Moh's epic war poetry.

■ Key words: comparative analysis, Moh's epic war poetry, Owen's realistic war poetry, observer and narrator's view, first person protagonist's view, pity and humanity

조규택(曺圭澤)

· 1963년 경북 경산 출생

· 계명대학교 인문대학 영문학과 학사(1986)

　동 대학원 영문학과 문학박사(1998)

· 미국 롱아일랜드대학교 방문연구원(1996)

· 해군 함정장교 및 해군 영어교관(1988-91)

· 한국영미어문학회 원암학술상 수상(2015)

· <문장> 제33회 수필 신인상 수상(2015)

· 계명대, 울산대, 금오공대 외래교수 역임

· 한국대학신문 및 주요신문 칼럼니스트

· 현 계명문화대학교 교수(군사 영어)

<저서>

· 북소리(학문사, 2005 역서)

· 군사 영어(정림사, 2010)

· 현대 영·미 전쟁시의 이해(L. I. E. 2010 공저)

· 나의 글쓰기 산책(시간의 물레, 2017)

· 덕한(德韓) 사람들(컴엔시, 2019 공저)

<논문>

· A. Marvell 시에 나타난 형이상학적 기교

· A. Marvell의 형이상학시 연구

· W. Whitman 시의 자연과 자아

· Walt Whitman 시의 초절주의적 비전

· 휘트먼의 초절주의적 자연관

· 19세기 미국 초절주의 시-에머슨과 휘트먼의 비교-

· 휘트먼 시의 자아 정체성 탐구

·「별이 빛나는 밤」을 통한 휘트먼과 고흐의 예술적 만남

·『영미어문학』속 영·미시 연구 동향과 비전 외 다수

L. I. E. 영문학 총서 제33권

근대 영미 전쟁시 읽기와 감상

초판 1쇄 인쇄일	2021년 12월 22일
초판 1쇄 발행일	2021년 12월 27일

지은이	조규택
펴낸이	한선희
편집/디자인	우정민 우민지
마케팅	정찬용 정구형
영업관리	정진이 김보선
책임편집	김보선
인쇄처	으뜸사
펴낸곳	국학자료원 새미(주)
	등록일 2005 03 15 제25100-2005-000008호
	경기도 고양시 일산동구 중앙로 1261번길 79 하이베라스 405호
	Tel 442-4623 Fax 6499-3082
	www.kookhak.co.kr
	kookhak2001@hanmail.net

ISBN	979-11-6797-025-1 *93800
가격	19,000원